铁马金戈

杨书光 著

中国文联出版社

图书在版编目（CIP）数据

铁马金戈 / 杨书光著 . -- 北京：中国文联出版社，
2020. 4（2023. 3 重印）

ISBN 978 - 7 - 5190 - 4156 - 4

Ⅰ.①铁… Ⅱ.①杨… Ⅲ.①长篇小说—中国—当代
Ⅳ.①I247. 5

中国版本图书馆 CIP 数据核字（2020）第 073669 号

著　　者　杨书光
责任编辑　刘　旭
责任校对　乔宇佳
装帧设计　中联华文

出版发行　中国文联出版社有限公司
地　　址　北京市朝阳区农展馆南里 10 号　　　　邮编　100125
电　　话　010 - 85923025（发行部）　　　　85923091（总编室）
经　　销　全国新华书店等
印　　刷　三河市华东印刷有限公司

开　　本　880 毫米×1230 毫米　　1/32
印　　张　9. 75
字　　数　253 千字
版　　次　2023 年 3 月第 1 版第 2 次印刷
定　　价　89. 00 元

内 容 简 介

　　故事主要描写明末清初的农民起义失败后，以张献忠部下孙可望、李定国等为首的农民起义军将领，在南明最后一代皇帝永历帝穷途末路时，主动担起反清复明的重任，为挽救垂危的南明朝廷鞠躬尽瘁、死而后已。但是，李定国虽竭尽全力，终究还是没能挽回南明朝廷灭亡的命运。永历帝在缅甸被缅王当作贡品献给清廷，落得与太子一起于云南昆明饱子坡被清将平西王吴三桂奉旨绞死的结局。

前　言

　　每个地区蓬勃发展的背后，都会有一段鲜为人知、极不寻常的故事，有待后人去挖掘、探索。今天的盘州市（1913年—2017年称盘县），奴隶社会时期的鬼方，春秋时期的群河国，战国时期的夜郎国，秦、西汉初的群河郡，汉武帝元鼎六年设立的漏江县（群河郡辖），三国、晋时期的宛温县（兴古郡辖），南北朝齐武帝永明三年设立的西宁县（西平、群河郡辖），唐贞观八年设立的盘州（戎州都督府辖），唐天宝十年设立的于矢部（南诏国、大理国辖），元代至元十三年设立的普安路（云南行省辖），明洪武十五年设立的普安府、普安卫（云南布政司辖），明洪武二十二年设立的普安卫城（云南布政司辖），明永乐十三年设立的普安州（云南布政司辖），清嘉庆十六年设立的普安直隶厅（贵西道辖），清宜统元年设立的盘州厅（兴义府辖），民国二年设立的盘县（黔西道兴仁辖），至2017年设立的盘州市（六盘水市辖）。

　　在漫漫的历史长河中，关于南明最后一代皇帝——永历帝的传说一直在不断流传。永历帝穷途末路时在贵州的安龙县建立过都城（称安龙府），今天的安龙县就是当年永历帝建都的地方。盘县古城——城关镇（又叫双凤镇）有万人坟；盘县城关有革命烈士纪念塔，古称霸王山；大西军首领孙可望率兵屠盘县城以前，县城是蓬勃发展的，之后盘县城发生了哪些变化？为何一些姓氏无法准确得知上几代人的名字？这一个个历史文化线索引出了一个个待解之谜。正是出于对这些历史的好奇，本着负责任的态度，本人产生了将南明王朝永历帝被清军打得四处逃跑，过着流离失所、饥寒交迫的逃亡日子，最后，被平西王吴三桂在云南昆明饱子坡绞死的这段历史写成书、流传后世的想法。

铁马金戈
TIE MA JIN GE

于是，本人开始着手收集、查阅、整理有关资料。历经坎坷，冲破艰难险阻和重重障碍，完成了这部共六十三章的历史小说——《铁马金戈》。本书以历史事实为线索，采用白描手法，以故事的形式把这段历史奉献给广大读者。以此进一步弘扬划时代民族英雄的光辉形象。

因本人文化水平有限，故事难免会有未尽人意、挖掘不深、难表众心所愿之处，从而使广大读者余兴未尽。为此谨致歉意。不当之处，还望读者诸君斧正为谢。

杨书光

二〇一八年

2

序（一）

许雯丽

　　《铁马金戈》是盘县（今盘州市）农民作家杨书光在耕读之余完成的历史长篇小说。小说以明末清初王朝更替为历史背景，写义军孙可望极力承担反清复明的重任，尽管个人竭尽全力，因视野的局限，也无力挽回崩溃的南明王朝。忠臣李定国面对涣散的人心以及各种矛盾纠葛，也只得望洋兴叹、欲振乏力。手下大臣们为权力同室操戈的混战，加速了末代皇帝朱由榔走向"一江春水向东流"的命运。小说写出了没落皇帝颠沛流离、凄凉无助的悲惨命运，让读者从中感知人情冷暖、命运无常的人生百态，引人深思。

　　农民作家杨书光的小说采用了章回体例，符合民间传说叙事的特征。中国的传统乡村，充满了儒家忠君报国的思想。杨书光1962年出生于贵州盘县乐民。盘县（今盘州市）乐民六百年前属于明朝屯军要地，儒家文化的特征十分鲜明，杨书光从小受之熏陶。1982年高中毕业的杨书光，以几分之差名落孙山。本想补习再考大学，因家中七姊妹，生活艰难，父母依靠种几亩薄地无力供他继续读书，只得回家务农。在这方热烈而艰辛的土地上，杨书光一边耕作一边读书，汲取民间传说的养分，丰富创作素材。杨书光在经历了多部小说创作的磨砺后，在即将出版的小说《铁马金戈》中走向成熟。"话说清政府见南明小朝廷内部只顾自相残杀，无暇顾及外敌入侵之机，令肃亲王趁隙进攻两广之地。肃亲王向李成栋、佟养甲道：'你二人速率十万大军攻取广州，为打开我军通向云贵的大门，铺平道路。''亲王放心，末将遵命。'李成栋、佟养甲回答着，领令出帐。李成栋、佟养甲来到营中，便不敢怠慢，两人立即在一起商议进兵之策。"小说故事完整、叙事清楚、情节连贯，具有章回体小说的韵味。

从杨书光的经历来看，选择写章回小说是在情理之中的。当年高中毕业的杨书光回到农村，听天由命地按照"孩子大一个，早成家一个，父母少操一份心"的乡规习俗，在媒妁之言、父母之命的关怀下，于1982年冬，与盘县（今盘州市）刘官区高屯乡高家屯女子结了婚。刚回到农村，杨书光既不会犁田，也不会耙地，下地干活不知有多少次跌在犁沟里，摔一身的泥，在暴雨中欲哭无泪！他很想读书，可命运无情，他白天需要劳动养家糊口，收工回家再苦再累，始终坚持读书，他喜欢读《三国演义》《水浒传》，反复读了数遍，不是消遣层面上的阅读，而是研读。三个儿子出生后，生活负担加重了，杨书光开始养猪，由于不懂技术，几头猪养到半大就病死，他放弃养猪转而学做水果生意，但连连亏本，只好与人去挖煤。一个班每天三千斤的任务，全靠苦力从井下自挖自背出来。柔弱书生气的他，力气小，人家跑十个来回一班，他要跑二十几趟，别人十几下就挖起一筐，他几十下挖不起一筐，有时等人家背起走了，再捡一点残渣剩饭。坚持不了几天，只好改去烧砖，因没有劳力，结果也没成功。这段时间，他没有时间读书了。母亲见杨书光生活艰难，教他们夫妇学着磨豆腐卖。磨豆腐，一干就是几十年。他与妻子分工合作，早上妻子去街上卖豆腐，杨书光到地里干农活。夫妻一条心，黄土变成金，磨豆腐让家里的日子渐渐殷实起来，他又开始阅读和写作。

耕以养生，读以明理，耕读文化是中华文化的重要组成部分。几千年来，中国的乡村因耕读文化的渲染变得诗情画意。虽然在经济大潮的冲击下，耕读文化渐渐淡化，但它却以顽强的生命力被传承、被保存。农民作家杨书光就是这样的典范，他用超凡的毅力与耐力，继承和发扬了中华文化中的耕读精神。杨书光说："我不能让我所学的，哪怕只是高中程度的知识荒废。在农村，父母供我上到高中已经是十分的艰难，绝不能让其终止。如果一个人每天吃了早饭吃晚饭，这样碌碌无为的人生毫无意义。"于是，杨书光坚持写作，哪怕写几十个字也坚持写。经过几十万字的磨炼，在小说《铁马金戈》创作中走向成熟。小说画面生动形象，"次日，李成栋、佟养甲以迅雷不及掩耳之势兵临漳州城下。漳州守将，见一夜之间，来了这么多清兵，把整个城池围得水泄不通，正欲调兵迎敌，城中一下子发出呐喊之声：'快救火啊，起火啦——'这一惊呼，明军守将乱了阵脚，辜朝荐趁机打开城门，清军一下子潮水般地涌了进来，漳州守将见内部出了叛徒，引清军入城，使城中大乱，指挥失灵，无法抵挡杀进城来的清军，只好投降。"像这样的战争场面，在小说创作中表现得入情入境。

在杨书光耕读思想的影响下，三个孩子喜欢读书，都考上了大学。然而，三个孩子的学费让杨书光焦虑失眠，他白天更加勤奋地耕种，将生态蔬菜水果销往城里，天麻麻亮就起来和妻子磨豆腐。每天即使腰酸腿痛，吃完晚饭也要坚持写作到十一二点，每天只睡五六个小时。天道酬勤，受杨书光耕读思想的影响，三个孩子都成了国家公职人员，老二考进六盘水市委组织部。杨书光从不打骂孩子，只重言传身教。

杨书光回忆创作历程时说："记得刚开始写作的时候，有些词不达意，即使被生活激发，胸中波涛汹涌，但下笔的时候却无所适从。勉强写出的稿子多次被编辑部退稿。"但他不泄气，也许是他的诚心感动了编辑，在退稿中经常给他提出修改意见，并建议他多写身边熟悉的人和事。这样，慢慢地开始掌握了一些创作方法。最早，《云南曲靖职工报》首刊了他的小诗《游滇池》，"滇池物态弄春晖，杨柳千条影水徊。歌舞笙笛楼前夜，玉人沉醉杏花天。"当时，虽说只得几元钱的稿费，但给了他极大的鼓舞。杨书光开始充满信心地写本土史话《乐民遗址录》，被《盘县文史资料》录用。十一届三中全会后，国家平反昭雪盘县游击团和盘北游击大队人员，杨书光受参加过游击队老同志的邀请，为他们撰写游击队经历，杨书光接受了这个任务后，白天耕种，晚上写作。在写稿子的时候，缺证据，他自费在云贵两地采访收集资料，这样停停写写、写写停停，花去整整七年时间才完成《烽火连云》的初稿。盘县（今盘州市）政协领导得知后，亲自到他家中找他谈话，建议与在报社工作的万和平先生合作修改此稿，也就是后来出版的《盘江怒潮》，为家乡一段几乎被忘却的历史作了非虚构创作，做出重大的贡献。盘县（今盘州市）作为经济百强县，与深厚的历史文化底蕴分不开，文化塑造人，有了高素质的公民，才能推动经济的发展。杨书光花四年写出《乌蒙演义》，讲述了明朝大将傅友德奉朱元璋之命收复云南、安抚贵州的故事。《铁马金戈》用了近三年时间完成创作，在即将出版之际，我受杨书光先生的邀请为之作序，很乐意尽一点绵薄之力，并有机会感受杨先生勇于面对生活并坚持创作的耕读精神，从中受到启迪。

盘县（今盘州市）是一个具有六百年历史文化积淀的古城，地灵人杰、人才辈出。受到中华传统文化熏陶的农民作家杨书光，具有自律的历史使命感与故土情结，他通过作品表达自己对真善美的向往与追求，在创作道路上执着如山泉，不管前方是悬崖峭壁还是万丈深渊。持之以恒地创作，在平凡的人生中演绎了绚丽的生命画卷，把耕读精神发挥到极致，令人敬佩！

一个字：罩！

（作者系中国作家协会会员，六盘水市原作家协会主席，当代著名作家）

序（二）

人生苦短，寿不过百年。然，一生短暂，有所为，有所不为。人生中做人处事的道理，留名于后世者，忠、孝、礼、智、信；做人至上者，仁义道德。或全习之；或半习之；或不习之，为所欲为者，大有人在。

教益后嗣知书达理，先学孔孟之道。走仁人正路，或士或工，或农或商必具其一。游手好闲、好逸恶劳者，安能久长？君子十年苦读，方能一举成名。小人一世歪歪，不学无术，不走正道及至永无宁日，最后害人损己，是人生之大忌，不可不防。

育子者必教之以耕读，士农工商不耕则读，二者必具其一，方有出头换眉之佳日，反之则贻误社会伤及后人。留芳名于世，子孙以之为鉴，无异于王祥卧冰、太公辅周，忠孝分明。勤奋好学，为人处事之道，不可不遵。所以，费尽心机者边耕边读，闲暇著书，自娱自乐，人生之乐事，胜过麻将牌局于一万。

忠孝节义，乃人世之纲常。为彰华夏之文明，本人不吝毅力，苦研盘州之历史，附以《铁马金戈》，再现明末清初永历皇帝—朱由榔之始末，让世人知晓。百年后，盘州古城城关镇（双凤镇）历史地名之来龙去脉，以供参考。

俗语云：我爱者，家也；爱我者，国也；爱国爱家，二者不可缺焉。有国有家，人生之大幸。余以浅薄之识，草堂著书，弘扬文化，以礼训人，和睦社会，鼓舞家庭。

崇尚文化，传承文明，牢记历史是中华民族的传统美德。

天地造就人生，明知不可为而为者，庸夫之举；明知可为而不为者，懒汉懦夫之举。有力必出，有智必献，涓涓之流汇成江海。谨序。

杨书光

二〇一八年九月十日

铁马金戈
TIE MA JIN GE

铁马金戈
TIE MA JIN GE

第一章

张献忠以身殉职　孙可望临危受命

词曰：

烽火连年拭金戈，铁马秋风舞银波。塞上旌旗千万垒，山河已破碎。看红尘烟云，岁月峥嵘，风华正坎坷。又起风波，将军斩阎罗，血染旧山河！

风云昶，战马嘶，虎吼雷鸣，就赞乾坤悠久。沙场凄，鸦声寒，壮士鲜血染征袍。忠臣尸横，社稷难保，寥落人生，归隐《陈情》。醉酒当歌诉冤魂，他年赴征程，南疆埋忠坟！

右调《西江月》诗曰：

情系江山本忠心，

将军爱国战地魂。

鹤岗啸啸征战苦，

马蹄嗼嗼应武征。

赤心肝胆阵前裂，

一片丹心耀史册。

只为重振前朝象，

哪堪旧部已无添。

意欲乘风掩北京，

怎奈余力难回天。

化下干戈侍新朝，

旧君莫望有谁怜。

天下，是天下人之天下，绝非一人之天下，更非一家之天下，唯有德者居之。亲小人，远贤臣，天下皆失；远小人，亲贤臣，天下皆得。此乃历朝历代明君圣祖一统天下，治国强兵，传天下之道也。

南明皇帝朱由榔如能明察秋毫、明辨忠奸，不听小人谗言，孙可望一行如果团结一心、用人不疑，几次"桂林大捷"要想扭转乾坤，消灭清兵重振"反清复明"大业，那是易如反掌，完全有可能使大明江山重振雄风、欣欣向荣。

然而事与愿违，忠臣屡不得志，未能如愿。为君的不思安抚天下，临危时御驾亲征鼓励边关将士，英勇杀敌，报效国家，危难时及时调兵援助，而光顾自己逃命，此失天下之一也。

其二，关键时，不应偏信一班奸臣之言。用心安抚李成栋等一班降将，使其倍感皇恩，派大将率兵援助其北伐，使李成栋不孤军奋战，恢复大业之事定矣。

其三，大将军李定国屯兵云南，拥兵自重，在清军大举南侵时，不应"先安内而后攘外"，应先稳住各地义军，派人与其联盟，集中优势兵力迎击汹涌南下的清军。

其四，调兵迎敌时，主帅要保持清醒的头脑，及时判断敌情，辨明真伪，不可轻信小人诡计乱了方寸，有失大将风度。

其五，得知前军已困贼巢（贵阳）时，莫失良机，急忙调集援军，一鼓作气削贼一路。不至于误国殃民，罪莫大焉。真是"哀君之言难尽，叹息之语莫衷"。兵法吟："兵者，诡道也。"此言不假，意味深远，是治国统兵之宝，将帅必遵之则。

闲话休讲，书归正传。

话说张献忠与李自成的农民起义军分开以后，转战到四川境内，占据着这片肥沃的土地以图东山再起。张献忠一方面鼓励军屯和民屯，大力发展农业，让百姓安居乐业、丰衣足食，使自己的财力逐渐强大起来；另一方面不断招兵买马，扩充自己的实力。

光阴易逝，张献忠经过不断改善国内政策，使百姓生活日益富裕起来，不仅国库有了积蓄，而且军队也发展到了十几万人，战将千员。随着起义军队伍的不断壮大，张献忠开始有了自己的打算。他向孙可望、李定国、刘文秀、艾能奇四将道："今天找你们来，是和你们商量，为了我们将来的发展，必须先建立起属于我们自己的政权，使广大将士有盼头、有希望，更有信心去奋勇杀敌，将来得个封妻荫子。"

"父王所言极是，这样一来，将士们也有了信心和盼头。"孙可望站起来说。

"父王认为，我们应该怎么做比较合适？"李定国问。

张献忠道："我想了很久，要建立一个国家，有自己的政权，才好诏告天下，名正言顺，发号施令。"

"既然这样，父王早做安排，以免日久生变。"李定国补充道。

"嗯，这个我早就想好了，就叫大西国。因为我们是在西部，主要占据着四川，所以，要以成都为中心，不断向东扩大我们的疆域。"张献忠说。

"既然父王主意已定，那就叫大西国。有了政权，就有盼头。"刘文秀高兴地说。

"这样一来，我们各干各的，谁也管不了。"艾能奇也很高兴，他们一个个摩拳擦掌，做好了干一番事业的准备。

正是"众人浇花花枝秀，齐心创业业更新"。

张献忠见众将都同意他的想法，愿意为大西国效力，于是开始筹备建国大业。首先，他想到的是如何与周边的起义军联名抗清，巩固自己的政权，加强内部团结，同心协力打江山。

原来，张献忠膝下无子，他一生就收养了四个义子，即孙可望、李定国、刘文秀、艾能奇。四个义子都非常聪明，个个喜欢舞刀弄枪。在张献忠的调教下，长大后都成了他的左膀右臂，就是后来著名的川中四将。张献忠一生，有诗为证：

膝无子嗣不可忧，
养子同样胜己有。

不讲眼前孝与顺，

试看当年武穆侯。

顺治元年（1644），张献忠在四川称王，建立大西政权，定都成都（史称西京），改顺治元年为"大顺元年"。设置内阁和六部，汪兆龄为内阁大学士兼左丞相，严锡为大学士兼右丞相。胡默为吏部尚书，王国宁为户部尚书，吴继善为礼部尚书，龚定敬为兵部尚书，李时英为刑部尚书，王应龙为工部尚书。在地方设府、州、县，统一管理。军队共编为120营。营设总兵，最高武官为将军。意大利传教士利类思、葡萄牙传教士安文思等为"天学国师"。

为了加强与少数民族的贸易往来，令王国臣为茶马御使，负责贸易往来。孙可望、李定国、刘文秀、艾能奇掌管军事。大赦天下，诏告黎民百姓安居乐业，举国同庆。

三日过后，张献忠开始上朝。武朝门外三通鼓响，文武大臣排班序立，立于朝堂两侧跪拜三呼："吾王千岁，千岁，千千岁！"

张献忠开言道："各位爱卿，平身。"

"谢大王。"众位大臣谢恩叩首。

"各位爱卿，没有你们竭诚帮助，本王纵使有三头六臂也成就不了天下，坐不上今天的王位。但是坐上了这个王位，心里反而不踏实。因为，摆在我们面前的任务是非常艰巨的。首先，要壮大我们的实力，扩充我们的国土和军队，就必须把四川全部收复。发展好工农业，搞好经济建设，百姓有饭吃、有衣穿，不忧内政才能发展壮大。"

张献忠讲到这里，接着道："用一年的时间，整顿好川中各地，再逐渐向外扩展。我们最大的敌人，不是南明的军队，也不是李自成的军队，而是满清政府的军队。为了彻底消灭他们，我们除了发展自己，还必须要设法联明抗清。只有这样才能打败满清政府的军队。"张献忠讲到这里，扫了一眼朝堂两侧，见大臣们都默不作声，接着问道："各位爱卿，可有良策？"

"大王，臣有一言，不知当讲不当讲？"刘文秀站出来。

"刘将军，有话请讲。"张献忠向刘文秀说道。

"臣认为，国家新立之际，安邦定国是大事。第一，要约束军队，不准骚扰百姓，不准滥杀无辜，不准奸淫，不准抢劫偷盗百姓财物。第二，鼓励军屯，发展农业。第三，派人联合南明朝廷及北边的李自成，大家团结一心抱成团，才能消灭清朝的军队。第四，占据云贵及两广，壮大我们的地盘。"刘文秀滔滔不绝地讲了他的想法。

"卿言正合吾意。"张献忠见刘文秀之言正中下怀，心里非常满意，接着说道："派使联盟，这件事就交刘将军去办理。"

"末将遵命。"刘文秀回答着回到自己的位子上。

"孙将军，本王命你为护国大将军，负责掌管全国的兵马调动。"

"是。"孙可望回答。

"李将军，艾将军。"张献忠喊李定国、艾能奇。

"末将在。"李定国、艾能奇站了出来。

"本王令你两人，负责演练招来的新兵。"张献忠传令。

"遵命。"李定国、艾能奇回答。

"各位爱卿，谁还有事奏？"张献忠安排好以上事情后问道。

堂下并无一人回答，张献忠见群臣无事奏，道："退朝。"

"退朝。"执事太监拂尘一甩，文武大臣一齐退出。

孙可望回到兵部，卸下战袍，侍卫走进来道："报，大将军，外面龙司令求见。"

"有请。"孙可望见是老朋友龙在田求见，急忙传令。

"是。"侍卫回答着，走了出去，向龙在田道："龙司令，请。"

"请。"龙在田随侍卫入内。

一会儿，龙在田走了进来。他俩一见面，互相客气起来。"孙兄，久违了。"龙在田进门就向孙可望抱拳施礼。

"龙老弟，好久没见，还真想你。"孙可望迎出将军府。

"你那边情况怎么样？"孙可望见面就问龙在田。

"孙兄，目前局势不太乐观。"龙在田回答。

"有这么严重？"孙可望略显吃惊地问。

"孙兄有所不知，近年来云南也不太平，加上这几年旱灾，农业歉收，乡民集中闹事者很多，弄得黔国公沐天波焦头烂额，顾此失彼。"龙在田叹息着说。

"到底怎么一回事？"孙可望又是一惊。

"阿迷州（开远）、沙定州一带就集结了好几十万人，黔国公出兵几次去征剿都没有平抚，而且越闹越大。"龙在田讲到这里喝了一口茶，接着话题一转："不说这些了，还是讲讲你。现在，你们在这谷米之乡，建起了自己的政权，老兄又是兵马大将军，混得不错，将来小弟怕要仰仗孙兄啦！"

"老弟，说啥话？你的事就是我的事，你有难处难道老兄还会不管。"孙可望一副大将风度。

"行呀，我就说你孙兄不是不讲交情的人。"龙在田边说边笑。

"放心，将来你若真有难事，老兄一定出力。"孙可望拍了一下胸脯。

"好吧，既是这样，今天就谈到这里。小弟还有事，下次再来看你。"龙在田起身告辞。

"怎么，老弟嫌哥哥照顾不周，这就要走啦？"孙可望站起身。

"哥哥讲哪样话？小弟今天真的很忙，下次一定陪哥哥多玩几天。"龙在田与孙可望告辞上路。

"老弟，慢慢走啊！"孙可望送龙在田出将军府。

"再见！"龙在田向孙可望挥手告别，转身向云南而去。

张献忠在四川建国称王的消息很快传到了北京。清政府一下子慌乱起来，顺治皇帝急忙升殿，文武大臣齐聚朝堂排班序立，三呼已毕立于朝堂两侧。

顺治帝扫了一眼站立两旁的文武大臣，开言道："各位爱卿，张献忠一伙贼寇，在四川立国称王，已严重威胁到大清江山的稳定。朕决定率大军亲征，一定要将其全部剿灭。众爱卿意下如何？"

顺治帝话音犹未了，殿下早已恼了的肃清王豪格和吴三桂等一帮大臣，奏曰："张献忠区区几万人马，何须圣上劳驾。臣等愿率王师，将其一马扫平，何劳圣驾亲征？请皇上下旨。"肃清王豪格、平西王吴三桂出班请旨。

肃清王、吴三桂之言，正中顺治帝下怀。他道："众位爱卿，既然肯为朕分忧，领兵前去征剿，朕心宽矣。"

"请皇上放心，臣等愿为皇上肝脑涂地，在所不辞！"众将回答。

"好，朕就下旨传令各州、县，派兵协助征剿，以还我大清江山长治久安。"顺治帝见肃清王豪格和吴三桂愿领兵出征，心里非常高兴，传旨道："两位爱卿既肯为朕分忧，现在朕令你二人，率兵二十万，即日出征，一定要将其剿灭。"

"喳。"肃清王豪格、平西王吴三桂等领旨出朝率兵西征，不在话下。

满清政府派大兵压境的消息，很快传到大西国首都成都。大西国王张献忠急忙升殿，召集大臣商议退敌之策，他道："各位将军，现在清政府派大兵压境，很快就要打到成都，各位可有退敌良策？速速奏来。"

"大王，目前局势，我军只有率举国之兵，北出陕甘与李自成联合，形成南北夹击之势，方可将清兵一举歼灭。"李定国越班启奏。

"众位大臣以为如何？"张献忠问。

"臣等愿听大王调遣。"孙可望等一班大臣回答。

"好，既然众卿愿听本王调遣，如今大敌当前，本王这就下令立即出征。"

"遵命！"张献忠的部下回答。

"轰，轰轰——"

三声炮响，大西军在张献忠的率领下，从成都出发，开始北上

7

抗清。

顺治三年（1646）七月，大西军离开成都，向北挺进。

光阴如弹指，转眼半月过去，大西军已进入陕西境内。

"报，大王，前面山谷尘土飞扬，喊杀之声大起。"先锋艾能奇飞马来报。

"可望，你率大军稳住阵脚，定国随我来。"张献忠言罢，拍马向前。

"大王放心。"孙可望告诉张献忠。接着转向传令兵道："传令下去，三军后退！"

"遵命。"传令兵飞奔着传令去了。

"你看。"艾能奇指着山谷外平川上尘土飞起处告诉张献忠。

"拿望远镜来。"张献忠传令侍卫拿来望远镜，站在山坡上向平川地里瞭望。只见为首那将头戴礼帽，身穿暗黄色绣花战袍，左右两肩都有五爪正龙图案，骑着黄骠马，举着青龙刀，挥军掩杀的正是清将平西王吴三桂。

"啊，定国，看来大事不妙，败下阵来的倒像是义军，后面穷追不舍的是清军，领兵的正是清将平西王吴三桂。"张献忠边望边告诉李定国。

"怎么办？"艾能奇问张献忠。

"先别急，传令可望，把军队埋伏在这一带山谷中，放前面的义军过去，听我号令。"张献忠向身边的李定国传令。

"是。"李定国领令，如飞般去了。

"杀啊！"吴三桂指挥着得胜的清军在后面穷追不舍。

"放箭。"站在山坡上的张献忠见大批清军从后面追了上来，向早已埋伏好的弓箭手下令。

"嗖，嗖嗖，嗖嗖嗖——"

霎时，密林中大西军万箭齐发。

"啊——"猝不及防的清兵，很快倒下一大片。

"冲啊——"山坡上的张献忠见清军一时乱了阵脚，挥军掩杀上去。

"撤，快撤。"吴三桂见前面一彪军杀来，领头的一员大将是李定国。只见他头戴钢盔、身穿铁甲，座下黑兔马昂首刨蹄，一阵风似的突然率兵杀出树林，猛虎离山似的冲杀过来，其势锐不可当，很快冲乱了他的阵脚，急忙下令后退。

"杀啊！"张献忠见清兵败下阵去，一个劲地指挥大军狂追。两军阵前杀得血流成河，尸积如山。正是：

> 骄兵正遇黑虎军，
>
> 你追我赶不容情。
>
> 狭路相逢勇者胜，
>
> 兵败如山难成军。

从早晨杀到天黑，才各自放炮收兵，扎下营盘。

是夜，张献忠来到闯王军中，令卫士叫起那个获救的义军副将，问道："你们为何败得这样狼狈，闯王现在怎样？"

义军副将见张献忠问闯王败因，便从头至尾向张献忠讲述闯王军败的原因。

原来，李自成率领的农民起义军与张献忠的义军分别后，张献忠率兵占据四川，以成都为中心，宣布建立大西国；而李自成率兵继续北上，很快占领了清朝首都北京。由于李自成不懂治国之道，进京后没有下令约束三军将士。误认为北京打下来了，天下太平，放纵众兵将在北京城腐化享乐。其中最不应该的是让刘忠敏、刘金星、李岩这些统兵大将留在城里，应该把他们调到边关，继续镇守边关要塞，不断派这些人领兵追歼逃到关外的清军，不能让清军有喘息的机会。

刘忠敏、刘金星不该因一个美姬陈圆圆惹恼吴三桂，这个时候，李闯王明知陈圆圆是吴三桂的姨太太，应该听李岩的建议，派兵把陈圆圆送到山海关交给吴三桂，安抚吴三桂好好镇守边关，而不是让将领们为了一个陈圆圆在那里争来斗去。最后，使吴三桂对义军产生怨恨而投降清军，引大批清军主力人关，一举攻下北京。义军在抵敌不住的情况下，不得不率军西撤至陕西一带。

吴三桂为了报夺妻之仇，清顺治皇帝封吴三桂为平西王，从此以后，吴三桂更加卖力，率得胜清军一路撵着义军的屁股追杀下来。义军狼狈不堪，一路败北。

张献忠听了义军副将的讲述，也为闯王之举叹息不已，暗道："闯王之不慎，误国殃民也！"

义军副将见张献忠不说话，又道："报告大王，自从与你们分手后，闯王听说你们在四川发展壮大起来，就决定派使者与你们联合，共同抗清。不久，清兵就打到西安城下了。仓促之间，闯王力战致死，高夫人（高桂英）也下落不明。所谓'兵败如山倒'，义军一下子被清军冲散，丢了城池，四处逃命。要不是遇上大王军队，我等小命早已休矣！"义军副将陈述李自成败因。正是"冲冠一怒为红颜，致使天下起刀兵"。

半响，张献忠才道："好啦！你们受惊了，下去先歇着。"张献忠令侍卫带义军副将下去休息。

"大王，现在看来，我们想联合李闯王抗清的计划算是白忙啦！"李定国望了张献忠一眼。

"是啊！谁也没有想到李自成几十万大军会败得这样惨。"张献忠叹了一口气。

"大王，既然西安已失，我们就要快些设法脱离险境，要么继续北上，到陕甘以北地区去；要么往南，先占据两广，然后夺取贵州和云南，作为大西军长治久安的根据地。这样才有抗清的资本，不然，怕凶多吉少。"刘文秀望了望张献忠说。

"看来眼下，只有退到贵州，才是大西军的出路。"张献忠同意刘文秀的主张，决定南撤湖南人贵州。恰在这时，前营突然发起喊声："快跑，清军偷营来了。"

一时火光冲天，喊声此起彼伏。

原来，清将吴三桂见丛林中突然杀出一彪军，其势锐不可当，很快冲乱了前军阵脚，继续前进怕大军吃亏，所以下令三军后撤三十里扎营，从长计议。

副将李国翰走进来道："将军，刚才我军士气正旺，小股敌兵有何惧哉？"

吴三桂道："将军有所不知，兵者，诡道也。我军虽士气正旺，但初来乍到不知敌情，贸然进攻是要吃亏的。现在退军三十里，正是为了更好地察敌情，挫敌锐，灭敌兵之计。"

吴三桂说完，低头向副将道："传令下去，三军今夜一更起床，二更造饭，五更出发，悄悄隐蔽前进。违令者，格杀勿论。"

"喳！"副将得令，如飞地传令去了。

这一夜，吴三桂率兵趁大西军正休息之机掩灯息鼓，悄悄地杀进大西军军营。

"不要慌，不要慌，是小股清兵。孙将军，你立即率兵负责断后，艾将军和我率中军挡住清兵。准备南撤，杀啊！"张献忠提刀上马，率兵杀向冲来的清军。这才叫"兵来将挡，水来土掩"。两军从夜间直杀到天明，杀得尸横遍野，血流成河。

张献忠率大西军退到西充凤凰山时天已大亮，看看左右，剩下的兵将也不过数千，相当部分带伤，已无战斗力可言。

"冲啊！"清军在都统李国翰的率领下，蜂拥着向大西军冲来。

"杀啊！"

张献忠见清兵围上来，率军冲向敌群。

"放箭。"后面督军的吴三桂向弓箭手下令。

"嗖，嗖嗖——"

清军箭如飞蝗，射向大西军。

"啊！"大西军将士中箭身亡者甚众。

正在厮杀的张献忠见敌阵中箭如飞蝗，急忙下令："快撤。"

11

就在这时，清兵的箭暴雨般地向他射来。"啊——"张献忠身中数箭倒下。

"大王——"李定国挥刀舞剑来救。

"冲啊！"孙可望率一彪军马从侧面杀了上来，如砍瓜切菜一样，几千名猝不及防的清军弓箭手，很快成了刀下鬼。

"快撤！"孙可望杀散了清兵，向抚尸痛哭的汪兆龄大喊。

"走——"李定国背起张献忠，冲出重围，撤向成都。这时，负责守成都的守军也败下阵来，他们把成都已失的消息告诉了孙可望一行川将。

孙可望一行见成都已失，回不去了，只好率兵南下去川东。

"放下我。"身中数箭的张献忠断断续续地向李定国喊。

"主公。"艾能奇跪了下来。

"你们都别哭，我是不行了。这支军队就交给你们，一定要把他们带出去，一定要联明才能抗清。"张献忠紧紧抓住孙可望的手。

"大王放心，末将谨遵遗命。"孙可望跪在张献忠面前。

"都，都，别——"张献忠快不行了。他紧紧拽着孙可望的手一下子松了下来。

"大王——"

"主公——"孙可望、李定国、汪兆龄等，率群臣痛哭，大西军全军举哀。对张献忠之死，有诗叹曰：

雄心壮志欲撑天，

富国强兵为民愿。

本想建好大西国，

岂料中道王自绝。

孙可望率群臣葬了张献忠。只好率兵退回川东，以图东山再起。欲知后事如何，且看下一章分解。

第二章
张王后淫乱宫中　四虎将平定内乱

话说大西军在西充凤凰山失利，张献忠中箭身亡，其部将孙可望、李定国、刘文秀、艾能奇率残部数千、家口万余人，退到川东顺庆修整，以图东山再起。这时，大西军内部却出现了矛盾。一派以张王后、汪兆龄为首的王公大臣提出："一切沿着先王的路线走下去，不准任何人更改，要求王后继承王位。"另一派以孙可望、李定国、刘文秀、艾能奇为首的边关大将认为："大王身前的一些策略必须修改，王位要由有军事指挥才能的人继承。"两股势力争执不下，各怀心事，图谋不轨。尤其以张王后、汪兆龄二人最为突出。

说起张王后，早在张献忠在时就与汪兆龄有一腿，常常趁张献忠率兵出征之机两人厮混在一起。名义上姓汪的是找张献忠商讨国事，实际却与张王后厮混。这位美后年芳二八，正值芳心暗动之际，老夫少妇难免朝思房事。张献忠作为一国之君只顾国事繁忙，却冷落了后宫，给一些奸淫小人有了可乘之机。张王后与汪兆龄就是在这种情况下成了一对露水夫妻，淫乱宫中。

现在张献忠已死，他们便不再像从前一样偷偷摸摸，除白天避嫌，夜里竟也大胆地睡在一起，做那男欢女爱之事。正是：

> 王骨未寒妇移床，
> 昔日丞相今夜郎。
> 不是殿前千双眼，
> 早已双双入洞房。

张王后与汪兆龄暧昧一番以后，娇滴滴地道："汪丞相，这回你可要争气点。明日早朝先把王位弄到手再议国事，绝不能落入孙可望一班奸臣之手。"张王后边抚摸汪兆龄的胸毛，边告诉汪兆龄。

"美后放心，这事我会安排妥当。"汪兆龄喘息着回答。

"我就怕姓孙的察觉，一定要小心。"张王后赤身裸体迎合着。

"我的美人，来吧！"汪兆龄掀开被子钻了进去。

"唉哟，轻点——"张王后快活如麻。

一阵之后，汪兆龄向张王后道："娘娘，臣认为孙可望、李定国、刘文秀、艾能奇四将的主张是不对的，说啥我们也不能同意。再说，大王尸骨未寒，他们却要另搞一套，大王九泉之下也难以瞑目。"

"汪丞相，你放心，只要本娘娘在，他们就休想得逞。"张王后抚摸着汪兆龄。

"嗯，明天他们还要一意孤行，就废了他们。"汪兆龄亦抚摸着张王后。

"明天一定要听我的，咱们见机行事。"张王后边摸汪兆龄边说，两人快活得要死。

"微臣一切听娘娘的。"汪兆龄气喘吁吁地向张王后说。

"汪丞相，你下去把朝中那些大臣都联合好。明天早朝时，只要众大臣团结一心，就不难阻止孙可望一帮奸贼的诡计。"

"万一要阻止不了，怎么办？"汪兆龄问。

"只有成功，没有万一。"张王后回答。

"臣是说他们万一不听话？"汪兆龄已一身臭汗。

"这还用问。"张王后言下之意已很明显。

"臣明白。"汪兆龄已知道张王后的意思，遂下床穿衣暗暗准备去了。

正是"君子坦荡荡，小人长戚戚"。

孙可望这一边，也在商议如何据理力争，他向大家道："一定要废除以前那些野蛮的行径，改变策略，对老百姓采取怀柔政策。"

"我看只有这样，才能重振大西军的军威，立足于不败之地。"李定国赞同大家的意见。

"既然各位都这么认为，那就这么定。明天早朝时就这样讲，他们不同意也要同意。"孙可望站了起来。

"为防不测，我们不妨在宫门外设一支人马，一旦有变立即将其诛杀，以绝后患。"艾能奇建议。

"这样做也行，不过到时候不要慌，就以摔杯为号，一齐动手。"孙可望想了想说。

"行，就照大哥说的办。"李定国站了起来。正是：

> 后宫佳丽先作伥，
>
> 前殿将军才为谋。
>
> 不防汉时赵飞燕，
>
> 岂有前朝楚霸王。

孙可望、李定国、刘文秀、艾能奇一班大臣商议已定，才各自分头准备去讫，不在话下。

次日，大西军一班朝臣，入殿议事。张王后临政主持，丞相汪兆龄仍像往日一样站在王后旁边。孙可望、李定国、刘文秀、艾能奇四将仗剑入朝，怒目而视。汪兆龄见了已是一身冷汗，低声向张王后道："娘娘，情况不妙啊！"

"放心，后面不是有刀斧手吗！"张王后亦低声向汪兆龄说。

"我看事情不像我们想的那样简单，三十六计，走为上策。"汪兆龄心更虚了。

"别慌，看看再说。"张王后故作镇定。

这时，后宫发出喊声。正值大家慌乱之际，侍卫已把后宫埋伏的刀斧手押出，他们来到孙可望面前，道："大将军，这些人都是埋伏在帐后被搜出来的。"

"谁派你们来的？"孙可望抽出宝剑。

"大将军，饶命啊！我，我们，是，是——"

"是啥？"孙可望厉声问道。

汪兆龄一下从卫兵手中夺过宝剑杀了那个跪着向孙可望求饶的小头目，道："大胆奸贼，竟敢入宫行刺。"

"啊！"小头目倒地身亡。

"汪丞相，本将军正要问他，你却把他杀了，啥意思？"孙可望问汪兆龄。

"孙将军，这等奸贼应尽早杀之，以免他胡言乱语，扰乱朝纲。"汪兆龄故作镇定地说。

"是吗？"孙可望已按捺不住性子，持剑指向汪兆龄。

"孙将军，别，别别——"汪兆龄吓傻了。

"我看你是活到头了。"孙可望一步步逼近汪兆龄。

"来人啦！"龙椅上的张王后大叫。

"给我拿下。"孙可望一剑劈了汪兆龄，朝卫兵大喊。

霎时，埋伏在门外的卫兵冲了进来。张王后正欲逃跑，被艾能奇赶上一步，一剑刺于龙案上。卫兵们冲进后宫，把所有同党尽数诛杀，竟然多达千余男女。正是：

> 短命凤凰本可期，
> 私定计谋入正席。
> 岂料将军高一筹，
> 满腔热血化乌有。

孙可望等一班大臣肃清内乱。李定国、刘文秀、艾能奇令侍卫把行宫打扫干净，然后坐下来议事。

孙可望道："现在奸贼已除，正所谓'国不可一日无主'，大家商议一下，由谁来统领这支军队，担当最高统帅？"

"我看，首领一职，非你孙将军莫属，反正大家都愿意听你的调遣。"李定国站起来说。

孙可望欲推辞，众将再三相劝。孙可望见众将推荐他，也算是众望所归，也就不再推辞。他道："各位将军、大臣，既然各位想法一致，那我就暂行代理着。一旦发展壮大起来，大家再另立贤君。"孙可望谦逊地说。

"大哥，现在看来，我们应该认真考虑一下，往哪儿去最合适。"艾能奇发言。

"现在看来，往后是吴三桂的军队；湖南和两广也去不得，那些地方都有明军把守，他们扼住长江。眼下只有急速由顺庆南下，占领重庆逼近贵州是上策。"刘文秀再次重申。

"行，就这么定，去贵州。"孙可望站了起来。

顺治四年（1647）春，孙可望、李定国、刘文秀、艾能奇四将率大西军万余人马，由顺庆出发，一路上昼行夜宿向重庆进发。

"报，大将军，城外来了一支不明身份的队伍，已把城池围得水泄不通。"守城士兵慌慌张张跑进总兵大帐。

"什么，他们是从天上掉下来的吗？"重庆总兵曾英一下从虎皮椅上跳了起来，道："传令下去，全城动员所有将士，一定要死守城池，等待援兵。"

"遵命。"卫兵回答着，如飞地传令去了。

曾英轻骑来到城墙，向城门望去。只见城下一箭之地，白骠马上端坐一位身穿银色梭子甲，头戴银盔，英气勃发的年轻小将。心里顿生轻敌之意，暗道："我倒想看看孙可望派来啥样的大将，原来是个乳臭未干的毛头小子。"遂也来了精神，有了几分胆气，提高嗓门喊道："城外来将是谁，为何领兵犯我城池？"

"守城的，听着！你爷爷乃是大西军首领孙可望将军麾下艾能奇。识相的快开城门，放爷爷进城，或可落个封妻荫子，吃香的喝辣的。若牙缝中蹦出半个'不'字，打进城来，定叫你死无葬身之地。"艾能奇见城墙上站立着一位头戴金盔，身穿金色梭子甲的明将，对其高喊。

"哼，我看你也好不了多少，还是快快下马投降。本帅也许放你一马，在大明圣上面前保荐你做个一官半职，岂不美哉。"曾英在城墙上相劝。

"明狗，少废话，不要敬酒不吃吃罚酒，给我上。"艾能奇指挥大西军攻城。

"放箭。"城墙上曾英看得真切，向早已准备好的弓箭手下令。

"嗖嗖嗖！"城墙上万箭齐发。

"啊——"攻城的大西军很快死伤一大片。

"用炮，一定要把它轰开。"孙可望大怒。

"轰，轰轰！"

大西军果然把他们刚从清军手里缴获的几门大炮用上，这样一来守城的明军就顶不住了。曾英边战边喊："顶住，一定要用滚石擂木把他们砸下去。"

"杀呀——"孙可望见明军固守的城池被炸开几个缺口，挥剑指挥大西军冲人城墙。

"将军，大西军攻破城墙，守军已经顶不住啦，快走吧。"侍卫冲到曾英身边。

"撤。"曾英见贼兵蜂拥而至，边战边令兵将向城中退去。

街道上、巷子里、店铺中，到处是冲进来的大西军。他们见人就杀，见兵就砍。可谓"血流成河，尸横遍野"。

"天绝我也——"曾英见全城百姓惨遭屠杀，仗剑在手大叫一声，纵身跳进滚滚长江中以身殉国。正是：

> 忠心赤胆战群英，
>
> 舍生忘死效皇恩。
>
> 杀身成仁英雄志，
>
> 将军一片报国心。

占领了重庆，孙可望传令三军停止杀戮，安抚城中百姓，补充军需粮草。他们一行人来到曾英的总兵府，早有军士将这里打扫干净。孙可望、李定国、刘文秀、艾能奇四将走了进来，卫兵接过他们的风衣，端上茶来。

"传令各营将士，抓紧准备粮草，说不定清军马上就追来啦！"孙可望传令。

"明白。"传令兵如飞地去了。

"李将军，下一步我们就要渡过长江，先攻下贵州重镇遵义，作为立足点，然后直取贵阳。"孙可望端起桌上的茶喝了一口。

"这个打算很好，只要占据遵义，贵阳乃至贵州就容易到手啦。"李定国同意孙可望的计划，准备攻取贵州重镇—遵义。

离开重庆，孙可望一行人等心里像打翻五味瓶，酸甜苦辣一起涌上心头，还真不是个味儿。站在重庆码头，望着滚滚长江，不禁叹道："西风秋霜兮，长江东流去，周郎硝烟兮，赤壁仍相识。不可沾名兮，南去何时还？他年如兴起兮，定当卧龙婵。"吟罢，令军士开船。欲知后事如何，请看下一章。

第三章

肃亲王率兵追穷寇　孙可望进攻遵义城

　　话说肃亲王豪格率平西王吴三桂及部将李国翰领十几万清军，在陕西西安一举击败了李自成的义军。乘胜追击之时，与赶来的大西军狭路相逢，激战中清军失利。为了重整军威，更好地组织力量，消灭敌人，肃亲王下令吴三桂："吴将军，传令下去，前军改后军，后军改前军，后退三十里，不得与贼众决战。"

　　"喳。"吴三桂领令站了起来，立马传令去了。

　　张献忠的大西军首战告捷，沾沾自喜。当晚不思对策，反而令三军将士在西充一带扎营休息。将士们一个个放松警惕，让清兵钻了空子，致有此败。

　　肃亲王令清兵退去西安三十里扎下营盘，向护卫道："传令将士们食不弃戈，睡不卸甲，以防贼兵偷袭。"

　　"喳！"护卫回答着出了中军大帐，传令去了。

　　末了，肃亲王才向吴三桂道："吴将军，你知道刚才本王为何下令退兵吗？"

　　"大王莫非是骄兵之计？"吴三桂小声地问。

　　"知我者，吴君也，本王正是此意。"肃清王笑着告诉吴三桂。吴三桂见肃清王之意与自己的想法一致，心里很高兴，忙回帐中传令所有将士："应如此如此，方可行事，西贼定可擒获。"

　　"喳！"众将回答着悄悄准备去了。

　　一更刚到，肃亲王向帐外喊："传令兵。"

　　"在。"传令兵如飞地跑了进来。

　　"传令各营将士，准备起床。"肃亲王传令。

"喳。"传令兵起身出帐。

"李将军，本王令你今夜三更，率三千兵马，悄悄摸到贼兵营地三十米处埋伏。令士兵多带弓箭、火药，一旦听到三声炮响，就率兵突然杀出，用火药炸开贼兵营门。我率大军随后跟进，消灭贼兵。"肃亲王向李国翰交代。

"喳。"李国翰领令如飞地去了。

"吴将军，你率本部兵马打头阵，本王自统三军随后跟进。"肃亲王命令吴三桂道。

"喳！"吴三桂领令如飞地去了。

正在西充休息的张献忠没料想被打败的清军当晚就来偷袭。猝不及防的大西军将士仓促应战，连连退败死伤无数，直退到西充凤凰山一带。乱军中，张献忠中箭身亡。大西军带着张献忠遗体，本欲退兵成都。这时，成都守军已败下阵来，逃来的士卒向孙可望道："大将军，成都已经丢失，平西王吴三桂已率兵占领了成都。"

"啊！"孙可望一行，听到成都沦陷的消息，大吃一惊，只好率兵退到顺庆，在顺庆葬了张献忠。紧接着又平定了汪兆龄及张王后一班朝臣的内乱，就急速南下攻占重庆。

肃亲王也不让孙可望有喘息的机会，率兵穷追不舍，一路追杀下来。撵得孙可望如丧家之犬，在重庆待了三天就弃城逃跑，似关羽走麦城一般。他前脚出门，肃亲王率清兵后脚就占了重庆。

孙可望一行，顺治四年（1647）正月三日由綦江出发，七日后逼近贵州重镇遵义。

"报，大将军，前面是一座空城。"先锋派传令兵跑来向孙可望汇报。

"啥？"孙可望一惊。

"是座空城。"传令兵回答。

"空城？停止前进！"孙可望急忙下令。正在急行的大西军一下子停了下来，一个个坐在地上直喘粗气，早已累得疲惫不堪，有的士兵一坐下来就呼呼地睡着了。

孙可望、李定国、刘文秀、艾能奇一行人催马来到前面半山腰，用望远镜细细看了看遵义高大的城墙。见上面寂静无人，四野一片荒凉，倒使得一向好战的四将有些捉摸不定。孙可望暗道："难道遵义守将，在学诸葛亮摆空城计，骗老子入城？"

"我看不可能，说不定守军听到将军们的威名，一个个吓破了胆，早他妈逃之夭夭，是座空城也未可知。"孙可望部将贺九仪在一旁插言。

"我看这事并不简单，小心驶得万年船，先派小股人马进城打探一下虚实，若真是座空城，大西军再开进不迟，万一中了守军埋伏，也有个接应。"刘文秀想了想说。

"刘将军言之有理，还是先派一支兵马进去试探一下再说。"李定国赞同刘文秀的意见。

"行。"孙可望见李定国也同意先派兵进城探个究竟，便向贺九仪道："贺将军，你率三千兵马打头阵，进去后探一下虚实，一定要把里面的情况摸清楚。"

"将军放心，末将这就去。"贺九仪回答着，领令如飞地去了。

孙可望一行，在城外十里处扎营等待。几个时辰过去了，贺九仪派兵来报确实是座空城。

孙可望见派到附近的探马也来报，没有发现任何伏兵的迹象，才道："传令大军入城。"正是：

> 神兵一到守军惨，
>
> 不战自弃保身安。
>
> 回头可知故里民，
>
> 见面无颜心自寒。

大西军顺利占领了遵义，孙可望见城里一片荒凉啥也没有，不要说南明守军，就连老百姓也找不到，心里也很吃惊。急忙向艾能奇道："艾将军，立即传令下去，所有士兵不得入民宅，不准抢掠，违令者斩。"

"是。"艾能奇转身传令去了。

"刘将军，马上张贴榜文，凡逃出去的老百姓，可速速返家，一律免责。"孙可望向刘文秀下令。

"我这就去办。"刘文秀安排去了。

大西军在遵义城里，安抚城中百姓，令其放心回家安居乐业，不在话下。

却不知原来他们占领重庆时，一些随曾英守城的士兵逃出。他们早把大西军屠重庆、即将屠遵义的消息告诉了遵义守将。为了保住全城百姓，将来卷土重来，贵州总兵皮熊令遵义守将率军民撤走，留一座空城给孙可望一行。

占领遵义，孙可望啥好处也没有捞到，心里大为恼火，补充了一些粮草，就准备突破乌江，进攻贵阳。

他向王自奇道："王将军，遵义是我军进攻贵阳的门户，本王令你，率三千兵马在此守候。记住一定要守好，否则军法无情。"

"将军放心，小将在城在。"王自奇接过孙可望递过来的令箭。

"艾将军，你率三千兵马打头阵，明天拂晓前赶到乌江渡口，设法搞到船只，为后续大军过江做准备。"

"明白。"艾能奇站到一边。

"李将军，率本部人马，抢占乌江上游地区，阻止一切来犯之敌。"

"行，我这就出发。"李定国领兵去讫。

"贺九仪，你率三千兵马悄悄摸到乌江对岸。一旦皮熊有援兵来，多用火炮、滚石擂木挡住援兵。待大军过江后，一切都可以解决。"孙可望令贺九仪。

"将军放心，拂晓前我一定在对岸接应大军过江。"贺九仪回答着领兵去了。

正月二十二日，孙可望下令全军向乌江前进。欲知后事如何，请看下章分解。

第四章

皮总兵调兵迎敌　孙可望强渡乌江

大西军占领遵义，即将向乌江进军，逼近贵阳。贵州总兵皮熊急忙召开军事会议，准备以乌江天险为依托，与赶来的大西军决一死战。

他向到会的省参议曾益、巡抚米寿图、按察使张耀道："各位，今天急急忙忙召集大家开会，想必大家都有所耳闻。不过，在这里还是要向大家说明一下，孙可望、李定国、艾能奇一班大西军首领于七日占领遵义，将于二十二日进军贵阳。现在我们要以乌江作为屏障，与大西军在乌江展开决战。希望各位精诚团结，用我们的实力把大西军消灭在乌江两岸，让乌江成为孙可望、李定国、刘文秀、艾能奇一班贼将的葬身之地。"皮熊向到会的参战人员做动员。

"皮大人，如果要与大西军决战，必须要抢在他们未到达乌江北岸之前，将北岸方圆百里以内的民宅、船只统统运到南岸，带不走的尽快全部销毁。一句话，断其全部能过江的工具。之后，我们派一支兵马就地埋伏，等他们到乌江北岸时，打他们个措手不及，然后大军突然过江发起进攻，内外夹击，不愁大西军不灭。"曾益献计。

"此计，我看可行。"米寿图也同意曾益的计策。

"这样，才能使贵州转危为安，扭转整个贵州战局。"按察使张耀站起来说。

皮熊见张耀、米寿图都同意曾益的计策，想了想，道："既然各位都同意曾参议的意见，那么就这么定了，现在就开始调兵迎敌。"

24

"米将军，你率三千兵马，于明日拂晓过江，把所有渡船统统运到河这边，不得留下一只给大西军。"

"明白。"米寿图回答。

"曾参议和张按察使，你两人率三万兵马，于乌江南岸各渡口设伏，在险要隘口处多设置滚木擂石和弓箭手，阻其过江。"

"是。"张耀和曾益回答。

皮熊安排已毕，道："你等各部，必须在明日拂晓前到达指定位置，我率中军随后接应你们。贵阳的成败在此一战，望各位小心行事。"

"大人放心，我等一定尽力效忠皇上，不负大人重托。"众将回答着领兵去讫。正是：

> 昨日弃城为疑兵，
> 保军安民日后兴。
> 今晨排下麈战阵，
> 誓与贼人见高低。

话说大西军先锋贺九仪，奉令率三千义勇军，昼夜兼程，赶到乌江北岸，望着滚滚浪涛，水流湍急的乌江，将士们无不倒吸一口凉气。有诗为证：

> 山峰耸立如斧削，
> 峭壁凌云似麟角。
> 雄鹰崖上惊飞渡，
> 江波滔滔魂已落。

"李将军，速带五百军士到江北附近村寨看看，想办法弄些船只，从前面渡口过去，先占领对岸制高点。"贺九仪向身边的副将吩咐。

"末将遵命。"李义向后面将士招了一下手，道："一营跟我来。"率兵如飞地去了。

两个时辰过后，一士兵跑来报告："报，贺将军，李副官请将军快些过江，船只已经停在渡口。"

"走。"贺九仪向三千士兵招手，很快大西军涌下山坡，奔向渡口。

"怎么样？有情况吗？"贺九仪问。

"幸好现在没有，只有少数守军在下面两百米的一个小山村里，其他地方还无重兵。"李义回答。

"走。"贺九仪下令。三千大西军，悄悄上了渡船。

"李将军，你率一千兵马守住渡口。设法干掉前面小山村里的守军，迎接大军过江。"贺九仪令李义。

"放心，这里就交给我。"李义令船夫开船。贺九仪率大西军敢死队过乌江。

"报，大将军，贺将军要你率大军快些跟进。"一士兵来到孙可望中军报告。

"江边情况怎么样？"孙可望问。

"少数守军已被解决，大队人马还没有发现，贺将军已经率先过江，要小的来催将军。"士兵回答。

"传令下去，跑步前进。"孙可望抽了战马一鞭，大西军加快了行军速度。

"杀啊。"乌江对岸传来厮杀之声。

原来米寿图率领的三千贵阳守军赶来乌江设伏，却晚了一步。正好遇着已渡过江的贺九仪部，两军就在岸边山坡相遇，互相厮杀起来。

"快——"孙可望听见对岸厮杀之声如雷，急忙指挥后军渡船过江支援。

大西军越杀越多，贵州军援军没有跟上，已渐处劣势。米寿图战贺九仪、李义二将，渐渐不支。眼看大西军已突破乌江，漫山遍野而来。贵州军张耀、曾英部还没有到。

"怎么办？"米寿图边战边想，眼见三千部众只剩区区百人，再不逃命，可就晚了。于是卖个破绽，跳出战团，拍马向林中逃去。

"追。"贺九仪挥剑就赶。

"慢，贺将军，穷寇莫追。赶快整顿兵马，他们的援军就要到啦——"孙可望叫住贺九仪，向艾能奇道："艾将军，速速率三千兵马绕过那个山谷，埋伏在山后面林中。一旦皮熊兵来，截住厮杀，不能放他们过去。"

"末将明白。"艾能奇领令去讫。

"贺将军，速率本部人马，埋伏在山上，一旦皮熊兵到来，多用滚石擂木截杀。"

"是。"贺九仪领令去讫。

"李将军、刘将军，你我三人为中军，迎上去杀他个人仰马翻。一鼓作气，攻进贵阳。"孙可望调派已毕，率大军迎击赶来的张耀、曾益部。两军在贵阳不到百里的滴澄桥大山里厮杀起来，吴子骐率先冲入贼兵中，挥剑直砍。这才叫"血流成河，尸横遍野"。

"杀呀。"大西军在孙可望的指挥下，向黔军蜂拥而来。

吴子骐、张耀和曾益见敌军越来越多，已抵敌不住，只得率残兵杀出重围，向定番（今惠水）逃去。吴子骐战到最后被俘，贺九仪押着吴子骐来到孙可望中军大帐。孙可望见其大义凛然、临危不惧，是一条汉子，意欲劝其归降，为大西军所用。而吴子骐却誓死不降，不愿做背信忘义、见利贪生的小人，宁愿站着死不愿跪着生。在孙可望的中军大帐破口大骂："孙可望奸贼。"孙可望本想饶他不死收为己用，不曾想吴子骐油盐不进，骂得孙可望火起，大怒："快，拉出去砍了。"

吴子骐就这样被大西军斩首，不屈而死。

大西军击败了张耀、曾益，孙可望率得胜之师长驱直入，向贵阳杀来。

本来就没有多大战斗力的地方杂牌军队，皮熊怎能抵挡士气正旺的大西军。急忙叫来心腹，道："孙可望的军队已经快要杀到贵阳，米寿图、张耀、曾益，他们兵败逃到定番和偏桥（今平坝县西北）去了，眼看贵阳也难保。你带上卫队，帮家眷收拾行李，马上出城先往都匀避一下，之后再作打算。我布置好这里的防守，随后就来。"

"总兵放心，末将这就去办。"副将转身出门。

"快，再不走就来不及啦。"皮熊骑上枣红马，狠狠抽了坐骑一鞭，带着随从，弃城逃向都匀。正是：

> 只防天堑能觅水，
> 岂料神兵一夜飞。
> 皮熊好梦未醒处，
> 城下杀声已传来。

"大西军来啦。"贵阳市来不及逃亡的市民争先恐后地传话，跑进屋里，紧闭院门。

"传令大军，不准骚扰百姓。违令者，定斩不饶。"孙可望骑在马上，望着街道两旁关门闭户的店铺，向进城的各营将士传令。

"将军放心，属下这就去办。"刘文秀回答着转向后面，逐营交代。其余不提。

市民们见大西军进城三天了，还没有屠城，胆大的开始出来悄悄走动。在街上巡逻的大西军士兵也不管他们，有的还主动帮助他们，时间一长，市民们也就慢慢归家，开门做生意，清冷的街上渐渐热闹起来。

望着日益增多的市民，孙可望不断地约束大军，大家也相安无事，照常做事，安居乐业。

稳定了贵阳的局势，孙可望才向艾能奇道："艾将军，为了巩固贵州，我们必须清剿逃脱在外的皮熊遗党。现在你率三万兵马，明日出发向定番进攻，必须把张耀、曾益二贼的头提来见我。"

"属下遵命。"艾能奇率兵站到一边。

"贺九仪、张明志，你二将率三万兵马，星夜赶往都匀，剿灭皮熊余党，不得有误。"孙可望又拔出一支令箭。

"遵命。"贺九仪、张明志领令站到一边。

"好，就这样，大家下去准备。"孙可望朝众将挥了一下手。

"是。"众将回答着走出帅府。欲知后事如何，且看下章分解。

第五章

艾能奇领兵战定番　贺九仪智斗皮总兵

顺治四年二月，艾能奇领兵离开贵阳向定番进发，准备攻打定番。逃将张耀、曾益闻报，急忙升帐商议对策。

张耀道："目前来看贼兵势大，硬打是不行的，肯定吃亏。"

"还有更好的办法吗？"曾益问。

"昨晚想了一夜，到现在也没有很好的解决方案。"张耀无可奈何地回答。

"既然这样，那就派人与他们讲和。"曾益放下手里的茶杯。

"事情并不这么简单，讲和怕是不行。只有逃跑，但是城里随军逃来的百姓这么多，行军也不方便。万一贼兵赶来，还不是全城百姓遭殃。"守将谢锦也很担心。

"我看只有投降，不然，全城百姓性命难保。"张耀实在无法，只好出此下策。

"不行，万万使不得，大将出征在外理应战死沙场，绝不投降。"曾益反对。

"能说说你的具体打算吗？"张耀望着曾益。

"我们不是还有万余士兵吗，凭着城外高大的城墙，再守一两个月不成问题。再说皮总兵也还在都匀，我们一面坚守城池，一面派人去都匀找皮总兵救援。援军一到，内外夹击是能取胜的。"曾益坚持决战。

"各位将军时间不等人，是战，是和，还是降，拿定主意，大西军很快就兵临城下啦。"城里绅士老王站了起来。

"战。"曾益不加含糊地说。

"既然曾参议这么坚决，末将愿以死相拼效忠皇上。"守将谢锦站起来说。

"好，多谢将军支持，老夫肝脑涂地，情愿挥刀杀贼。"众将来了精神。

"众位都有与城池共存亡的勇气，我愿以死相拼，杀个痛快。"张耀也仗剑在手，一副视死如归的样子。正是"才出隆中，又入笼中"。

二月十二日，艾能奇率大西军赶到定番，把城池围了个水泄不通。"城内守军听着，吾乃大西军首领孙可望麾下驾前先锋艾能奇，识时务者为俊杰，尔等赶快开城门出来投降，免得爷爷操刀杀进来，取你们狗头。"大西军在城下叫战。

"放你娘个狗屁，有本事就来攻城，老子不是吃素好欺负的。"守将曾益在城墙上看得真切，城下一员银盔银甲小将掌中使一杆长矛，座下白玉马，往来不停，扬起很多灰尘。遂张弓搭箭，"嗖"的一箭射死了一名骑黑逸马的偏将。

"啊！"艾能奇见身边偏将中箭落马，大吃一惊，抽出宝剑，大喊："攻城。"

大西军将士，见主将令下，"冲啊！"呐喊着冲向城墙。他们边架设云梯，边往城垛上爬。

"放箭。"曾益令守城士兵，居高临下，箭如飞蝗般射向冲向城墙的大西军。

"啊！"冲向城墙的大西军，很快倒下一大片，后面的还在不断地涌向城门。

"快，用滚石擂木，一定要把贼兵砸下去。"曾益令守城士兵。

大西军一连攻了数次，不能靠近城墙，且死伤千余人马。艾能奇气得火冒三丈，下令道："火炮，给我轰，一定要把城墙炸开，不打进城去活剥张耀，老子不姓艾。"

"轰，轰轰——"

大西军开始用大炮朝城门及城墙猛轰。

"报，大西军已经把城墙炸开了几处缺口，贼兵快攻进城了。"守军跑到将军府报告。

"上马，一定把狗日的赶出城去。"张耀提刀上马，率兵冲向炸开的城门。

"杀呀。"明军将士及城里百姓，挥刀舞棒，呐喊着杀向城门，与杀进城的大西军展开厮杀，整个城里大街小巷，处处可见与大西军拼杀的军民，呐喊之声不绝于耳。

"冲。"

艾能奇催促大西军。

主将督战，大西军将士们一个个奋勇向前，与城中的守军展开激烈巷战。从天明杀到天黑，整座定番城血流成河、尸积如山。明军将士除少数逃出外，大部分战死。艾能奇清理战场，收拾房舍，派人向孙可望告捷。定番拿下，不在话下。

且说贺九仪奉命率兵进攻贵州总兵皮熊所在地都匀，大军正行之际，前面一快骑跑来道："报，大将军，前面就是贼兵所在地都匀城。"

贺九仪见先锋跑来报告前面不远就是都匀，急忙传令："停止前进。"

"原地休息。"传令兵向后面传令。

"我看这样，不如先派人悄悄摸进城去，向皮熊晓以大义，令其放下武器，率众来降。如这一计成功，可减少很多伤亡，同时也可收得一座完整的都匀城。"贺九仪向身边的将士讲了自己的想法。

"将军如能取胜，这个办法着实可行，但目前不知皮熊是怎么想的。"副将有些迟疑地说。

"管他怎么想，先试一试再说。"另一将士接过话茬。

"王标，你代表我去找皮熊，向他晓之以理，陈述双方交战的利害。如能放下武器出城投降，我可保证他全家人的生命安全，也使得全城百姓免遭生灵涂炭之灾。"贺九仪吩咐。

"属下遵命。"王标回答着领令去讫。

皮熊从贵阳逃到都匀，板凳还没有坐热，占领贵阳的大西军又追着他的屁股撵来。这时，定番那边也传来了张耀、曾益失利的消息。"怎么办？"皮熊如热锅上的蚂蚁，在屋里转来转去，不知如何是好，这时门卫走了进来，道："报，将军，外面来了个人，自称受大西军将领贺九仪派遣，前来见将军。"

"快快有请。"皮熊像在急流中抓住一根救命稻草，心里一下亮起来，传令接见来人。

"皮将军，下官奉贺大人差遣，前来与将军议和，保将军高官厚禄，不知将军意下如何？"王标开门见山，直言不讳。

"哼，你家将军也太放肆了，我皮某岂是鼠辈，回去告诉他我宁可玉石俱焚，也绝不苟活投降出卖我大明河山。"皮熊表面义正严辞，可内心实在惶恐不安、焦虑万分。

王标细查皮熊眼神闪烁而无光，其声音高亢而无力，知道皮熊此乃底气不足、心存畏惧之由，便轻轻笑道："我早就知道皮将军的大将风度，为人之气节，在下敬佩万分。但将军不要一意孤行，顾及这城中的无辜老幼和你的前途大业、家人安危才是大事。韩信尚能受胯下之辱，何况将军乃另投明主呢？"

王标察言观色，皮熊低头不语，表面似气愤之状，实际在听王标之言，只不作声。

王标见皮熊不语，便出语震慑皮熊，道："要是将军固执，硬要与我大西军对抗，那我军不但让将军死后无葬身之所，满门遭灭门之祸，甚至要屠杀全城百姓，让你成为千古罪人。我军的手段想必你是听说过的，希望将军识时务为俊杰。"

王标愤然起身，假装要告辞。"将军息怒，且喝茶。"皮熊见状，赶紧拦着王标，开言道："贺将军如此厚爱皮某，皮某是无地自容，只是——"皮熊似乎有些不放心，还很为难。

"说嘛，皮将军有何难处？"王标望着皮熊。

"我倒是没啥，只是这城里上万百姓——"皮熊担心地说。

"将军放心，只要你识时务率军投诚，贺大人说了一切都好商量。"王标补充。

"只要贺将军放过全城百姓，要皮某干啥都行。"皮熊站起来，在屋里踱了几步，思忖了半响说。

"行，皮将军的这些顾虑，我这就出城告诉贺大人。请放心，只要将军投诚，我家将军一定会保全全城百姓的性命。"王标起身告辞。

"卫兵，送客人出城。"皮熊向侍卫喊。

"是。"卫兵回答着走了进来，向王标道："王大人，请。"

"告辞。"王标与皮熊施礼。

"请。"皮熊抱拳送王标。

"咋样，皮熊啥子态度？"贺九仪问王标。

"他有投诚之意，只是担心城中百姓，怕一旦大军进城会荼毒生灵。"王标转述。

"这个没有问题，只要他投诚，贺某一定保证全城百姓生命安全。你回去告诉皮熊，这个叫他放心，一定不伤害百姓半根毫毛。我这里马上传令三军，人城后严明纪律，违者斩首。"贺九仪告诉王标。

"好，我马上转去，把将军之言如实相告。"王标再次入城。

"慢，去了以后如皮熊答复，拂晓前以三支火把为号，打开城门，我军即刻入城。如皮熊反悔，就以信鸽送信，大军立即攻城。"贺九仪交代。

"遵命。"王标复入城来，向皮熊交代了贺九仪的意思。

"既然这样，那就照贺将军的意思，马上到城南燃火为号，欢迎大军入城。"

皮熊此举，不但使全城百姓免遭涂炭，还使双方少死许多将士。这就是兵法"上兵伐谋"的道理。

"行。"王标点火去了。

皮熊说着向传令兵道："传令下去，三军将士，天明随我出城。列队迎接大西军入城。"

"明白。"传令兵如飞地去了。

"副官！"皮熊朝门外喊。

"属下在。"副官走进将军府。

"你马上集合好城防卫队负责警戒，严防意外发生，如有不听军令反抗者就地正法，不得姑息。"皮熊下令。

"遵命。"副官如飞地去了。

雄鸡报晓，启明星跳出天际，贺九仪把所有大西军埋伏在都匀城周围，焦急地等待着城中消息，同时向李副官道："传令下去，万一情况有变就攻城。"

"是。"李副官准备去了。

"将军！快看，信号。"士兵发现了城上燃起的三堆篝火，兴奋地喊。

"好啊——"贺九仪高兴地站了起来。

免去一场厮杀，大西军将士们一个个高兴得相拥而泣。

"大家列好队，小心有诈，随时做好战斗准备，一有意外立即攻城。"贺九仪下令。

"遵命。"将士们回答。

一会儿，城门打开，贺九仪领兵入城。

"贺将军，一路辛苦。"皮熊率城里官绅出城迎接。

"皮将军辛苦。"贺九仪来到城门，与皮熊手挽着手入城，这就是兵法"不战而屈人之兵"的道理。皮熊深明大义，贺九仪足智多谋，兵不血刃让几万把守城池的将士，放下武器投降，一座黔东名城顺利地成了大西军的地盘，实属少见。

　　入城的大西军与皮熊在城里宰牛庆贺，犒赏三军，不在话下。欲知后事如何，请看下章分解。

铁马金戈
TIE MA JIN GE

第六章

刘文秀诱战米寿图　大西军贵阳养生息

　　贺九仪智取都匀城的捷报很快传到了贵阳。孙可望得知这一消息，心里高兴万分，向刘文秀道："刘将军：这回看你的啦。"

　　"大将军放心，小弟一定拿米寿图来见你。"刘文秀言罢：率一万兵马向偏桥（今平坝县西北）进发。

　　大西军来到偏桥，刘文秀令士兵向城上喊话："城里驻军听着：大西军到此，快叫米寿图出来受死。"

　　守城士兵听了，急忙去将军府："报，将军，贼兵在城外大喊大叫，百般咒骂，兄弟们都听不下去了。"

　　"不要理会，由他骂去。"米寿图传令。

　　"是。"传令兵如飞地去了。

　　"米寿图，往日的威风到哪里去啦？今天怎么待在城里做缩头乌龟，不敢与我交战？"文颜金盔铁甲，惯使一柄偃月刀，在手里舞得山响，于城下出马奚落。

　　"姓文的，不要在这里狐假虎威，别说你一个无名小卒在这里逞能，就是刘文秀亲自来了，老子也不会吃这一套。"米寿图在城墙上指着城下放马狂奔的文颜笑骂。

　　"哼，我看你忍得过几时。"刘文秀边令士兵拖延，边坐在帐中苦思良策。

　　一袋烟过后，刘文秀叫来副将，秘授其计。副将听了，道："将军，这事不妥吧。"

　　"放心，只要你依计去办，擒米寿图十拿九稳。"刘文秀胸有成竹。

"属下遵命。"文颜领令如飞地去了。

大西军有意把西门放松，只有几百老弱残兵在此巡逻。刘文秀骑着青花马，带两名偏将，来到西门外一箭之地察看地形。

"报，米将军，西门外发现贼兵大将刘文秀带着几人窥视我军城楼。"守门小卒跑到米寿图将军府汇报。

"再去打探，到底有多少兵马，城门外的情况怎样，一一探来。"米寿图下令。

"明白。"守门士兵去讫。

茶余工夫，守门士兵复入将军府，道："报将军，刘文秀身边确实只有二十余人，且西门之军不过几百，都是些不堪一击的老弱残兵，城门外几十里也无伏兵迹象。"

"好，天助我也。"米寿图高兴得拍了一下手，站起身，道："传令守城将士，严守四大城门。其余将士，快随我来，刘文秀可擒也。"言罢，率先领兵往西门而来。

"姓刘的，站住。"米寿图率千余兵马打开城门，杀将出来，后面士兵也跟着呐喊，冲出城门。

"快走。"刘文秀一副狼狈的样子，径直逃了几十里后，慌忙拍马向山林小道飞奔，米寿图紧追不舍。

乍看林中古木丛深，枯草齐腰，疾风似饿狼般呼啸而过，鸟儿在林中哀叫悲鸣，马蹄的冲击声更让它们振翅乱蹦，似有杀气腾腾的不祥之兆。

"抓住他，前面骑青花马、穿银铠甲的是刘文秀。"米寿图边追边喊，却无半点防范之意，马蹄把地上的尘土扬起老高。

米寿图大喜过望，以为刘文秀就此可擒也，竟不知此乃刘文秀的诱敌之计。

只听得山林中一声疾呼："放箭。"几百支箭矢疾风骤雨般呼啸而来。

"啊——"

冲进树林的明军被射得人仰马翻，死伤遍地。

"快退回去。"米寿图恍然大悟，才知已经中计，慌忙传令后撤。

说时迟那时快，还没有等他反应过来，一阵钩镰枪已将米寿图的坐骑扳倒。米寿图摔落马下，半响才惊慌地爬起来，刘文秀一杆长枪已抵住他的前胸。

"绑了。"刘文秀命令士兵。

"要杀便杀。"米寿图宁死不屈。

"报，将军，城池已经攻克。"攻城士兵前来报告。

"走，进城。"刘文秀押着米寿图走进偏桥。

"唉——"

望着被大西军占领的城池，米寿图垂下了脑袋。正是：

> 魔高一尺，
>
> 道高一丈。
>
> 任你狡诈，
>
> 终难逃脱。

占领了偏桥，刘文秀令将米寿图就地正法。派文颜守城，率军回贵阳。

大西军经过几月的奋战，终于占领了贵州大部分地区，孙可望升帐议事，向李定国、刘文秀、艾能奇道："各位兄弟，今天，我军已经基本完成了以贵州为中心的任务。现在的任务是如何建设和巩固好这一地区，就这一问题，大家发表意见。"

李定国道："大哥，既然我军已经占领了贵阳，那么，我们就要先发展好这一带的农业与工业。除了鼓励百姓耕种，军队也要实行军屯。只有把粮食生产搞上去，军队无军粮之忧，才能富国强兵。"

"我看二哥讲的很有道理，发展农业生产已是当务之急，说干就干。"艾能奇站了起来。

"好吧，我看这事得写个告示，诏告各地，晓谕民众。让大家先安居乐业，同时，还要建立一些相关的奖励办法，对于多种多收者奖，懒惰拖沓者重罚。这样，不但能提高农民的种粮积极性，还能鼓励更多的人参与生产，有利于国家的强大与发展。"

"行，既然各位都这么讲，明天就实行，说干就干。"孙可望下定决心，发展农业，整顿内政，搞好经济和农业建设。对外则扩充实力，不断招兵买马，想方设法联明抗清。

就在这时，门外传来一声高喊："大将军，门外有个人来求见。"

"什么人？"孙可望问。

"来人自称听什么龙副官差遣。"门卫回答。

"哦，快快有请。"孙可望已明白几分，忙向侍卫吩咐。

"遵命。"侍卫回答着出门去了。

不一会儿，侍卫带着送信人走了进来。"你家主人，近来如何？"孙可望问送信人。

"回大将军，我家主人还好。"送信人回答。

"这话从何说起？"孙可望又问。

"大将军，是这样——"送信人一五一十地把沙定州如何打进昆明，沐天波败走滇西，副官龙在田不得不求助孙可望的事全盘说出。

"啊，原来如此，怪不得这么长时间没有龙老弟的消息。"孙可望暗吃一惊。接着向送信的道："好，你先下去歇着，待本帅与几位将军商议一下。"孙可望说。

"行，小的等将军回话。"送信人出府去了。

送信人出门以后，孙可望令侍卫找来李定国、刘文秀、艾能奇，道："众位，远在云南明军中的一位朋友派人送信在此，信上说云南黔国公沐天波被云南沙定州率贼兵攻破昆明，沐天波率残部逃至大理一带休整，他们之意要我们出兵援助。现在，就沐天波求援这件事商议一下，是出兵还是按兵不动？"孙可望向李定国、刘文秀、艾能奇三将问道。

"大哥，我看这是占据云南的好机会，可以回复来使。"李定国显得很高兴。

"嗯，大哥，二哥讲得很对，我们可趁机出兵云南，以支援沐天波收复失地为名，既而占据昆明，云南唾手可得。"艾能奇站起来说。

"嗯，这可是个千载难逢的时机，我们必须得从长计议，设计安排好。大军所到之处，必须扫除沿途障碍，逢州过县派兵把守，一旦到昆明就实现了以滇黔为根据地的战略目标。这样一来，凭借滇黔两地富饶的资源，再借助南明现有部分实力与清军抗衡。机会难得，我看可以回复来人，就说我们愿意出兵，支援黔国公收复昆明。"刘文秀力劝孙可望。正是：

> 良机有时莫放脱，
>
> 抓紧实施好策略。
>
> 一旦攻入黄龙府，
>
> 实现伟业正适合。

孙可望看看其他将领，见他们都默不作声，于是开言道："既然各位都同意出兵，那就出兵。"孙可望说完，向门外道："传送信人进殿。"

"是。"门卫回答着向外面喊："传送信人进殿——"门卫一层层传话。

一会儿，送信人走进将军府，孙可望道："你速回去，转告黔国公，就说本王愿意出兵支援他收复失地，望他们做好准备，一旦大西军入滇，一定要尽力配合。"

"大将军放心，小的一定将原话转告沐大人。"送信人起身告辞回滇。

送走了龙在田派来的信使，孙可望一行，开始着手起兵入滇。欲知后事如何，请看下一章。

第七章

阿迷州沙定州叛乱　沐天波兵败逃滇西

　　孙可望一行四将，接到云南黔国公沐天波的求援信后，如何与部下商议进兵云南暂且不表。且说云南省阿迷州（开远地区），居住着很多彝族土司、头目及酋长。

　　长期以来，他们都怀有对朝廷的不满。每每伺机造反，几欲推翻朝廷的统治，建立自己的政权，其中以沙定州为首的土司势力最大，发展也很快。在沙定州的号召下，很快招募了几十万大军，号称"天下无敌"。

　　这些彝民军队，在沙定州的指挥下，很快占领了阿迷州一带广大地区，势如破竹，打得南明军队无处可逃，望风披靡。消息传到昆明，黔国公沐天波急忙召集所有将领，商议退敌之策。

　　黔国公沐天波开言道："各位将军，今天召集大家开这个会，原因想必大家都有所耳闻。不过，我在这里，还是要讲一下这次会议的目的。现在，阿迷州地区土司沙定州起来造反，声势非常浩大，已经攻克了不少城池，夺掠上万人畜。开远、个旧、蒙自、建水、石屏、通海都已成了他们的地盘，呈贡不过一两天的时间，呈贡守将已经派人告急。如果呈贡失守，则昆明危矣。"沐天波向所有到会将领讲述着当前的情况。正是：

　　　　贼情如火日渐高，
　　　　其势浩瀚已成涝。
　　　　若再不思扑灭策，
　　　　决堤洪流难收疆。

　　"沐公，既是这样，一方面派兵帮助呈贡守将守城，另一方面调集重兵死守昆明，只要保住昆明，再派人去南宁向圣上求援，一旦援兵到来，内外夹击消灭叛军指日可待。"国舅站起来说。

"事不宜迟，明天就由国舅率三万兵马去呈贡协助守城，其余将领驻守昆明。"沐天波布置完毕，向龙在田道："龙副官，传令守城将士，昼夜巡逻，必须小心防守。"

"遵命。"龙在田领令出府去了。

……

沙定州攻下通海，站在城墙上，向身边将士道："传令下去，王副官负责率三千兵马整顿城中秩序，维护城里治安，守好此城。其余将士带好粮草，随本王立即出发，向昆明进军。"

"遵命。"将士们回答着回到各自的营中，传令向昆明进攻。

"杀呀——"天刚拂晓，沙定州率领的叛军就打到呈贡城下。

"冲呀——"叛军在沙定州的指挥下蜂拥着向城下冲来。

"放箭。"守城的明军从城上向冲来的叛军放箭。

"堆柴草，一定要把城门烧开。"沙定州传令。

"遵命。"副将令士兵推来柴草，迎着城楼上射下的箭雨向城门冲去。有诗为证：

> 叛军之势如浪高，
>
> 连克州城不疲劳。
>
> 一心打到昆明去，
>
> 推翻明廷日子好。

"快用滚石擂木，一定要把他们砸退。"龙在田向守城士兵下令。

"放箭。"沙定州令士兵在箭头上绑上燃火物，再浇上水火油，将箭头点火，射向城门的柴车上，城门燃起熊熊烈火。

"杀呀。"沙定州见城门已毁，挥剑冲进城来。

总兵魏豹率千余人从西门杀出重围，逃向昆明。

"主公，是战是走，快拿主意。"总兵王升站起来问道。

沐天波想了想，道："现在贼兵势大，来势凶猛，死守城池，恐怕难以克敌。不如放弃城池，退回滇西，集结重兵，再来收复。"

"主公所言极是，事不宜迟，立马就走，再迟就来不及了。"李启隆催促。

"好吧，令大军出西门，撤出昆明西行，先到楚雄、大理一带集结。"沐天波下令。

"遵命。"龙在田回答着传令去了。

沐天波率兵逃出昆明，向滇西而去。正是：

> 天波弃城入滇西，
>
> 招兵买马再来取。
>
> 贼众让你逞一时，
>
> 看我将来入滇池。

沙定州率得胜之师，进了昆明，来到沐天波住过的府邸。道："传令下去，所有将士，大贺三天，摆酒庆功。"

"遵命。"副将传令去了。

"夫人，你也该歇歇啦。"沙定州边解战袍边向范夫人说。

"你歇吧，我还要安排一下。"范夫人解下佩剑，朝门外道："来人。"

"夫人，有何吩咐？"外面进来一位女兵。

"去看一下，这屋里可有老妈子和女佣，找几个来烧水，记着要好好对待她们。"范夫人告诫女兵。

"遵命，夫人。"女兵退下去了。

"大王，城里所有明兵都已经肃清。"副将进来报。

"好呀，张将军，本王有尔等猛将，何愁大业不成，好好建功立业，今后定有你的好处，下去传令三军不得扰民，否则定斩不饶。"沙定州下令。

"是。"张副官领令下去。

"城防都安排妥当了吗？"范夫人问沙定州。

"夫人放心，这点小事，沙某还会忘？说不定此时，我们的先锋部队已经追上西窜的沐天波。"沙定州边脱衣服边告诉范夫人。

"这样就好，不过，现在还不是享乐的时候，大军必须继续追歼逃敌。只要占领云南，就有发展的根据地啦。"范夫人边解衣服边讲。

"这个还用说。"沙定州说着，上床与夫人欢愉，不在话下。欲知后事如何，且看下章分解。

铁马金戈
TIE MA JIN GE

第八章

沐天波千里求援兵　孙可望分兵进云南

沙定州攻下昆明，在城里如何用兵，暂且不表。

且说黔国公沐天波率兵从昆明逃向滇西。他来到楚雄，布置好兵力，把几个州的土司都集结起来，清点兵力，也远远达不到可以消灭沙定州的力量，心里越发感到着急，在临时官府里走来走去，不知如何是好。良久，转向魏豹道："前不久，派到南宁求援的使臣，怎么现在还不见音信。"

"主公，我看恐怕圣上也抽不出援兵来。"总兵王升插话。

"这样如何是好，难道堂堂大明江山的沐氏家族，就要毁在我的手里。"沐天波伤感起来。他吟道：

> 鹤唳四起鸦声寒，
>
> 战马啸啸水潺潺。
>
> 群山早知敲边鼓，
>
> 枕边岂容贼自鼾。

"主公，倒也不必如此悲伤，末将有一计不知可行不可行。"龙在田在一旁插言。

"龙将军，有何妙计，不妨说来听听？"沐天波催促龙在田。

"现在，在贵阳的大西军首领孙可望，崇祯十一年五月，在兵部尚书熊文灿那里与在下相识，关系不错。我想凭在下薄面，前去向孙可望求助，他不会不给面子的。"龙在田告诉沐天波。

"既是这样，龙将军就快些修书派人前往搬救兵。如若迟了，贼兵一到，大事就完矣。"沐天波催龙在田。

"只要主公同意，末将这就派人前去贵阳，不日即可往返。"

龙在田回答。

"快些去吧。"沐天波已等之不急。

"遵命。"龙在田回答着出门办事去了。

回到家里,他叫来心腹家将,把写好的密信放在一根竹筒里,秘授其计。并许诺道:"如此这般,回来定有重赏。"

"小的明白。"信使把信藏好,连夜起程,一路晓行夜宿,赶往大西军所在地贵阳。

大西军平东王孙可望得知云南空虚,龙在田愿从中接应,名义上是援助沐天波,暗中行的是占领云南的妙计,心里非常高兴。送走了信使,他就召开出兵云南的军事会议。

会上,孙可望道:"各位老弟,从龙在田的建议看,这次不失为一个千载难逢的好机会,这叫天意。"

"大哥,我看占领云南,扩充大西军,在此一举。"李定国等人也很兴奋。

"话虽如此,关键在于如何进兵。"刘文秀也站了起来。

孙可望想了想,似乎他早已胸有成竹,开言道:"各位,请静一静。从目前云南的情况看,沐氏家族就好比一棵千年老树,除了有庞大的家族根基之外,全城老百姓对他们也很拥护,这就若一股清溪,在不断地浇灌着他们。要想拿下昆明,必须要有攻心之计,那就得打着援助沐天波、消灭沙定州及范夫人的旗号,这样就名正言顺地遮盖百姓与其幕僚的眼睛,才能顺利地拿下昆明,一旦进驻昆明,必须到处散播我军的爱民风范才能稳住百姓之心。"

"你说咋办,全听你的。"艾能奇望着孙可望。

"我看这样,为了诱惑敌人,咱们兵分两路。一路由威清(今清镇)出平坝、安顺、镇宁、关岭,渡北盘江,占领普安州,进入云南平彝、交水(沾益)、曲靖。另一路出击楚雄、石屏,进攻沙定州老巢阿迷州。这样,远在昆明的沙定州就待不下去了,昆明必定可得。等沐天波缓过神来,我们已进入昆明,那时他想反也无能为力了。"

孙可望告诉众将。

"大哥所言有理，咱就行动吧。"四将军计划妥当，开始出兵。

顺治四年（1647）三月一日，孙可望坐在王府，开始调兵遣将。他取出第一支令箭，向艾能奇、王自奇道："艾弟，你与王自奇、贺九仪、张明志四将作为一路，率三万兵马出击楚雄、石屏、建水，攻阿迷州沙定州的老巢。"

"遵命。"艾能奇、贺九仪、张明志、王自奇四将领令站一边。

"李定国、刘文秀与本王为第二路，由威清出平坝、安顺、镇宁、晴隆、关岭，渡北盘江，经普安州进入云南平彝。"孙可望取出第二支令箭。

"遵命。"李定国、刘文秀领令站一边。

孙可望取出第三支令箭，道："兵部尚书龚定敬率王府所有大臣守贵阳。"

"遵命。"龚定敬等大臣领命站一边。

"出发。"孙可望全身披挂率兵出征。正是：

> 诡称援师化如烟，
> 征讨扬波又入滇。
> 杀戮何堪这一时？
> 到老仍被射林间。

后人吴中蕃又言曰：

> 甚日春城铲贼壕，
> 堪怜原野厌流膏。
> 天心巧设量人壑，
> 地气全钟作柱蒿。
> 贼去兵来梳与篦，
> 饥成疫作滤而淘。
> 低徊为想身亲事，
> 史籍何曾得一毫。

欲知后事如何，请看下章分解。

第九章

大西军强渡北盘江　安南卫曾异撰拒敌

话说孙可望率大西军西出贵阳，经平坝，出安顺的军情，探子很快报到安庄卫守将武右文府里。

武右文急忙升帐议事，他向众将道："各位将军，今已探得，孙可望率大西军十几万人快到我们这里，眼看城池将破。为了大明，我们必须与城池共存亡，誓死效忠皇上，把敌人消灭在安庄城下。"武右文向守将下令。

"将军放心，城在末将在，城亡末将也不堪苟活于世。"守军齐喊。

武右文见将士们都愿与其同心协力，誓与城池共存亡，心里非常高兴，下令："各就各位。"

"遵命。"众将齐声回答着，分头准备去了。

武右文见众将愿以死效忠，助他守城，披挂到四大城门坚守岗位，他也亲率千余将士在各要塞往来巡逻，观察敌兵动向。

三月十日，孙可望大军到达安庄，望着城头早已壁垒森严，明军正严阵以待。孙可望不管三七二十一，抽出宝剑，向士兵大喊："冲。"

"冲啊。"大西军将士蜂拥着冲向城墙。

"打。"武右文令守城士兵砸下滚石擂木，箭如飞蝗般地射向攻城的士兵。

"轰，轰轰——"

大西军不断炮轰明军固守的城墙。

"杀呀！"孙可望见敌方城墙被炸开，挥军直上。

守城明军见城墙被炸开，大西军蜂拥而入。武右文率守城将士，边战边退。城门被攻破，守卒死伤无数，早已坚持不住。望着贼兵疯狂进城，守卒死伤过半，无法御敌。武右文向副将道："你率领敢死队，快些突围。"

"来不及啦。"副将一边刺死一名冲上来的大西军士兵，一边回答。

"那我们就一块与城池共存亡。"武右文边战边与副将背靠背地相互掩护着。

"爹。"一个小孩的声音传来。

"姓武的快放下武器投降，你看这些是谁？"孙可望令士兵把武右文的老婆、孩子一家三十七口全部押在府门外。

"孩他娘，咱们死也要死个明白，绝不向狗贼低头。"武右文还在以死相搏。

"他爹——"武右文的妻子半晌没有说出话来。

"放箭。"孙可望见武右文不听劝告，向士兵下令。

"嗖嗖嗖！"弓箭手万箭齐发。

"啊——"正在苦战的武右文及百余将士尽死于乱箭之中。

"推出斩首。"孙可望令士兵将武右文全家老幼推到城外，一齐斩首。正是：

> 一人做事全家抛，
> 累及九族儿孙号。
> 头颅落地魂倘在，
> 几世几载怨牛皋。

占领了安庄卫，孙可望留下三千兵马守城，又率大军向北盘江挺进。

"报，州爷，孙可望率大军已经占领安庄卫城。武右文及所有守城将士全部以身殉职，现在贼兵正朝北盘江开来。"探子如飞来报。

明军守将曾异撰见安庄卫失守，武右文殉国，心里非常难过。

一想到贼兵已向自己的防区汹汹杀来，遂也不敢怠慢，急忙向侍卫道："传令下去，要程玉成死守北盘江，没有我的命令，不准后退半步。"

"遵命，小的就去传令。"卫兵出府如飞地去了。

"来人。"曾异撰朝外面大喊。

"州爷。"侍卫跑了进来。

"立即集合所有将士，随我一起去江边拒敌。"知州曾异撰向侍卫传令。

"遵命。"侍卫转身出门。这里曾异撰率兵匆匆向北盘江赶来，准备与大西军决一死战。

大西军首领孙可望率军已到达北盘江东岸。他望着湍流不止、滚滚咆哮的北盘江水，不禁打了个寒战，很快振作起来，向身边大将刘文秀道："刘老弟，你立即率五千将士去江边架设浮桥，以便大军通行。"孙可望令刘文秀。

"大哥放心，拂晓前一定把浮桥架好。"刘文秀回答着，领令去讫。

"定国，你率一万将士在江边架上大炮和弓箭，封锁江对岸，一定要把对岸的碉堡炸掉，掩护刘文秀架桥。"孙可望又令李定国。

"遵命。"李定国亦去了。

孙可望见刘文秀、李定国二将领令去讫，对岸明军修筑的碉堡十分结实，敌箭暴雨般地射来。江面上架桥的士兵死伤无数，为了掩护江边架桥，孙可望令卫兵拿出望远镜，指挥炮兵用炮轰对岸，掩护架桥士兵架设浮桥。

"砸，用石头狠狠地砸。"程玉成见大西军从浮桥上冲杀过来，好几处战壕被贼兵火炮炸塌，下令阵地上的明军用石头与大西军血战。

"冲呀。"孙可望迫不及待地命令已过浮桥的士兵攻向对岸。

"冲啊。"大西军将士如沸腾的海浪一样扑向对岸。

　　贼兵蜂拥而至，眼看抵敌不住。"快撤，退回城去。"曾异撰急忙下令。

　　明军将士迅速撤了下来，退回安南卫城坚守。

　　"快开城门。"程玉成令守城士兵。

　　"放箭。"曾异撰见贼兵穷追不舍已到城下，令守城的士兵万箭齐发。

　　"可恶。"孙可望大怒。他叫来卫士，小声嘱咐数语，侍卫领令如飞地去了。

　　是夜，城里突然火光冲天：一片呐喊之声："快救火，粮库着火啦。"

　　"上。"孙可望令早已准备好的士兵攻城。

　　"杀。"

　　大西军士兵喊杀声此起彼伏，杀向安南卫。

　　乱军中，守城明军一部分被迫去救火，另一部分迎战冲进城来的大西军。这座危城就更显势单力薄，许多地方出现空隙。贼兵势大，很快就被攻陷。覆巢之下，岂有完卵。满城百姓惨遭荼毒，死尸横七竖八躺于城中大街小巷。程玉成遭乱箭射杀，曾异撰战到最后，退到府衙天已大亮。望着眼前惨状也无心苟活，仗剑在手大呼："皇上，恕老臣不能侍奉大明，先走一步了——"言罢，含恨抹泪，自刎。有诗叹曰：

> 丹心一片为国抛，
> 血染沙场应自豪。
> 壮士成仁名垂史，
> 胜似奸雄误国难。

　　大西军攻下安南卫，也死伤不少将士。孙可望下令，在城里休整几天，补充了部分粮草和兵源后，又开始向普安州进发。欲知后事如何，且看下章分解。

第十章

孙可望逼近普安州　龙吉兆率兵拒强敌

孙可望占领安南卫后，正率军向普安州（今盘县城关镇）[①]杀来，守将龙吉兆得知消息后，急忙调兵迎敌。

他向守城将士道："各位将军，现在大西军首领孙可望、李定国、刘文秀已率大军打过北盘江，占领了安庄卫、安南卫，城中守军全部殉国。如今贼兵又杀向普安州我军驻地，大家商议一下，如何拒敌？"

"与他们拼了。"将士们齐声回答。

"将军，我们现在是内无粮草，外无援兵，乃孤城一座，怎么办才能保住全城百姓，乃当务之急。"一位副将站起来说。

"话虽如此，我们至少还可以前往平彝求助。"龙吉兆非常镇静地说。

"既然将军胸有成竹，事不宜迟，尽早派人去平彝。"副将建议。

"将军放心，我已派人去了，只要我们坚守六天，援兵就到。"龙吉兆告诉众将。

"既然将军决心已定，我等愿随将军决一死战，誓与城池共存亡。"众将齐声回答。

"好，既然众将愿随在下决战到底，就请诸将下去分头准备。"龙吉兆传令。

---

①　注：普安州：指盘县在明清时期的名称，1913年11月15日，改普安州为盘县，2017年6月24日，经国务院批准盘县改为盘州市迁丝果办公（盘县老城城关镇改为双凤城）。

"遵命。"众将回答着准备去了。

龙吉兆见众将都下去了，急忙带着卫队到城中发动全城百姓积极行动起来，准备调集力量共同守卫普安州城，誓与城池共存亡。

孙可望一路气势汹汹，杀气腾腾，所到之处，无不披靡，几乎横扫了整个贵州西部。并于顺治四年三月二十一日，到达滇黔边境普安州。

大军来到旧普村时，先锋派人来向他汇报："报，大王，普安州已处于戒备状态，城墙上早已壁垒森严，似有视死如归之势。"

孙可望见城中贼兵有了防备，忙向侍卫道："传令下去，大军前往常青山一带驻扎，没有我的命令，不得开战。"

"遵命。"卫兵回答着传令去了。

孙可望率军越过十里长冲，来到常青山，勒马察看地形。见普安州城，四面群山环抱，三一溪环城而过，可谓地势险要，易守难攻。城中军容威严，还有手持大刀长矛的百姓，似有决一死战的气势。孙可望大为吃惊，道："传令大军，先包围此城，部队抢占四面山头，居高临下攻入城中。"孙可望向身边的李定国下令。

"遵命。"李定国回答着，亲率大军抢占普安州的制高点。

"诸位听令，立即将指挥部搬到城南对面的小山（今盘县双凤镇烈士塔）上去。"孙可望向身边的侍卫传令。

"遵命。"侍卫回答着传令去了。

很快，大西军将普安州围得水泄不通。

强敌压境，城里的军民互相鼓励，他们同仇敌忾，更有视死如归的决心。

孙可望来到南门外一箭之地，令士兵摆开阵势，刘文秀压住阵脚，他勒马上前，令士兵向城里喊话以动摇其军心。

"喂，城上守军听着，我家大王因云南黔国公沐天波的请求，出兵援助沐天波收复云南，途经此地，只要你们打开城门，我军补给完粮草后就离开，绝不干扰你们。"

"狗贼，听好了，你们这些屁话哄三岁小孩还可以，哄你大爷没门，你们所作所为，大爷已经知晓，说啥援助？还不如说趁机掠夺，安庄卫、安南卫不是很好的例子？不要多费唇舌，有种就来攻城，与你爷爷决一死战。"守将龙吉兆在城墙上破口大骂。

"你们放心，我家大王绝不食言，望你们前去禀报。"城下士兵还在喊话。

"你家大王的狼子野心，我们早已领教，其乃屠夫而已，所犯下的滔天之罪罄竹难书。我且问你，屠我大明安庄卫、安南卫，所到之处鸡犬不留，作何解释？"守将龙吉兆忍无可忍，在城上厉声呵斥。

城下，孙可望早已恼羞成怒，勒马上前问道："城上何人？竟敢口出狂言。"

"贼寇听着，吾乃大明普安州守将龙吉兆是也，汝是何人？快快叫贼首孙可望出来受死。"龙吉兆在城墙上大骂。

"大胆狂徒，不要口出狂言，我乃大西军首领孙可望。"孙可望见城上守将出言不逊，甚是恼怒。

"呵呵，原来是你，笑煞我也，废话少说，尽管放马过来，爷爷手里的刀早已按捺不住了，定斩你的狗头。"龙吉兆反唇相讥。

"好个不识抬举的蠢货，当大爷何许人也？给我杀。"孙可望怒不可遏，向士兵下令。

"杀呀。"大西军呐喊着冲向城门。

"放箭。"龙吉兆向城墙上早已张弓搭箭的士兵下令。"嗖嗖嗖——"

明军将士，箭如疾风暴雨般地射向贼兵。

"啊——"

冲到城下的大西军士兵应声中箭者不计其数。

"给我轰，一定要把城门撕开。"孙可望令炮兵。

"轰，轰轰——"

只听得几声炮响，像开天辟地的巨斧一般，瞬间扯散了城墙的骨架。

"快，用石头将贼兵砸下去。"龙吉兆见大西军从云梯上爬了上来大喊。

只见城楼上血流如注，惨叫声不绝于耳。是悲愤，是壮志，更是倒下的亡魂。

贼兵从缺口处蜂拥进来，城里军民不论男女，上至八十老翁，下至妇女儿童，他们抄起棍棒、镰刀，与冲进来的贼众混杀一起，男的倒下了，女的又拿起刀棒拼命。一时间，整个普安州城，方圆几里之地血流成河，死伤无数。

"老弟，你们几个快从城墙上悄悄下去，逃命去吧，这里交给我。"守将龙吉兆向身边几个年轻的将领说。

"不，将军，我们誓死要与将军、城池以及这满城的百姓共存亡，绝不苟活于人世。"几个心腹不愿离开。

"快走吧，趁着天未亮，否则就来不及啦。得给我们普安州留几个种啊，再晚就走不了啦。"龙吉兆催促着。

"可是，将军——"几个年轻人犹豫不决，不愿离开。

"放心去吧，逃得越远越好，今后还能派上用场。活下来的话，别忘了逢年过节给我的坟上烧点纸钱，我就感激不尽啦。"龙吉兆苦笑着。

几个心腹定了定神伏地跪拜，抄起佩剑急忙走下城墙，穿上大西军的衣服瞒过巡逻的哨兵，各自逃命去讫。

三月二十二日，天刚撕开夜幕，孙可望又开始率兵攻城。

"冲啊。"大西军再一次猛冲。

龙吉兆在城头看得真切，一个箭步过去杀了首先爬上来的贼兵，并一连砍下数十人的首级，眼看贼兵越来越多，身边的几个守将依然奋勇杀敌，手中的佩剑全都砍开了缺口，身上溅满了敌人的鲜血，似乎血珠还在冒着热气，轻盈地缭绕在晨光中。一个偏将斩杀一个贼兵之后，还用舌头使劲舔了一下刀上的血迹，满口通红，那感觉就像尝到甘露。正在此时，却不幸被上来的贼兵刺穿胸膛，人虽倒地，脸上的窃喜仍然那样恬然。眼看身边的将士纷纷应声倒下，所剩无几。大西军不断冲进城来，喊杀之声此起彼伏，不绝于耳。百姓惨遭杀害者，不计其数。

"放下武器。"大西军将士已团团围住了杀得满身血迹的龙吉兆。

见全城军民都已战死，尸首满街都是，血水哗哗地流淌。"哈哈哈——姓孙的狗贼，今天老子杀不掉你，将来你也不得好死。"龙吉兆破口大骂道。

"小子，老子今天就杀了你，看你会怎么样！"孙可望令士兵一拥而上，活生生将龙吉兆擒住。

"要杀便杀，老子皱一下眉头就不算好汉。"龙吉兆被绑在将军柱上，还破口大骂。

"放箭。"孙可望见龙吉兆还在大骂，向弓箭手下令。

数十支箭射向龙吉兆，可怜这位忠肝义胆的皇家臣子，很快便被乱箭穿心，惨死在将军柱上。普安州全城军民誓死抗敌，这一壮举，后人作诗赞曰：

> 全民皆兵捍城壕，
> 菜刀棍棒齐出镝。
> 前人倒下后人上，
> 妇孺满门不遁逃。

这就是盘县有史以来军民共同抗击外来入侵的壮举，也是盘县城惨遭屠杀最残酷的一次，整个普安州几乎鸡犬无存，更不用说有人侥幸存活。可谓"尸积如山，血流成河"。

一条绕城而过的三一溪，也被鲜血染红。事后，大西军又在附近庙中抓来一些和尚，令其在先农坛（今盘县城关农早庙），挖了一个能埋万人的大坑，将城中尸首不论男女老幼，一起掩埋，这就是流传至今的"万人坟"。今天，盘县双凤镇烈士塔，过去亦叫"霸

57

王山"，就是当时孙可望屠城时驻军的山头，孙可望屠城后，人们才把这里叫霸王山，后来称为烈士塔，此是后话不表。

对于守将龙吉兆的英勇壮举，后人有诗赞曰：

> 忠贞义胆效皇恩，
>
> 丹心一片筹军魂。
>
> 百战已成千古恨，
>
> 临死不忘骂奸贼。

孙可望见龙吉兆已死，忙向李定国道："传令下去，大军把粮草备齐以后，立即起程。"

"遵命。"李定国传令下去。

大西军在城里待了三天，粮草得到了充分的补给。刘文秀献计道："大哥，下一步我们要进入云南的平彝县境内，只有打着沐天波妻子焦夫人弟弟军队的旗号，才不会有更大的阻力。不然，我们还没有到昆明，恐怕大军就所剩无几，难成大业了。"

"三弟言之有理，我们就用此法。"李定国同意。

孙可望于是向卫士道："传令下去，进入云南后，凡是所过州县，一旦有守军，就说我们是焦夫人弟弟的军队，去云南支援沐天波收复昆明。"

"遵命。"卫士回答着领命如飞地去了。欲知后事如何，且看下章分解。

第十一章
大西军威逼昆明　沙定州弃城逃跑

攻下普安州后，孙可望自己也损失不少兵将，泄愤之余，便下令屠城，只见人头堆积如山。

孙可望采纳了抚南王刘文秀的意见，决定进军云南。他们在普安州城里得到部分粮草，解决了军中缺粮的问题，留部分守军外，又率大军沿亦资孔，过滇南胜境，入云南平彝县境内。

"报，将军，城下来了大批军队，已把城池围住。"守城士兵惊慌失措地跑到县衙报告。

"来得好快呀！"平彝县令吃惊不小，向侍卫传令："快，传令所有将士，披挂上马，随我迎战。"

原来，平彝县令接到普安州守将龙吉兆的求援信，正准备派人马去救援。殊不知才短短几天，城破人亡，贼兵就已兵临城下，不得不点齐兵马来到城楼观看贼情。

"喂，城下来者何人，为何困我城池，扰我城民？"守将披挂勒马来到城墙，向城下大喊。

"城上的人，听着！吾乃黔国公沐天波妻弟的焦家军，应姐夫相邀，前去昆明救援，望尔等以大明江山社稷为重，快快放我大军过境，尽早剿灭叛军。"城下来将回答。

"好，既是这样，尔等稍候，容我等片刻，再做答复。"城上回答。

"传令下去，叫士兵做好攻城准备，一旦此计不成，就一鼓作气，攻下此城。"孙可望传令全军将士。

"大王放心，只要你一声令下，此城必破。"李定国勒马站在阵前，等待城上守将回话。

"县令大人，外面来将乃黔国公小舅子的军队，声称奉黔国公之命前去昆明剿灭叛军，救援沐天波，可信否？"守将问县令。

县令听了守将的话将信将疑，放吧，又怕贼人使诈；不放吧，又怕黔国公怪罪下来，左思右想道："现在叛军确已打到昆明，沐天波已逃往滇西一带，固守待援，莫非正是他们。"县令一时捉摸不定，他嘀咕着。

"我看这样，先叫他们派一人进城，探一下虚实，如果真是奉命去昆明救援的援军就放他们过境，如果不是再战不迟。反正城门不给他们打开。"县参议想了想说。

"参议讲得在理，我们就这么定。"县令站起来，向卫兵道："向城下喊话，叫他们先派一个人进来商谈过境事宜。"

"遵命。"卫兵如飞地去了。

不一会儿，卫兵来到城墙，向城下喊："喂——城下来将听着，我家县太爷有令，你们派一个人进城，一起商谈过境事宜。"

"大哥，怎么办？看来对方是在探我们的虚实。"李定国望望孙可望。

"大哥，不怕，我去。"刘文秀主动请求。

"老弟，一定小心，防止敌人有诈。"

"大哥放心，小弟一定见机行事。"刘文秀把佩剑解下，交给侍卫，向城上喊道："上面守将听着，立即将城门打开。"

"不，我家老爷说了，为了以防万一，将军委屈一下，坐在这里上来。"守城士兵放下一个拴了绳索的箩筐。

"他奶奶的，老子是狗啊。"刘文秀非常恼火，但为了顾全大局，只得委屈自己，坐上了箩筐。

"将军，委屈啦，不是本县有意刁难，实在是不得已而为之。"县令迎出县衙。

"县令大人，这下你放心了吧！我们怎么能哄你。"刘文秀来

60

到平彝县衙坐下后，开门见山地对县令说。

"放心，放心。"县令边讲边向守将道："白将军，立即打开城门，放大军过关。"

"遵命。"白将军领命去讫。

"我家主公有令，大军入城过境。"城上守将打开城门。

三月二十五日午时，孙可望见平彝守将大开城门，宝剑一挥："进城。"

大西军蜂拥入城，平彝县瞬息即破。县令此时情知被骗，但贼兵已经入城，占领了所有要塞，悔之晚矣！

大西军进人平彝县城，留下部分守军。二十六日，起程向交水（今云南沾益）进伐。二十八日破交水后，又于二十九日攻入曲靖，逼近云南首府昆明。

昆明叛军守将沙定州及其妻子范氏，普名声及其妻子万氏，正在昆明休养兵马，准备西征。这时，门外一骑兵，飞马奔驰而来，道："报，大王，孙可望率大西军兵分两路，已进入云南，其中一路已打到曲靖，离此不远了。"

"啊。"范氏暗吃一惊。

"知道啦，你下去吧。"沙定州朝卫兵挥了一下手。

"是。"卫兵转身出门。

"普将军，我看这次他们是有备而来，似有不达目的不罢休的架势。"沙定州望望普名声。

"我看也有这个可能，而且，目前我们的军队，战线拉得太长，似有顾此失彼的状态。我们不妨把军队集中起来，固守重点城市，以防贼兵来犯。"普名声想了想说。

"听说沐天波在楚雄和大理一带也招募了几万兵马，势力又强大起来，不但有骑兵，还有象队，再加上前来增援的大西军，恐怕凶多吉少。"范夫人在一旁插言。

"依臣妾看来，不如放弃昆明，暂时撤回老家，集结力量，然后再伺机卷土重来。"万氏站起来说。

"唉,只是我们辛辛苦苦打下来的胜利果实,就这样轻易地让给别人,我实在是不甘心。"沙定州见众将主退,心里好难过。

"将军,快拿定主意,是战是退。"范夫人催沙定州。

"好,容我想想,再做定夺。"沙定州还没有最后下定决心。因为他手里还有十万雄兵固守在个旧、蒙自、开远、通海、呈贡、杨林、富民等广大地区。

"报告将军,十万火急,快救阿迷州。"一小卒慌慌忙忙来到王府,向正欲退下的沙定州禀报。

"啊,来得好快。"沙定州大吃一惊,急忙向普名声道:"普将军,立即传令大军,火速起程,先救阿迷州要紧。"

"这里怎么办?"普名声问沙定州。

"这里就交给令夫人把守。"沙定州边披挂边向普名声吩咐。

"万一守不住怎么办?"万夫人问。

"万一贼兵势大,不可恋战,可立即撤走,保存实力要紧。"沙定州强调。

"好吧,你放心前去,这里交给我啦。"万夫人回答。正是:

> 老窠突遭连夜雨,
>
> 蠢儿闻讯急回兵。
>
> 只顾救得父的命,
>
> 哪管抛下十万兵!

沙定州安排好昆明的防守,亲率三万大军回救老家阿迷州。欲知后事如何,且看下章分解。

铁马金戈
TIE MA JIN GE

第十二章

艾能奇大战阿迷州　沐天波被擒返昆明

　　且说大西军首领定北将军艾能奇，在贵阳与孙可望、刘文秀、李定国三将分别后，亲率一路大军三万余人由贵阳出发，向云南挺进。他们晓行夜宿，从广西边境进入云南蒙自，与守在这里的叛军激战。

　　大军压境，蒙自守军很快抵挡不住，节节败退，向阿迷州方向逃窜。

　　"大王，阿迷州是叛军沙定州的老巢，一定要把它打下来，切断沙定州的后路。"贺九仪骑在马上，向一旁的艾能奇进言。

　　"是啊，只有这样，才能减轻平东王他们抢占昆明的压力。"艾能奇说着，向贺九仪道："贺将军，你先率一万人马去破石屏，我这里直捣沙定州老巢阿迷州。"

　　"遵命。"贺九仪回答着领命而去。

　　艾能奇见贺九仪领兵走了，向王自奇道："传令大军火速前进，拂晓前攻下个旧，配合贺九仪进攻石屏，后天必须完成对阿迷州的包围。"

　　"遵命。"王自奇领令而去。

　　大西军打进个旧，快到阿迷州，守将急忙派兵进府向沙定州的父亲沙源汇报："报，王爷，大西军已经打到个旧、石屏，快到我们这里了。"

　　"啥？不是说在滇北与沙定州、普名声他们在曲靖一带激战吗？怎么一下子就打到我眼皮底下了——"沙源大吃一惊，忙向卫兵道："我这里有一封加急信，你现在赶快去昆明求援，越快越好。三天之内援兵必须赶到，否则，大事休矣。"

"遵命。"卫兵藏好信，出门上马，扬尘飞奔而去。

"关好四大城门，令城中百姓备足一月粮草，在援兵未到之前，不准出城迎战，违令者立斩。"沙源下令。

沙定州接到父亲的求援信，从昆明出发，星夜率兵前来营救。

大西军将领艾能奇打下个旧，贺九仪攻破石屏，两军合兵一处，又收得叛军降兵数万，军威大振，很快达十余万人。他们一路风尘，杀气腾腾，直逼阿迷州，把叛军围在东西不过三里，南北不过五里的阿迷州城内。天天派兵，轮番咒骂，逼其交战，守城兵将，坚守不出，任凭咒骂。

"大王，我看贼兵闭门不出，一定是在等待援兵，我们不妨用围城打援之计，吃掉远道而来的沙定州、普名声。这样一来，叛军没了盼头，阿迷州不攻自破矣。"贺九仪献计。

"嗯，这样很好，我们再派人送信给平东王孙可望，求他派一支兵马尾随其后，我们前后夹击。贼首可擒，阿迷州则不攻自破。"艾能奇也立即派人下昆明去找孙可望。

待孙可望大军到达昆明时，沙定州率叛军已经逃离昆明，普名声妻子等区区万人怎能抵挡孙可望十万之众，不到半日工夫，全部被歼，守将南明巡抚吴兆元开城门投降。

占领昆明后，孙可望便向李定国、刘文秀二将道："两位兄弟，艾弟来信说他已围住阿迷州，你二人速速率领三万人马前去增援，一定要把沙定州叛军全部歼灭。"

"遵命。"李定国、刘文秀领令率兵而去。

眼见艾能奇与前来会合的李定国、刘文秀大军围住了方圆不到二十里的沙定州，两军相遇勇者胜。他们与沙定州、普名声的军队展开激战。两军阵前，刀剑撞击之声，战马咆哮之声，如滚滚浪潮击打着岩石，一浪高过一浪，一阵紧似一阵，震耳欲聋，撕心裂肺。

激战数个时辰之后，杀得筋疲力竭、浑身鲜血的沙定州，见大势已去，倒戈欲逃，被艾能奇一箭射中坐骑，翻身落下马来。沙定州正欲坐起，艾能奇已飞到他面前，大刀抵住了他的前胸。"绑了。"艾能奇命令赶来的士兵。

此时，围攻阿迷州的贺九仪派兵来报，阿迷州已被攻破，斩贼万余，缴获大批粮草与军用物资。

攻下阿迷州后，艾能奇继续挥兵西征，刘文秀则押送沙定州返回昆明，两人就此分道扬镳。

占领滇西北一带的沐天波，听说大西军攻下了昆明，剿灭了沙定州等一群叛贼，正高兴之际，前哨士兵飞马而来，道："大西军杀奔楚雄，城池已破，守将全部战死。"

"啊——"沐天波听闻如晴天惊雷，差点栽倒在地，孙可望小儿背信弃义，暗藏祸心，不由得全身发颤。只得命令大军向大理一带逃窜。正在此时，沐天波的贴身侍卫，持剑架住了他。

沐天波万万没有想到，自己的贴身侍从竟然也卖主求荣，悔恨不已，痛哭流涕，大呼："苍天不佑。"

侍卫怒斥："将军自重，立即命令全军缴械投降。我已率数千战将围住府邸，如若反抗，定先让将军碎尸万段，叫你全家身首异处。"

沐天波见大势已去，只好放下手中的武器，任凭发落。正是：

> 本欲求援保平安，
>
> 一心扫榻盼君还。
>
> 岂料落得空轴狸，
>
> 引狼入室枉自欢。

大西军没有费吹灰之力，便擒获了沐天波，一路押解去昆明。

孙可望急忙召集众将军开会，言道："各位兄弟，叛贼沙定州、普名声祸乱百姓，殃及无辜，罪大当诛；老将沐天波在云南土司中的威望极高，今后安抚这一带的土司少不了他，我看可说服他为我军效劳，这样可以以逸待劳。"

"嗯，大哥所言极是。沐天波的祖上沐英，乃明朝开国功臣，又是明太祖朱元璋的内亲，世代救封云南，迄今已有几百年，在此地声望极高，没有沐氏的协助难成大业。"刘文秀建议。

"行，既然这样，我们就留下沐天波，协助驻守昆明，执掌其世代相传的'征南将军印'。"孙可望表态同意，下令将其他地区的土司官印收缴。从此以后，云南大部分地区控制在孙可望大西军的手里。

之后，孙可望又向艾能奇道："老弟，如今云南除东川外，其他地区都已经归大西军所有，你率五万精兵去征讨东川。"

"大哥放心，只要你吩咐的事，小弟就算肝脑涂地也要完成。"艾能奇回答着领命如飞地去了。

欲知后事如何，且看下章分解。

第十三章

艾能奇东川死难　李定国奉命守滇

话说艾能奇领命率五万精兵由昆明出发，经嵩明向寻甸，合围东川土司禄万亿。

"老爷，大西军已经到姑海，距我们这里已经不远了。"家兵跑进屋里，抹去脸上不断冒出的汗水，上气不接下气地向正在烟榻上抽大烟的禄万亿报告。

"快叫老四。"禄万亿听罢，大惊失色，从烟榻上蹦了起来，边穿衣服边传令，催赶一旁的侍女："下去——"

"是。"侍女低着头跑了出去。

老四听到传话，跑进屋道："大哥，啥子事？"

"赶紧传令下去，所有家丁全部各就各位，弓箭手、刀斧手、长枪队，紧急集合。"禄万亿下令。

"遵命。"老四听罢，三步并作两步地转身出门前去传令。

"嘟嘟嘟——"

紧急的号角吹响，古老的彝族山寨在睡梦中惊醒。

听到号角的彝民们手执钢叉、刀、斧，从十里八乡赶来，个个精神抖擞、斗志昂扬地听头人训话。

"彝民同胞们，再过几天，我们恐怕就得大难临头了，我们的山寨将会被占领，我们的牛、羊、马匹将会被抢走，我们的房屋将会被烧毁，我们的孩子、老人将会被杀死，女人将会被掳走。孙可望这个狗杂种的大军很快就要来进攻我们山寨，霸占我们的土地，掳我人畜，大家说我们该怎么办？要不要守卫我们的家园？"禄万亿站在自家演武场上，向从四面八方赶来的彝族男女做战前总动员。

"不能，坚决不答应，誓死也要保卫我们的土地。"彝民们振臂高呼。

"好，老子更不答应，咱们老禄家的地盘谁敢夺，咱们世世代代居住的山寨谁敢抢，我们绝不能就那么轻易地将山寨让给别人，要拼，要拼命，谁他妈不拼命就是孬种，就不配住在我们山寨，就不配做布摩的子孙，怕死，趁早给老子滚蛋。"禄万亿继续动员。

"老爷，你说咋办就咋办，别人不让我们活，我们也不会让他们安稳。"

"各位乡邻，有你们这句话，我禄某打心眼里高兴，大家都愿意与禄某一道保卫家园，不怕流血，禄某感激万分，希望大家同舟共济，把贼寇赶出去，拜托大家啦！"禄万亿向乡民们抱拳施礼。

不一会儿，乡民们沿着山路盘旋而上，各自进入各自的岗位。

"大哥，你看，贼人已经出动了。"艾能奇指着对面出动的彝民，向李定国说。

"来头不小，四面八方的乡民基本上都被撺出来了，看样子，不少于两三万人。看来此战，又将是一场恶战。"李定国紧了紧马缰绳，黑兔马昂首刨蹄，嘶叫着一下子直立起来。

"哟呵呵，哟呵呵。"对面彝民在禄万亿的带领下吼叫着一步步向大西军逼近。

彝人逼近，李定国下令迎敌，两军交战在一起，刀剑撞击之声不绝于耳，厮杀之势如破堤洪流，声震山谷，被劈的劈得身首异处，中剑的多一窟窿，血溅三尺。人撞着人滚地，马踏着成肉泥。一场恶战直杀得日月无光，天昏地暗。从天明到天黑，两军交战尸横遍野，伤痕累累。

艾能奇骁勇善战，剑锋指处，贼人身首异处者不计其数。禄万亿见了，吓得腿直打战，调转马头拼命逃窜。艾能奇见状，欲生擒贼首，便驱坐骑追赶。正在追赶之时，不料，一支冷箭射来，正中前胸，落于马下。李定国见了，赶紧来救。他搂起艾能奇，用力拔出艾能奇身上的箭，疾呼："二哥，撑住。"艾能奇中的是毒箭，很快便见血封喉，未能说出半句话，便咽了气。正是：

> 一世英名化流泉，
>
> 二八青春正少年。
>
> 恰当风华正茂时，
>
> 命丧中途悲仲春。

李定国见艾能奇闭眼离去，泪如泉水般涌出："二哥——"大哭不止。

片刻过后，李定国抹去眼泪，剑锋直指禄万亿大叫："谁也不许杀了禄万亿，我要亲手斩下他的首级，祭奠我家二哥。"

全歼禄万亿所有将士，屠烧彝寨后，李定国携着艾能奇的尸体，提着禄万亿的头颅返回了昆明。

孙可望下令将禄万亿的首级悬挂于城门之上。请僧侣超度艾能奇，三军将士披麻举哀。之后，厚葬定北王艾能奇，不在话下。

云南局势已经稳定，孙可望向沐天波、李定国、刘文秀三人道："现在云南已基本平定，你们三位就留守昆明，本王离开贵阳已久，现在回去看看，这里就托付给各位。"

"遵命。"沐天波、李定国、刘文秀三人回答。

末了，孙可望拍了一下李定国的肩膀，道："云南就全靠你们啦。"

"王兄放心，小弟一定不负所望，守好云南。"李定国向孙可望保证。

孙可望见李定国愿守云南，遂也放心，向传令兵道："传令下去，留五万精兵镇守云南，其余大军随我一起回贵州。"

"遵命！"侍卫回答着传令去了。

次日早起，孙可望率兵起程返回贵阳，暂且不表。

且说李定国、刘文秀、沐天波见孙可望去了贵阳，急忙升堂议事。李定国向沐天波道："黔国公，你家世代镇守云南，对此地应该了如指掌，为了加强云南的防守，在军事上，不但要招兵买马扩充军队，还要组建一支攻无不克、战无不胜的象队，应付将来更大的战争。"

"李将军所言极是，云南有的是大象，要组建一支上万人的象队，不成问题。"沐天波回答。

李定国见沐天波赞同他的想法，便道："既然沐公同意，事不宜迟，我们明天就开始行动，派人到西双版纳一带选象。"

"派谁去呢？"李定国暗暗思索一阵之后，向刘文秀道："三弟，我看这事就交给你去办。"李定国望望刘文秀。

"二哥，我——"

"放心，这事再由黔国公派一名助手帮你。"李定国打断刘文秀的话，望了一眼沐天波。

"既然二哥这样安排，小弟遵命。"刘文秀答应李定国的安排，去组建象队。

李定国见刘文秀同意去组建象队，也就无话可说，转向吴兆元道："吴大人，关于云南的经济、农业等方面的事务，都交给你去办，需要我们协助时，你只管讲，遇着问题，我们大家共同想办法解决。"

"李将军如此说来，小人定当效劳。"吴兆元回答。

"各位还有没有其他要办的事情？"李定国问。

"如今清兵势力越来越大，圣上占据的湖南、两广一带也不太安宁，被清兵逼得东躲西藏，我想把圣上迎到昆明，以便做臣子的尽微薄之力。"沐天波提议。

"这个嘛，事关重大，一方面要派人到贵阳去与孙可望商议，另一方面等加强云南的兵力再说。因为从目前云南的情况来看，远远没有抗击清兵压境的实力。如果把圣上迎接到云南，恐怕不妥当，又怕危及天子安全。"李定国想了想说。

"既是这样，就暂缓一下再议，先把各市、州、县管理好，一切步人正常化管理后再议。"刘文秀也同意李定国的建议，先治理和发展云南的工农业生产，有了实力，一切好办。诸事议妥，一席无话。欲知后事如何，且看下章分解。

第十四章

孙可望自封秦王　永历帝平定内乱

话说孙可望平定云南，率大军回贵阳以后，开始谋划建国大计，他叫来兵部尚书龚定敬，道："目前大西军还处于兵弱将寡的时期，兵部必须在短时间内制定出扩军和整顿计划，把军队组建和发展起来，以便迎接更加残酷的战斗。"

"遵命。"龚定敬回答着下去起草计划。

送走了龚定敬，孙可望又向工部尚书王应龙道："为了加强国家的建设，我们必须在贵阳建几座像样的宫殿，以便大臣们居住。"

"遵命。"工部尚书王应龙领令如飞地去了。

孙可望安排了以上事务，向传令兵道："传令召见杨畏知，还有户部的龚彝。"

"是。"传令兵领令下去。

不多久，杨畏知、龚彝走了进来，道："大将军，召见微臣，不知有何吩咐？"

孙可望道："召你俩前来是要给你们重要的差事去办。"

"啥差事？"杨畏知、龚彝问。

"你们把这封信送到广东肇庆，联络当今圣上永历皇帝，就说大西军愿意与明朝联合，要永历皇帝敕封我为秦王。"孙可望把一封信递给龚彝。

"遵命。"杨畏知、龚彝领命。出门来到府上，略做收拾，就去广东找永历皇帝。正是：

> 江山未半欲为王，
> 不思黎民先宫藏。

为此闹出一话柄，

笑死江湖老龙王。

杨畏知、龚彝二人领命去肇庆，情况怎样，不在话下。

且说南明朝廷桂王朱由榔，乃明神宗之孙、桂恭王朱常瀛之七子，初封永历王。天启七年（1627）九月二十六日，就任湖南衡州。崇祯十六年（1643）八月，张献忠率部进入湖南，永历王朱由榔在永州被大西军俘获，落入张献忠之手，幸好被藏在大西军中的侍卫戴中出面保护，才使得朱由榔没有被杀。吴三桂率清兵大败大西军，张献忠退兵四川、广西，征襄将军杨国威和部将焦琏率四千余士兵，开进湖南永州，朱由榔才得救。

"桂王受惊啦，臣等救驾来迟。"杨国威和焦琏跪地迎接。

"报，大王，弘光见朝廷覆亡，广西巡抚瞿式耜欲拥戴大王兄朱由援继位。"侍卫来报。

"胡言，大王刚获救，怎的就有这事，再去探来。"杨国威喝令卫兵。

"遵命。"士兵回答着下去。

不久，又一快骑来报，道："报，桂王，郑之龙兄弟和黄道周等人，支持唐王朱津键称帝，他们两家在两广一带兵戎相见，刀兵征战打起来了。"正如曹植所言：

煮豆燃豆萁，

豆在釜中泣。

本是同根生，

相煎何太急？

"让他们打吧，我倒要看看他们能支撑多久。"朱由榔坐在王府观战，以静制动，等待他们两败俱伤后，再坐收渔利。

朱由榔不管不问，使得广西的朱由援和朱津键打得难解难分。不久便有眉目，广西瞿式耜因办事不忠，各有异心，朱由援一气之下，将他们调离职守，夺其兵权。

朱由援没有了为他奋战的大将，越想越气，竟一病不起，才不得不派使者向远在湖南永州的朱由榔让位。从此，朱由榔便正式成为桂王，监国事职。

朱由榔当上了桂王，很快率兵消灭了郑之龙和黄道周的军队，灭了朱聿键在广东的势力，在肇庆站住了脚。就在这时，焦琏派卫兵来报："报，桂王，江西赣州已经失守。"

"啊？"朱由榔大吃一惊，忙召集群臣商议对策。

司礼太监王坤站起来道："圣上，目前我们刚好平定两广及湖南内乱，兵力远远不足以抗清，还是撤回为好。"

首辅丁魁楚也站起来道："圣上，王大人所言极是，先撤到广西梧州再从长计议。"

"众位以为如何？"朱由榔问众大臣。

"圣上明鉴。"众大臣附议。

"既然大臣都同意，那就移驾广西梧州吧。"朱由榔传旨。

永历帝移驾广西梧州不久，隆武帝的弟弟朱聿𨮁又在广东称帝。封苏观生为大学士，丁魁楚为大将军。

顺治三年（1646）八月，福建省福州被清军占领，丁魁楚向朱聿𨮁道："圣上，如今清军占领了福州，臣以为圣上应移驾广州，在那里既可以招兵，又可以征缴更多的粮草，补充实力。"

大学士苏观生见丁魁楚这么做，无疑是想把皇上挟持到他的地盘。挟天子以令诸侯，置天下于不顾耳。事已至此，无可奈何，只得由他罢了。

朱聿𨮁退到广州，采纳了丁魁楚"兄终弟及"的建议，于十一月在广州为监国，改元绍武，举行登基大典。所有朝中大臣一律由广州人担任，并诏告天下。

朱聿𨮁在广州称帝的消息，很快传到梧州。朱由榔大吃一惊，自知来广西铸成大错，为了收买广东民心，只好向东返回肇庆。随即宣布继皇帝位，祭告天地、社稷、祖宗，改明年为永历元年。这样一来，广东省便在不到四百里地的范围出现了两个政权（广州、肇庆）。

永历帝即位后，立即宣诏："为了扬我大明军威，惩恶扬善，凡我大明臣子，必须以惩恶扬善为己任，讨伐叛逆。"言罢，向兵部给事彭耀道："朕令你率人前去广州，传朕旨意，劝朱聿鐭立即取消帝号，退位归藩。朕不计前嫌，定封官于他，随从大臣一律免罪升迁。"

"遵旨。"彭耀等人领旨出朝，前往广州见朱聿鐭。

他们来到广州进入朝堂，声泪俱下，道："唐王，你现在是一人之下万人之上，雄踞一方的天下霸主，不要再偏听苏观生一班奸人的话，立即取消帝号。圣上说了，只要大王取消帝号，既往不咎，照样荣华富贵，大王所做之事，乃一时糊涂，纯属苏观生等人贪图一时之利，不顾大局所致。"

"姓彭的，你不要给脸不要脸，在这里危言耸听，要不是看在同僚的分上，定斩不饶。"苏观生忍无可忍。

"有本事你就斩了我，你这个乱臣贼子。"彭耀当仁不让。

"好，你以为老子不敢啊，来人。"苏观生向门外喊。

"有。"门卫依令走了进来。

"把这厮推出去斩了。"苏观生大怒。

"是。"卫兵回答着，把彭耀推出武朝门外。

"奸贼——"彭耀宁死不屈，还在怒骂。

"苏学士，接下来该怎么办？"朱聿鐭问苏观生。

"陛下放心，臣自有对策。"苏观生回答着，转向陈际泰道："陈将军，你立即率三万大军前去征讨，一定要把朱由榔的伪政权消灭。"

"末将遵命。"陈际泰接过将令，教场点兵杀向肇庆。

"报，圣上，苏观生派大将陈际泰率三万兵马杀过来了。"探子来到大殿上。

"来得好快。"永历帝暗暗一惊，传旨道："谁愿领兵出战？"

"陛下，末将愿往。"武将中早恼了的兵部右侍郎林佳鼎说道。

"林爱卿，既肯为朕分忧，朕令你率五万人马，迎战陈际泰。"永历帝传旨。

"末将遵旨。"林佳鼎领了圣旨，兵部点五万精兵迎战陈际泰。两军在广东三水地区相遇。

"报，将军，贼兵距我军还有三十余里。"探子前来向林佳鼎报告。

"传令下去，大军埋伏在两边的山林中，多准备滚石擂木，弓箭手、长枪队待命。一旦贼兵赶来，以号炮为信号，大军一齐杀出，不得有误。"林佳鼎传令。

陈际泰率三万绍武军气势汹汹，只顾往前赶路，却不曾提防前面早有敌兵埋伏，大军正穿过林子中间时，山上响起了号炮声，四面八方，箭如飞蝗，滚石擂木，雨点般砸下来。

"杀啊。"林佳鼎抽出宝剑，指挥大军从林子中冲杀下来，猝不及防的陈际泰见中了敌军埋伏，大惊，忙道："不要慌，不要慌，给我顶住。"

被敌人来了个突然袭击的绍武军，一下子乱了阵脚，你撞我，我踩你，互相夺路逃命，自相践踏致死者不计其数。个个争相夺路逃命，戈矛旌旗散落一地。

"杀啊。"林佳鼎见贼兵退去，在后面挥军不断掩杀上来。

士兵乱了阵脚，陈际泰一时也慌了，因大军无法听令，你推我操乱成一锅粥，只好杀开一条血路，逃命去了。这一仗，永历军大获全胜，绍武军死伤八百余人。

"追。"林佳鼎见贼兵败了，挥军直追至广州。

"如何是好，如何是好。"朱聿鐭慌了手脚。

"圣上，臣在，不必惊慌。"苏观生安慰着朱聿鐭，向林察道："林将军，你可速率兵前往迎敌，只需如此如此，贼兵必败矣。"

"属下遵命。"林察领令去了。

林察先是来到林佳鼎的军营，求见林佳鼎，开言道："林兄，凭你我的交情，我们两家兵戎相见，太不成体统。但是，小老弟也是端人饭碗，受人家管，不得已为之。思之再三前来见仁兄，不如假装与老兄开战，一旦两军对阵，我就举全军将士投降，倒戈投向林兄。"

"此话当真？"林佳鼎问林察。

"你我兄弟，何出戏言，乃一片赤诚之心耳。"林察言语恳切。

"既然老兄有诚意，就这么定了。"言罢，向部下道，"传令大军，登战舰追击逃兵。"

"遵命。"副将领令下去。

永历军遂撇下林察大军，乘船直向海口方向追歼残敌，不防林察乃是奸诈之人，使用的是诡计。待永历军过后，他抄后路，令士兵向林佳鼎的永历军猛烈开火。猝不及防的永历军腹背受敌，很快被绍武军大败，整个战舰被淹没在茫茫大海之中，无数将士不是死于乱箭，就是葬身于火海，跳水溺死者不计其数。

"兄弟们顶住，杀呀。"林佳鼎见上当受骗，自己腹背受敌，急忙指挥大军，左冲右撞，试图杀开一条血路突围，不防绍武军一炮打来，林佳鼎中炮倒下。

"将军。"护兵扶起林佳鼎。

"快撤。"林佳鼎命令副官。

"走。"副官见林佳鼎已死，大喊着带着剩下的士兵冲向贼阵，这一战，永历军除了三十几人突围外，其余全部被歼灭。

消息传到肇庆，永历帝大惊，大学士瞿式耜道："圣上勿忧，臣愿领兵前去迎敌。"

遂出朝堂，教场点兵，去迎击绍武军。这时，得意的林察突然下令撤军，慌慌张张往回跑，苏观生也不断后退。

"怎么回事？"瞿式耜见绍武军一夜之间不见人影，令探子去查个究竟。

不多久，探子来报："将军，绍武军都撤回，原因是清军已攻陷广州矣。"正是螳螂捕蝉，黄雀在后。

"原来如此。"瞿式耜急忙升帐，向副将道："传令下去，速回肇庆：禀告圣上。"

"遵命。"副将领令下去传令。

永历帝得知清军攻陷广州，绍武军兵败，惊叹道："这下怎么办？"

瞿式耜道："圣上，为了保全我军实力，现在只有退回湖南，再做打算。"

"那就依卿所见，退回湖南。"永历帝下旨退回湖南。欲知后事如何，且看下章分解。

第十五章

清军大破广州城　绍武政权化烟飞

永历帝见清兵攻下广州，急忙率群臣逃向湖南，暂且不表。

话说清政府见南方的南明小朝廷之间只顾自相残杀，无暇顾及外敌入侵之机，令肃亲王趁隙进攻两广之地。肃亲王向李成栋、佟养甲道："你二人速率十万大军攻取广州，为我军打开通向云贵的大门，铺平道路。"

"亲王放心，末将遵命。"李成栋、佟养甲回答着，领令出帐。

李成栋、佟养甲来到营中，便不敢怠慢，两人立即在一起商议进兵之策。

李成栋道："现在皇上已经下了决心，我们这次出兵，势在必得。所以，必须马上派人去知会辜朝荐，做好内应准备，大军一到，要他一定设法协助攻取漳州。"

"好，我现在就下去安排。"佟养甲站起身出帐，向卫兵道："你速去漳州，把这封信亲手交给辜大人。"

"属下遵命。"卫兵领令，连夜出发。

次日，李成栋、佟养甲以迅雷不及掩耳之势兵临漳州城下。漳州守将见一夜之间来了这么多清兵，把整座城池围得水泄不通，正欲调兵迎敌。城中一下子发出呐喊之声："快救火啊，起火啦——"这一惊呼让明军守将乱了阵脚，辜朝荐趁机打开城门，清军一下子潮水般涌了进来。漳州守将见内部出了叛徒引清军入城，使城中大乱，指挥失灵，无法抵挡杀进城来的清军，只好投降。

李成栋见占领漳州，立即向佟养甲道："佟将军，你留下清理城池，我趁机夜袭潮州。"

"李将军你先行一步，我安排好这里的守卫，随后就到。"佟养甲告诉李成栋。

"行，我现在就出发。"李成栋回答着率兵朝贼兵逃窜的方向追了下去。

清军发扬了连续作战、不怕疲劳的作战精神。潮州守将还没有反应过来，清军就已经包围了潮州。清军悄悄地爬上城墙，挥刀掩杀，潮州守城士兵大多成了刀下亡魂，守城将领也被清军抓获。

清军夜袭潮州成功，李成栋与率兵赶来的佟养甲合兵一处进攻惠州。他叫来副将道："你速去陈耀的军中，就说是本官之意，要他顺应天意，举兵投降，将来定有享不尽的荣华富贵。"

副将听了，道："属下遵命。"言罢，副将领令去了。

副将领令来到陈耀兵营，向卫士道："相烦通报陈将军，小人有要事求见。"

"明白。"卫兵转身入内，他来到将军府向陈耀道："报，陈大人，外面有人求见。"

正在与姬妾饮酒的陈耀一听门外有人求见，忙推开身边的这些妇人，向卫兵道："带进来。"

"遵命。"卫兵回答着转身出门。他来到门外，向来人道："将军有请先生。"

副将见陈耀愿意见他，心里非常高兴，向卫兵道："谢谢。"言罢，跟在卫兵后面朝里走。

他来到陈耀的将军府，向陈耀道："陈将军，李大人说了，只要你配合大军攻下惠州，朝廷保证你和妻小的安全，还给你记一大战功，荣升高迁，如此好事，何乐不为？希望将军顺天行事，大明的气数已尽，而且朝廷明争暗斗，内乱不断，你家皇上又昏庸无能，并非明主，恐怕会辱没将军的英明，还望你着眼长远，弃暗投明。"

陈耀听罢李大人派来的副将一席话，沉思片刻，仰天叹了一口气，还是一言不发。

副将察言观色，大概悟出陈耀的心思，便道："还望将军识时务，我大清军队何等威武，攻城拔寨的战斗力与进军速度将军是见识过的，将军可要三思，切不可生灵涂炭，促成千古恨。"

陈耀来回踱了几圈，最后低语道："且问将军，我又当如何配合你们？"

副将道："大军攻进惠州时，你先去城里，如此这般行事即可。"

"行，就照你说的去做，我这就去安排。"陈耀回答。

次日拂晓，李成栋、佟养甲率兵赶到惠州城下，陈耀早得了李成栋派人送来的计策，先进城说服了惠州守将。清军一到，便大开城门，迎接清军。

李成栋率清军入城，来到州府衙门坐定，向守城降将道："你立即写一封信，派人送到广州，告诉绍武帝和他的大臣苏观生，就说你们这里相安无事，敬请放心。"

"遵命。"守将只好照办。

苏观生见惠州来信说相安无事，没有遭遇清兵，心里很高兴，向绍武帝道："陛下，这回我们就安心了，等灭了肇庆的朱由榔，我们再对付南下的清军。"

"这一切都交给苏爱卿去办，朕信任你。"绍武帝把外事大权都交给苏观生执掌。

"好吧，我们就全力剿灭败亡的朱由榔。"苏观生把大军全部调到三水地区与永历军开战。

清军大将李成栋得知广州城内空虚的消息后，叫来先锋道："本帅令你率三百兵士，乔装成明军的样子，连夜潜入广州城内。大军一到，你们就在城里做内应，伺机行事。待大军进城后就杀他个鸡犬不留，造成城里混乱。"

"喳。"先锋领令下去。

话说清军先锋张毅率三百清兵，都用白巾扎头，化装成明军，从增城出发，乘船去广州，沿途所有明兵，见是自家军队，也没有细细盘查，就这样放他们沿途一路顺风，安然无恙地过了关口。

是夜，张毅率三百兵士来到城下叫开城门，混入城中，来到布政司府门前。张毅见贼兵没有防备，向士兵使了个眼色，清兵个个揭了头巾，露出本来装束，在张毅的号令下，如野兽扑食，逢人就砍，见马便刺，不断高喊："大清神兵到此，尔等城中百姓，还不快些投降。"

城中百姓，见大街上一下子来了这么多的清兵，吓得东躲西藏，逃命惊呼："鞑子来啦，快跑！"你推我搡，乱成一锅粥。

"报——清兵打进城来了。"侍卫跑进布政司府，向正在朝堂与苏观生商议国事的绍武帝报告。

"啥？清兵打进城来啦。"苏观生一听站起身，向侍卫道："昨天惠州守将还送信来说相安无事，这么快就有清兵打来啦，该不会是有人故意扰乱军心，坏我大事？"

"不，是真的。满大街都是鞑子，大人不信去看。"卫兵告诉苏观生。这时，外面果然传来厮杀之声，而且越来越大，已经快打到门外。

"圣上，我们上鞑子的当矣，昨天定是惠州守将谎报军情，投敌叛国误了大事。"苏观生和绍武帝这才如梦初醒。

"这下如何是好？"绍武帝慌了手脚。

苏观生急忙招来令卫兵，传令调兵迎敌。

这时，广州城里已一片混乱，到处都被已涌进城来的清兵占领了。苏观生哪里还有兵可调，再说，大军还在三水地区与永历帝军队大战，怎能调回来？远水救不了近火。况且贼势汹汹，杀声越来越近，很快就要逼近，御林军也来不及护佑皇上就已被剿杀殆尽。宫中男女死伤无数，绍武帝被几个亲信护拥着化装逃跑。他们来到城门，守城的清兵正在严加盘查。

正当绍武帝及侍从百般遮掩欲脱身之时，佟养甲带着卫队走了过来。

绍武帝见清军将领走了过来，赶紧低下头，不敢正视对方。佟养甲来到他们一行人身边，看了看化了装的朱聿鐭笑了笑，道："朱聿鐭，你再化装也改不了那张可怜的嘴脸，还不快些束手就擒。"

"啊！"绍武帝见佟养甲认出自己，大惊失色，转身拔腿便跑。

"站住。"佟养甲一个箭步冲上去，大刀逼住了绍武帝。清兵闻讯，一起拥了上来，把绍武帝一干人等全部拿下，押回府衙关了起来。

绍武帝一行人等傲骨铮铮，至夜全部自缢而亡。

苏观生逃到梁洪府上，将处境告诉梁洪。梁洪一听，道："这有啥讲的，作为大明的臣子，只有以死谢罪，报答皇上的知遇之恩。"言罢，拿起白绫就去厅堂左边的东厢房上吊。苏观生见了还有何言语，只得效法。

梁洪来到后房，不久里面传出一声大叫："啊。"紧接着是凳子倒地的声音。苏观生见梁洪上吊已死，自己也在另一间房上吊身亡。

良久，梁洪却奇迹般地从房间走了出来，到另一间房里一看，苏观生果然已死，心里暗暗高兴，令家丁放下苏观生，抬去投降了清军。

随绍武帝逃来的十六位大臣被李成栋押到刑场上。

"开斩。"李成栋见这帮顽贼冥顽不灵，火冒三丈，下令斩了不降的明臣。正是：

> 欲立政权心不一，
>
> 将帅之间互猜疑。
>
> 江山还未成气候，
>
> 就有小人献殷勤。

清兵在广州城内，竟也大开杀戒，妇孺老幼惨遭杀害者不计其数。

仅存四十余天的绍武帝政权便告垮台。有诗为证：

> 谋权夺位动刀兵，
>
> 互相残杀削精锐。
>
> 只顾一心朝前走，
>
> 岂料黄雀趁虚侵。

欲知后事如何，且看下章分解。

铁马金戈
TIE MA JIN GE

第十六章

李成栋东莞失利　叶如日大破清兵

话说李成栋、佟养甲率清兵攻陷广州以后，在城里杀了绍武帝的所有朝臣，一座生机勃勃的城池，一夜之间变成恐怖的人间地狱，黎民百姓无不望风逃窜。

广州沦陷后，很多百姓投靠了明军，起来反抗李成栋的暴行。广州道滘人民在叶如日的率领下，举行起义，抵抗清兵的入侵。

顺治四年（1647）一月，李成栋率大军向广州进发，一路烧杀抢掠，向东莞而来。前明守将袁崇焕闻讯后，急忙召集所有将士，做战前动员，他向将士们道："今天，清军无道，杀我百姓，占我疆土，我们与他们不共戴天，愿誓死保卫家乡，与城池共存亡。"袁崇焕向守城将士们讲述清军的暴行，鼓动大家坚决抗清。

众将听了袁崇焕的一番慷慨陈词，个个振臂高呼："消灭李成栋，坚决与城池共存亡，誓死保卫家乡。"

"各就各位，准备去吧！"袁崇焕下令。

"遵命。"众将回答着如飞地去了。

"给我轰。"李成栋水陆并进，来到东莞城下，见城中守军严密，下令用火炮猛攻城墙。

城墙上，袁崇焕见贼兵在火炮掩护下，向城门杀来，看得真切，忙下令："打。"城上防守的明军将士，见主帅令下，把早已准备好的滚石擂木向城下冲来的清军狠狠砸了下去。

城墙上，守军万箭齐发，冲在前面的清兵，很快死伤一片。李成栋挥剑令将士猛攻，清兵在提督大人的剑锋下，呐喊着朝城墙的缺口处冲去。

守城的明军因势单力薄，终也抵挡不住，几处城墙被清军攻破，清军潮水般涌入。

"快撤。"袁崇焕见清兵势大，抵敌不住，下令弃城逃跑。

李成栋进得城来，令士兵清理城池，布防各要塞，派兵四处搜索散落的明军。

且说道滘的叶如日，见清军占领了东莞，又派兵四处征剿，很快就要到达道滘，他急忙召集所有义军及逃来的明军，道："兄弟们，如今清军到处烧杀抢掠，无恶不作，他们不让我们活，我们就和他们拼了。"

"杀，杀。"义军男女个个高喊。

叶如日见义军个个精神振奋，斗志高昂，便道："我们不能坐以待毙，要主动出击迎上去，消灭他们。"

"你说咋办？我们听你的。"义军将士们齐喊。

"好，现在我们就在十里处的江边埋伏，打他个措手不及。"

"行。"义军将士们回答着，跟着叶如日，在道滘一带江边和山林后设伏。

不多久，自以为战无不胜的清兵，大摇大摆地乘船向道滘开来。"弟兄们，杀啊。"叶如日见贼兵进人埋伏圈，一下子跳起，大喊一声，率先冲了上去。义军将士们见主将往上冲，一个个似离山的猛虎，高喊着杀向敌群。

猝不及防的清兵，很快被冲来的义军杀得魂飞魄散，死伤无数，跳江被淹死者不计其数，这一仗清兵除少数逃回东莞去报信，大多数被歼灭，义军大获全胜。

叶如日率军清理好战场，向先锋道："传令下去，今晚不可大意，吃完饭火速赶到东莞城外十五里的地方去设伏。"

"为什么？"副将问。

"不必多问，执行就是。"叶如日令副将。

"遵命。"副将领令下去。

次日拂晓，果然不出所料，清军五百余人带着大批火炮，杀气腾腾地向道滘赶来。

"冲啊。"叶如日见贼兵已进入伏击圈，大喊一声，率先冲进敌阵。只顾赶路的清兵不防半路被截杀，一个个吓得丢盔弃甲拼命逃跑。这一仗清兵被歼两百余人，义军又大获全胜。

叶如日见清兵狼狈逃窜，下令义军连夜清理战场。然后敲着得胜鼓，扛着缴获的大批军用物资，高高兴兴地回道滘。

清兵大败逃回东莞，消息很快传到广州，提督李成栋一听，大怒，道："好你个毛贼，竟敢和大清朝廷作对，今天老子不把你们这些乌合之众全部剿灭，誓不为人。"李成栋在衙门里气得怒火中烧，牙齿咬得咯咯响，恨不得吃下义军几块肉。

"来人。"李成栋朝门外大喊。

"喳。"卫兵跑了进来。

"传我的命令，全体集合。"李成栋向侍卫下令。

"喳。"侍卫回答着领令下去。

李成栋亲率大军就要进攻道滘，义军探子很快探得消息，他们急急忙忙地派人前去送信。

"报，大将军，外面有人求见。"卫兵走了进来。

"有请。"义军首领叶如日朝卫兵挥了挥手。

"将军有请。"卫兵来到门口。

"谢谢。"送信人随卫兵来到厅堂。道："报将军，速做准备，广州提督李成栋正在调集清兵，不日，就要大举进攻道滘。"

"哦，这么快。"叶如日暗吃一惊，道："知道啦，你要好好保护自己，有情况再联系。"

"遵命，我走啦——"探子出门。

"走好。"叶如日将探子送出门外并吩咐。

"回去吧，速速准备。"探子强调。

"嗯，知道了，放心吧——"叶如日送走探子，转身进门。欲知叶如日怎样迎击卷土重来的清兵，义军的命运如何，且看下一章。

第十七章
叶张韩联名抗清　义军大败李成栋

话说叶如日送走了报信人回到议事大厅，忙向几位义军首领说："今天看来，李成栋是倾巢出动了，眼下我们的力量还不足以抵挡这么强大的敌军。"

"我看不如写信联合周边的义军，一起消灭前来侵犯的清军。"副将献计。

"眼下看来，只有这样才能抵挡清军。"叶如日决定派人到各处把义军将领联系起来。就在这时，卫兵从门外走了进来，向叶如日道："报，将军，万江那边来人了。"

"有请。"叶如日向卫兵道。

"遵命。"卫兵转身出去。

不久，进来一个包着黑头巾的青年小伙子。他一见叶如日，就道："叶将军，我家张大人派小的送信给将军。"

"快传上来。"叶如日令卫兵。

叶如日把信拆开，看了看，向送信人道："回去告诉你家大人，我这里马上就要与清兵打仗了，他如果有诚意，就率兵过来，咱们一起抗击清兵。"

"将军之言，小人回去一定如实禀报，将军放心。"送信人回答。

"好啦，我这里很忙，马上要调兵迎敌，不留你啦，你快些走吧。"叶如日令卫兵送信使出门。

"谢谢。"送信人辞别叶如日，快马赶回万江回信去了。

"王将军，你立即率三千兵马，乘船去虎门东边巷口处设伏。清兵一来，立即率兵杀出。要充分利用我们的小船优势，机动灵活地与敌人周旋,把他们引向虎门西边的巷口处。我自有调度,迎接你。"叶如日拿出一支令箭。

"遵命。"王副将军领令下去。

"李将军。"

"在。"李将军站出。

"你率一万人马在巷口北面的山谷设伏,阻击从陆路来的李成栋大军,我们这边得手,就会赶来支援你。"叶如日拿出第二支令箭。

"遵命。"李将军领令去讫。

"其余众将,随本帅迎击从水上来的陈甲船队,出发。"叶如日布置好水陆两支军队,率大队出发了。

话说张家玉正在议事大厅与几位义军将领商议抗清之事,派去送信的人走了进来,道:"报,张将军,信已送到。现在广东提督李成栋在道滘吃了败仗恼羞成怒,令水军总兵陈甲率三万水军战船千余,从水路出发,他本人亲率五万大军,从陆路向道滘前进。叶将军叫我等立即率兵协助,消灭清军。"

"好,正是我们消灭鞑子的好机会。"张家玉从帅椅上拍桌子站了起来,道:"传令下去,全体集合,马上出发,目标——道滘。"张家玉传令。

"遵命,将军。"义军将领们回答着下去准备。

这里张家玉正率军出发,博罗的韩如琰也得到了叶如日的联名信,他也亲率大军向道滘赶来。两股农民军,加上叶如日的大军,一起对付李成栋的清军,那是稳操胜券。

自认得意的李成栋、陈甲率两路大军水陆并进,妄图一举拿下道滘,消灭叶如日领导的义军,陈甲率水军,乘战船从水路,行至虎门外二里之外,先锋突然来报:"报,总兵,前面港湾发现十几艘贼船。"

"准备战斗。"陈甲站在甲板上从望远镜里看到了船上的义军,向部下传令。

"上。"义军见清军已经进入港湾，令预先埋伏好的水军，把准备好的水火油，一桶接一桶地推入江中。那十几艘负责引清军上钩的义军船只，在副将的率领下边打边退，一个劲儿地逃往港湾，败下阵来。

陈甲见初战告捷，高兴地挥师直追下来，暗道："叶如日啊叶如日，你只配小打小闹，大军面前，你就是缩头乌龟啦。"

陈甲得意地令大军穷追不舍，刚行不久，一股无可言喻的异味随风飘了过来，清兵们也都有所觉察。

"大人，这气味来得好怪啊。"先锋闻了闻，向陈甲报告。

陈甲也觉得奇怪，他也嗅了嗅，正百思不得其解。突然江风大作，船难使舵，这时港湾忽然驶来千百条燃烧的快船，正迎着清兵战船冲来。

"快转舵，撤退。"陈甲见满载熊熊大火的贼船飞驰而来，急忙下令撤退，但已经晚了，叶如日早已先他一步，令士兵把抛人江中的油桶用火箭点燃。霎时，漂到清军船边的油桶轰隆爆炸，整个江面上的贼船陷人一片火海之中。慌乱中的清军只顾逃命，无暇作战，义军见势，从四面八方乘船涌人敌船，杀了个痛快。

半天工夫，陈甲自以为天下无敌的水军便灰飞烟灭，被义军打得大败，死伤两千余人，陈甲也被义军擒获。叶如日下达将其斩首的号令，后又率大军阻击陆路李成栋部。

"报，大都督，大事不好啦。"逃回的士兵向正在率军赶路的李成栋汇报。

"啥子事？这样慌里慌张。"李成栋勒住战马问士兵。

"陈总兵——他——他——"士兵气喘吁吁，半天讲不出话来。

"陈总兵怎么啦？"李成栋抓住士兵的衣襟问。

"陈总兵失败了，水军全军覆灭。"逃回的士兵半天才讲出来。

"啊！"李成栋大吃一惊，已感到事态严重，急忙向佟养甲道："传令下去，通知大军停止前进，返回广州。"正是：

计程一仗能败敌，

岂料中道被贼欺。

欲保生命急掉头，

先回广州避风雨。

"遵命。"佟养甲领令如飞地去了。

"报，叶将军，李成栋已缩了回去。"探子如飞地赶来向叶如日报告。

"哈哈，早在意料中的事。"叶如日向传令兵道："传令下去，大军停止前进，就地安营扎寨。"

"遵命。"传令兵回答着如飞地去了。

"报，叶将军，万江张将军、博罗韩将军率兵赶来了。"卫兵从外面走了进来。

"好，这回我们可要干一番大事啦！有请张、韩二位将军。"叶如日吩咐。

"遵命。"卫兵起身出门来到外面向张、韩二人道："我家将军有请二位。"

"请。"卫兵站向一边让道。

"请。"张家玉、韩如琰两人谦让着随卫兵走进大帐。

"哎呀，难得二位首领及时赶来，请坐。"叶如日站起身热情地请张家玉、韩如琰入座。

"幸会，幸会。"张家玉、韩如琰也热情地与叶如日打招呼。三人坐下，寒暄过后，张家玉道："叶首领，打了这么多漂亮仗，教训了李成栋这个狂妄之徒，实在令人高兴。不过，日后你有啥打算？"

"我也正在考虑，今天有两位首领在，正好合计合计。"叶如日把想法讲了出来。

"嗯，叶首领这话有理，是得合计合计。"韩如琰点了一下头。

"既然我们三家已合兵一处，就大干它一场。"张家玉摸了一下胡子，站起来说。

　　"我看要得，东莞是李成栋看守广东的门户，只要集中优势兵力，打下东莞，再去收复广州。这样一来就可以扩大我们的势力，为进一步巩固好我们的地盘打下坚实的基础。"叶如日高兴地拍了一下桌子。接着道："就这么定。传令广大将士好好睡上一觉，吃了晚饭，今夜连夜出发，拂晓前赶到东莞，向敌人发起突然进攻，一鼓作气拿下东莞城。"

　　"好，就这么定，我俩也准备去了。"张家玉、韩如琰起身告辞。

　　"二位慢走。"叶如日送到门口。

　　"再见。"张家玉、韩如琰一一拱手。

　　欲知张家玉、韩如琰、叶如日三家合兵后，能否收回东莞城，他们的命运又将如何，请看下一章。

第十八章

义军收复东莞城　清兵星夜袭道滘

话说叶如日、张家玉、韩如琰三家联军后没有遇上杀向道滘的李成栋部，遂决定攻下广州的门户东莞，打掉李成栋的当门牙，以便夺取广州，迎回永历帝。三人商议后，决定次日出兵，皆不敢怠慢，急忙传令三军向东莞出发。

东莞城内，清军守将佟养甲见一夜之间杀来这么多贼兵，一下慌了手脚，急忙下令死守城池，一边派人去广州求援。他叫来卫兵道："立即设法杀出城去，向李大人求援，请他火速派兵增援。"

"喳。"卫兵回答着，领命如飞地去了。

"报，叶将军，抓着一个奸细。"围城义军把佟养甲派去广州求救的清军押进叶如日的中军大帐。

"将军饶命。"清兵跪了下来。

"叶将军，这是从他身上搜出的信。"

"呈上来。"叶如日向卫兵道。

"遵命。"卫兵把信递了上去。

叶如日接过卫兵递来的信，扯开信一看，是佟养甲求李成栋派兵来援的内容，向卫兵道："把狗日的推出去砍啦。"

"大人，饶命呀，大人——"清兵大叫。

几个卫兵不由分说地架起大喊大叫的清兵就往外拖。

"奶奶的，想吃了老子，没门儿。"叶如日从椅子上站了起来，向副官道："传令下去，准备攻城。"

"遵命。"副官回答着传令去了。

"轰，轰轰，轰轰轰——"

义军猛烈的炮火射向清军防守的东莞城，很快清军防守的城墙就被轰开几处缺口。

"冲啊！"叶如日指挥士兵朝城墙的缺口处冲去。

"顶住，给老子顶住。"佟养甲传令守城士兵，拼命向义军冲来，双方杀得尸横遍野、血流成河。

"将军，顶不住啦，满城都是冲进来的贼兵，快走吧。"卫兵保护着佟养甲，杀开一条血路，向广州逃去。义军经过几小时血战，终于拿下了东莞城，取得胜利。

张家玉道："这回我们可以着手准备进攻广州，迎永历帝回来啦。"

"放心，这一天不会太久。当务之急是清理战场，安抚城里百姓，布置好城里的防守，以防清兵卷土重来。"叶如日接着说。

"嗯，叶首领所言极是。"韩如琰同意叶如日的意见，传令众将清理城中街道，布防守护四大城门。正是"人心齐泰山移，强弓劲弩如纸虚"。

诸事安排妥当，叶如日才向韩如琰道："现在我们有东莞城作为根基，可以考虑如何拿下广州的事了。"

"嗯，咱们应该乘胜追击，一鼓作气拿下广州。"张家玉见叶如日决定打广州，心里很高兴。

叶如日向韩如琰道："韩首领率本部兵马作为先锋，立即出发。"

"遵命。"韩如琰领兵去了。

"张首领亦率本部兵马为中路，随后跟进，一旦前面得手，迅速率兵掩杀上去，一举攻下广州。我率大军断后，三军即刻汇集，巩固广州。"叶如日令张家玉。

"行，我这就率兵出发。"张家玉说着，与叶如日告别道，"广州见。"言罢率兵走了。

叶如日见韩如琰、张家玉已先出发，遂也不敢怠慢，安排好守城将士后，也率兵起程杀向广州。

且说清将李成栋刚回广州，屁股还没有坐稳，探子又来报东莞失守，守将佟养甲率残兵逃回广州，心里非常难过，大怒不止："奶奶的，区区几个毛贼，竟如此放肆。来人，传令下去，带上所有兵器，集合队伍，马上出发，一定要夺回东莞，消灭道滘这些反贼。"李成栋狂叫不止。

"遵命。"副将起身出门。

"且慢。"佟养甲叫住副将，向李成栋道："李大人，我看现在贼兵势大，而且正在气盛的时候，不宜出击。"佟养甲向李成栋建议。

"你说咋办？"李成栋问佟养甲。

佟养甲道："回来时，我擒得一人，此人是那边的一个小头目，我们不妨如此这般，道滘可得，贼兵必破。"

"如此最好，把那人叫进来。"李成栋吩咐。

"遵命。"佟养甲令带进那人。

一会儿，卫兵带进一位虎背熊腰的大汉，跪在李成栋的面前："大人饶命。"大汉跪地求饶。

"起来吧。"李成栋朝大汉挥了一下手。

大汉还是不敢站起，一旁的佟养甲道："大人叫你站起来。"

"小的遵命。"大汉这才站起来。

李成栋道："你如能帮助本帅攻破道滘，收复东莞，本帅一定重赏你。如有半句假话，定斩不饶。"

"大人，小的不敢。只要大人答应小的一件事，小人保证帮大人攻下道滘。"大汉回答。

"啥条件？"李成栋问。

"事成后，大人赏给小的一块地种种。"

"就这条件？"

"嗯。"

"好，答应你，事成之后再加纹银一百两。"李成栋表态。

"多谢大人。"大汉拱手站起。

"传令下去，大军速做准备。"李成栋军前传下号令。

"喳。"卫兵如飞地传令去了。

是夜，李成栋向佟养甲道："佟大人，你率三千兵马为先锋，带上那个降兵，悄悄杀向道滘，我率大军随后就到。"

"喳。"佟养甲回答着领令如飞地去了。

义军内部出了叛徒，叶如日一点也不知道，他们只提防打下东莞，凭道滘一带有利地形，便可发展壮大自己，与清军抗衡。不料，已有人把他们出卖了，而且灾难很快就要来临。清军在佟养甲的率领下，已悄悄绕过义军的防线，来到他们防守薄弱的道滘东北角。

"哥俩好，四如意——"被胜利冲昏头的义军士兵正在猜拳庆祝胜利，不防清兵已把他们包围。

"上。"佟养甲抽出宝剑，令清兵一下子冲进没有防备的义军屋里。

"啊！"正沉浸在喜悦中的义军，还没有反应过来就成了清兵的刀下鬼。

"杀呀！"清兵一下子呐喊起来，没有防备的义军守城将士很快便被清军打得四处逃命。

"将军，大事不好啦，清兵已经打进道滘。"逃出的士兵慌忙跑去向正率兵行军的叶如日报告。

"啊！"叶如日见清军先他一步，断其后路，怕失了道滘，忙下令前军改后军，后军改前军："快，杀回去。"叶如日率兵回救道滘。

这时，清将李成栋已攻下道滘，正率大军合围东莞。叶如日救道滘不成，又传来东莞失守的消息，"妈的，一定要夺回道滘。"叶如日决定与清军决一死战。

"杀呀！"前面士兵已和杀来的清兵混战在一起。

"不要慌，是少数贼兵。"叶如日骑在马上大喊，带着卫队冲杀上来与清兵大战，杀向道滘。

入城的清兵如入无人之境，到处烧杀抢掠。一时间，整个道落城内火光冲天，厮杀声叫喊声混成一片，乱成一锅粥。

"报，佟大人，叶如日率军杀回来啦！"守城卫兵来报。

"哦，来得好快。"佟养甲向副将道，"立即肃清城内乱贼，其余将士随本帅去城楼守城。"言罢，率军至城墙督战。

"大人，骑白马的就是叶如日。"降兵向指挥作战的清将佟养甲说。

"朝骑白马的放箭。"佟养甲在马上向清兵下令。

"嗖嗖——"清兵箭如飞蝗。

正在激战中的叶如日不防有人出卖自己，正挥剑厮杀，后面箭如雨下一般向他射来。"啊！"叶如日身中数箭摔下马来，卫兵急忙赶来救起，他已断气。

"将军！"卫兵扶起叶如日大喊。

"冲！"佟养甲见贼兵群龙无首，挥兵冲杀。

一夜混战，道滘失守，叶如日战死在西乡。李成栋指挥大军杀向东莞城，守城义军在张家玉、韩如琰的率领下英勇奋战。他们设在城墙上的大炮火药因受潮打不响，清兵攻上城墙，双方展开血战。

敌众我寡，义军战败，杨帮达只好率残兵退到望牛墩坚守。"弟兄们，不要怕，为叶将军报仇的时候到了，杀呀——"杨帮达站在城墙上指挥士兵，从高处掀下滚石擂木向清兵砸去。

"轰，给我轰！"清将李成栋向炮兵下令。

"轰，轰轰——"清兵火炮齐发。坚守在山坡上的义军，被清军强大的火力炸得抬不起头来，很快抵敌不住，连连败退。

"杀呀！"清兵呐喊着杀上山来。

"放箭。"义军将领杨帮达向弓箭手下令。

"嗖，嗖嗖——"义军将士箭如飞蝗般射向冲上山来的清军。

"冲，一定要冲上去，消灭他们。"攻了七天七夜的清将李成栋，见几个残兵扼守的小山拿不下来，气得喊喊直叫。

山上的义军已战得筋疲力尽，死伤过半，杨帮达也身受重伤。

他向士兵道："弟兄们，待会儿清兵上来，又将是一场恶战，我们死也不要投降，哪怕只剩一兵一卒。"

"将军放心，我们死也站着死。"义军们拿起刀枪站了起来，与冲上山来的清兵混战在一起。正是：

宁愿站着死，

不愿跪着生。

只求全名节，

留与后人评。

占领了东莞，李成栋率领清军在道滘与佟养甲合兵一处，四处烧杀，参加义军的所有人员的家眷一个也没有逃脱，全部被清军杀光。

张家玉侥幸杀出重围得以逃脱，这一仗，清兵大获全胜，收复了失地。义军全军覆灭，李成栋非常高兴，决定向身在肇庆的永历帝发起进攻。欲知后事如何，且看下一章。

第十九章

永历帝仓促南逃　瞿式耜精忠报国

话说李成栋、佟养甲灭绍武帝，打败叶如日、张家玉、韩如琰，占领了广州、东莞、道滘等地，又率兵向肇庆进攻。探子很快将消息报南明朝廷，永历帝急忙召集群臣商议，开言道："诸位爱卿，现在清军不但占领了广州、东莞、道滘，而且又要大举进攻肇庆。朕听闻后实在寝食难安，诸位可有退敌之策，望速速奏来。"

永历帝话音刚落，瞿式耜站出来道："皇上，依臣愚见，肇庆地势险要，城墙坚固，我们军民一心。清兵是远道而来，加之他们才与叶如日、张家玉、韩如琰大战一场，已是疲惫之师。我们以精锐之师，战他疲惫之旅，是完全可以大获全胜，扭转整个战局的。"瞿式耜侃侃而谈，众大臣竟都无言以对，个个默不作声。

永历帝见朝臣都不言语，遂采纳了瞿式耜的意见，道："瞿爱卿，既然肯为朕分忧，朕心宽矣。传旨，由瞿爱卿统率三军，负责布防，迎击清军。"

"臣遵旨。"瞿式耜领旨退回武班中。

"可还有本奏？若无本奏，退朝。"永历帝传旨。

群臣都不作声。片刻，永历帝传旨："退朝。"

太监见皇上传旨退朝，拂尘一甩："退朝——"

"吾皇万岁，万岁，万万岁！"群臣三呼退出。

永历帝回到寝殿刚一坐下，太监走了进来，道："启奏陛下，大学士丁魁楚求见。"

"快快请进来。"永历帝如热锅上的蚂蚁，哪里还坐得住，急忙传旨召见丁魁楚。

"丁爱卿，刚才殿上你一言不发，是何道理？"永历帝问。

"启奏圣上，现在是火烧眉毛，大批清军压境逃命要紧。臣如果在朝堂提议，瞿式耜必然反对，群臣一闹，不但不能稳定人心，而且还会拖延时间。这样一来，反倒给了清兵消灭我军的战机。现在好了，瞿式耜愿率兵打头阵，就让他打，也好为我们争取一些时间。"丁魁楚滔滔不绝地讲着。

"依卿之言，朕得快些离开此地了？"永历帝问。

"正是。"丁魁楚回答。

"该往何处？"永历帝又问。

丁魁楚回答道："先去梧州。"

"好，这件事就由丁爱卿去办，今夜就走。"永历帝已没了主张。

正是：

> 不思击强敌，
>
> 弃臣逃残身。
>
> 昏君无正道，
>
> 殃民害忠臣。

"臣遵旨。"丁魁楚出宫回府，收拾逃离肇庆，不在话下。

且说瞿式耜领旨后，急忙回到兵部，向兵部尚书王化澄道："速从兵部把三军名册拿来，教场点兵，立即出征，准备迎战。"

"瞿将军，都在这里，你快拿去吧。这一下全都指望你啦。"王化澄有些沉不住气。

瞿式耜走后，皇宫侍卫派人来传旨："王尚书，皇上下令立即收拾，起程上路。"

"遵旨。"王化澄急忙传令府上收拾细软，准备逃离。

蒙在鼓里的瞿式耜，刚把肇庆各地防守布置好，正准备进宫面见永历帝，侍卫走了进来，道："报，大将军，皇上及满朝文武大臣都已不在宫里！"

"啥？"瞿式耜大吃一惊，急忙带着卫兵去皇宫看个究竟，果然不出所料，皇宫早已空无一人，瞿式耜急得不知如何是好。这时，永历帝派人来向瞿式耜道："瞿将军，圣上传旨，将军可率兵前去寻找圣上护驾。"宫中不见永历帝，瞿式耜正愁找不到皇上，见皇上派人前来传旨，一颗悬着的心终于搁了下来，便向人道："烦公公回奏圣上，臣安排好肇庆的防务就率兵前来护驾。""将军要快，恐怕皇上久等不及。"公公催促。瞿式耜送走公公。不久，永历帝又派来了宫中太监向瞿式耜传旨："皇上有旨，圣上已迁都梧州，瞿将军速速前去护驾。"

瞿式耜一听，急忙跪地接旨，道："臣，遵旨。"

太监见瞿式耜接了圣旨，道："瞿将军快些动身，以免圣上挂念。"

"公公回去禀报圣上，臣这就率兵前来。"瞿式耜告诉太监。

"那好，我这就告辞。"太监打道回去。

送走了永历帝派来的太监，瞿式耜急忙派人找来两广总督朱治涧，道："朱大人，如今圣上已迁都梧州，传旨前去护驾。肇庆的守卫就交给你啦。"

"大将军放心前去，末将在则城在。"朱治涧回答。

"好，本帅相信将军。"瞿式耜轻轻拍了一下朱治涧。

瞿式耜安排好肇庆的守将，率兵前去梧州护驾。他刚到梧州不远处，前面探子飞马来报："大将军，圣上已不在梧州。"

"去了哪里？"瞿式耜追问。

"圣上已经带着兵部尚书王化澄，大学士丁魁楚、李永茂，工部尚书宴日曙，移驾桂林。"探子回答。

"传令三军直奔桂林。"瞿式耜向身旁的卫兵传令。

"是。"卫兵回答着调转马头如飞地传令去了。

李成栋占领东莞、道滘之后，很快率清军打到肇庆。肇庆明军守将朱治涧见清军势大，早已吓得不知所措，急得团团乱转，暗暗自语："怎么办？"战无大将，守无援兵，他真是守战两难，进退两难。

"将军，既然皇帝不在，咱们这里又是一座孤城，将军战无兵将，罪不在将军，何须烦恼。依臣妾愚见，不如开门放清军入城，归降落个全城安宁，以免生灵涂炭。"一妇人从内室出来，她边走边对朱治涧说。

朱治涧见是三房姨太太雁儿，细想言之在理，但嘴上还是对雁儿训斥道："国家之事，妇道人家知道啥，回屋去。"朱治涧表面上训斥妇人，实际内心觉得妇人言之有理。

朱治涧战无兵将，且孤立无援。永历帝又杳无音讯，瞿式耜一班大臣又尾随而去，左右考虑，不得不采纳妇人之言，大开城门让清军入城。

清将李成栋没费一兵一卒得了肇庆，心里非常高兴，他向降将朱治涧道："朱将军识时务，率军投诚，本帅定会奏请我大清皇上加封尔等。"

"多谢大将军不杀之恩，下官能投在将军麾下为大清皇上效力，实为万幸。"朱治涧显出一副小人相。

肇庆不战自得，李成栋昼夜兼程，率兵直取梧州。梧州明军守将陈帮德见肇庆失守大势已去，也早早地开了城门，放清军进城。

广西巡抚曾烨，见贼势浩大，无数州县不战自降，也无心抵抗，清军一到就下令开城门投降。曾烨献城，投降清军，苍梧县县长万思夔听了，大怒，道："如此昏官，白食了大明俸禄。"言罢，向堂前差役道："你去城里找工匠做一只乌龟，令人抬去游街，让世人看看叛徒的下场。"

清军长驱直入，占领梧州后，又挥军进攻苍梧。万思夔兵微将寡，只好弃城逃离，临走提笔在乌龟背上大书"曾烨"二字，以示愤慨。

清军不断攻城陷阵，致使永历帝众叛亲离。诸如常在永历帝身边的贴身大臣武英殿大学士兼吏部尚书丁魁楚，见明军大势已去，梧州丢失，遂起了叛离之心，暗暗叫来心腹，如此这般吩咐，心腹领令如飞地去了。

不久，永历帝逃走，他则留了下来，并且悄悄地去见清军将领李成栋。李成栋见丁魁楚派来使讲和，心里非常高兴，向来人道："回去转告你家将军，就说本帅接受他的条件，封他为两广总督，叫他即刻上任。"

"小的遵命。"来使点头哈腰地回答着退出清军大帐。

丁魁楚见清军不但不计前嫌，而且还封了官职，心里也很高兴，下令打开城门，放清军入城。主将令下，所有丁魁楚身边的大小将领统统放下了武器，跟在丁魁楚后面出城迎接。清将李成栋收降了丁魁楚，在岑溪收编了他的军队，令佟养甲传令道："丁大人，李总督传令，大人速去广东就任。"

"喳。"丁魁楚低三下四地回答着，领令起身正要出门，不料，佟养甲大声道："来人，送丁大人上路。"

"喳。"清兵回答着一拥而上，很快将手无寸铁的丁魁楚绑了。

"姓佟的，这是为什么？"丁魁楚方知上当，责问佟养甲。"嘿嘿，丁大人，这是上面的意思，由不得下官，你就认命吧。"佟养甲冷冷地朝卫兵挥了一下手。

"嗖嗖——"早已准备好的清兵弓弩齐发，曾骄横一时的丁大人，就这样乱箭穿心死于非命。所有财产全部充公，白银多达八十余万两。可谓：

> 叛逆小人无下场，
>
> 朝三暮四罪难当。
>
> 欲知前朝敦靖勇，
>
> 何须效仿小宋江。

清军处死了丁魁楚，无疑是斩掉了永历帝的一只臂膀。清将李成栋才派小股清军进逼桂林，永历帝就慌乱无主见，又欲弃桂林进入湖南投靠刘承胤。大学士瞿式耜出班奏道："皇上，臣有一言，斗胆向皇上禀陈。"

　　"瞿爱卿，有话请讲。"永历帝准奏。

　　瞿式耜道："皇上这样东躲西藏，不是办法。"

　　"依卿之言，又当如何？"永历帝接过话茬问。

　　"臣以为，皇上应当下诏组织军队进行反抗，才能有效保存自己。"瞿式耜谏言。

　　"讲下去。"永历帝催促。

　　"这次，皇上如果坚持去湖南，皇上至少要在距广西最近的地方住下来，才能极大地鼓舞广西军民抗清的意志。"瞿式耜一口气讲完。

　　"瞿大人，你以为皇上不想抗清吗？拿啥和清军决战，靠你手上那万把人吗？"司礼太监王坤出班争辩。

　　"我看是以卵击石，不自量力。"锦衣卫马吉翔也站了出来，他们的想法一致，主张逃走，进人湖南投靠刘承胤。

　　"既然两位大人都同意皇上去湖南，微臣也没有办法，只好恭送圣驾。桂林也必须派大将在此把守，请皇上恩准微臣在此守城。"瞿式耜只好以进为退。

　　"好，既然瞿爱卿不愿去，朕也不勉强，你就留下来镇守桂林。"永历帝准奏。

　　"谢主隆恩。"瞿式耜退入班中。永历帝见群臣无异议，于是传旨："起驾。"正是：

送走皇帝一身轻，
将军无挂最精神。
勇闯贼阵心无念，
为国捐躯也成仁。

　　永历帝走了，留守桂林的总督朱盛浓、知府王惠卿也逃之夭夭，不知去向。瞿式耜见朝廷昏庸，群臣纷纷逃离投降，战事接连败北，只好传令剩下的桂林军民死守城池，誓与清军决战。

　　"杀——"瞿式耜率领桂林军民与来犯的清军血战，两军阵前血流成河，杀声震天。从早到晚，明军击退了清军几十次进攻，但力量远非能与清军较量，桂林已有几处城池失守，明军与冲进城来的清军展开了激烈的巷战。

千钧一发之际，"杀呀——"文昌门外一下子喊声四起，杀声如雷。正在鏖战的清军一下子潮水般地退了下去，只恨爹娘少生了两条腿，个个抱头鼠窜寻路逃命。瞿式耜正疑惑之际，前面杀来一将，朝他大喊："瞿将军，末将来也！"

"啊！是焦琏。"瞿式耜一下子来了精神，向士兵高喊："弟兄们，我们的援军到啦，杀呀——"挥剑杀入敌群，与焦琏的援军合兵一处，奋力向外厮杀。两面夹击，清军很快抵挡不住，败阵逃走了。正是：

> 本欲一气成君意，
> 岂料中途瑞霭生。
> 不是将军无谋略，
> 皆因气数未败北。

明军在这场激战中取得胜利，瞿式耜非常感谢焦琏，千钧一发之际，若不是他率奇兵援助，怕早已名节不保。后来，人们把瞿式耜指挥的这次险中取胜的战斗，称为"桂林大捷"。历史事实表明，敌人并不可怕，关键在于敢不敢和他面对，有没有战胜他的勇气和决心。

原来，焦琏保永历帝去武冈，到全州后心里始终放心不下桂林的瞿式耜，把护驾任务交给刘承胤，就急忙率军返回桂林。在离桂林还有四十余里就从逃出的难民口里得知清军围攻桂林的消息。于是，便马不停蹄地赶来救援。刚到十里湾就听到桂林传来震耳欲聋的厮杀声，不由分说便催促大军掩杀过来。正在得意的清军不料后面杀来一路彪军，顿时大乱，加上城里的瞿式耜又拼命掩杀，很快就乱了阵脚，败退下去。焦琏救了瞿式耜，瞿式耜心里非常高兴，道："焦将军，这次如不是将军救援，我命休矣！"

"大将军何出此言？你我同为大明臣子，互相援助，那是做臣子的本分，不言谢字。"焦琏向瞿式耜说。

"将军所言极是。"瞿式耜心中像打破五味瓶，酸甜苦辣一齐涌上心头。欲知瞿式耜为何这样伤心，永历帝究竟又做出啥子事来，请看下一章。

第二十章

永历帝肆意封爵　忠义士以身殉国

桂林大捷后，永历帝得知这个消息，心里非常高兴，传旨召见焦琏，道："焦爱卿，桂林大捷，卿当立头功，朕加封你为伯爵。"

"多谢皇上，臣战沙场，乃臣之职责。桂林之捷，乃承皇上洪福，瞿将军之功劳。"焦琏如实上奏。

永历帝的一番言语，本是为了更进一步激发广大将士奋勇杀敌，报效朝廷。岂料，却引发诸多事端。一些大臣便趁机拉帮结伙，狼狈为奸，扩充实力。如刘承胤之流，便捷足先登。他来到永历帝的行宫，向永历帝奏曰："皇上，这次桂林大捷，虽是瞿式耜、焦琏之功，但与马吉翔的'护驾之功'分不开。所以，臣以为马吉翔也应封为伯爵。"正是：

> 将军有功应封侯，
> 小人无功何所求？
> 本是皇家励将士，
> 鼠辈何须要封侯。

永历帝听了刘承胤的这番言语，心里大为不满。但迫于形势，不得不同意刘承胤的意见，下旨封马吉翔为伯爵。又向刘承胤道："刘将军，朕以为这次护驾，你的功劳也不小，当在授爵之列。"刘承胤听永历帝这么一说，心里顿时乐开了花，嘴上还是说："皇上，虽说臣这次略有寸功，但绝不敢居功自傲。"

"刘爱卿，不必多言，朕意已决，你就领伯爵之头衔。"永历帝随了刘承胤的心意。刘承胤窃喜，告退回府，不在话下。

次日早朝，永历帝升殿。

"吾皇万岁，万岁，万万岁。"群臣三呼已毕。太监拂尘一甩，高声道："皇上有旨，着焦琏、马吉翔、刘承胤三位，上殿受封。"

"遵旨。"焦琏、马吉翔、刘承胤，三位应声出班。

太监展开杏黄纸，朗声念道："焦琏、马吉翔、刘承胤，三位护驾有功，特封伯爵之衔，钦此。"

"吾皇万岁，万岁，万万岁。"焦琏、马吉翔、刘承胤，三人谢恩起身，退入班中。

"群臣有本奏来，无本退朝。"太监拂尘一甩，群臣缄默不语，太监见群臣都不说话，道："退朝。"

奸臣无功授爵，群臣敢怒不敢言。永历帝也是无可奈何，在武冈这段日子，简直度日如年。朝中几位敢于直言的大臣都被刘承胤、马吉翔二贼下令斩首。附近义军派来联明抗清的使臣，也是在劫难逃。永历帝实在看不下去了，不得不向二贼下旨："不可乱来。"

二贼怀恨在心，暗道："这个昏君，如再干涉我等，就废了他。"刘承胤咬牙切齿。

"立谁为新君？"马吉翔问。

"当立岷王合适。"刘承胤回答。

"这事你知我知，切莫声张，时机成熟就动手。"二贼暗暗商议，暂且不表。正是：

> 无功穷受封，
>
> 做官也不荣。
>
> 将来败家子，
>
> 死后难归宗。

且说清将李成栋正派大将孔友德率兵十万向武冈杀来，早有探子把消息送到武冈。永历帝听了，吓得慌了手脚。急忙召集群臣商议退敌之策："各位爱卿，时才探子送来紧急军情，清将李成栋派大将孔友德率十万清兵，杀向武冈。你们可有退敌之策，速速奏来。"圣旨传下，众朝臣都面面相觑，不知所措。

这时，刘承胤出班奏曰："皇上，目前贼兵远道而来，已是疲惫之师。我们何不以有备之师战其疲惫之军，也就是说我们暂且按兵不动，等敌人来了再出击，以逸待劳，定可大获全胜。"永历帝见大臣们都不发言，也只好如此。刘承胤见永历帝同意按兵不动，心里非常高兴，暗暗叫来心腹"如此这般"地吩咐。

"是，小的一定照办。"心腹回答。

明使来到清营，向孔友德说明来意。孔友德道："刘承胤，可信吗？"

"孔大人，我家主公说了，绝无戏言，到时定将永历帝押解前来。"来使赔着小心回答。

"好吧，你回去转告刘承胤，就说这事本帅考虑后再回答。"孔友德向来使说。

"小的明白，一定如实禀告。"来使回答着告辞回武冈，向刘承胤道："刘大人之意，小的如实禀陈后，孔元帅表示稍后回复。"

"好，既然孔元帅还不放心，等明日我亲自去见他。"刘承胤站了起来。殊不知被正欲进门的一个侍卫听到，侍卫吓了一跳，急忙悄悄地退出门外，如飞地跑去向永历帝报告。

永历帝听到这个消息，大惊道："朕该如何是好？"

大学士李永茂献言："皇上，如今四大城门都是贼人的人，没有钥匙，我等插翅难逃。为今之计，只有去向刘承胤的母亲求救，才能幸免于难。"

"依卿所言，朕这就去见刘母。"永历帝再也顾不了许多，带着兵部尚书王化澄等几十人匆匆去刘府。刘老太君听说皇上驾到，急忙更衣迎驾，口称："不知皇上驾到，有失远迎！"

"爱卿平身。"永历帝扶起刘老太君，道："朕仓促来此，有急事相求，借一步说话。"

"皇上有何密旨？臣妾洗耳恭听。"刘老太君退下所有人问永历帝。

永历帝见厅里无人，垂泪曰："爱卿救朕。"

刘老太君见皇上突然如此，大惊，忙道："吾皇所为何事，这般伤情？"

永历帝将来意告诉刘老太君。刘老太君一听，大惊道："这个逆子！"破口大骂刘承胤这个忠奸不分、猪狗不如的畜生，白食皇家俸禄，不为皇上出力也就罢了，却做那卖主求荣的小人勾当，甘愿为人胯下犬，枉到人世一场。之后，从怀里拿出城门钥匙和令牌，道："罪妇能为皇上做的只有这些了。"

"爱卿救命之恩，朕来日当厚报。"永历帝令王化澄接过钥匙连夜逃出武冈，向广西而去。正是：

> 子逆母正报皇恩，
>
> 铭节昭彰有谁伦？
>
> 自古巾帼能救国，
>
> 何须年老与年轻。

且说刘承胤，次日来到清将孔友德的大营，秘密见到了孔友德，像失散的孩子见到亲爹一样，当场一刀割下一绺头发，发誓："如果孔大人还不相信，我愿同此发。"

"好，既然这样，将军之心本帅已晓得，现在你们立即动身擒永历帝来见。"孔友德向刘承胤下令。

"喳。"刘承胤回答着告辞回武冈。

刘承胤刚回到府上就得知老母亲已放走了永历帝君臣，大怒，道："传令下去，禁闭眷属，不得擅自出入。"向副将道："一定要把他们追回来。"

"刘大人放心，末将这就去追。"副将回答着转身如飞地去了。

话说永历帝君臣，从刘老太君那里得到了出城的钥匙和令牌，不敢懈怠，马不停蹄连夜赶路。因他们平时都是些娇惯了的世家子弟，怎么吃得了如此之苦，走了半夜不过才几十里路，都已气喘吁吁，再也走不动了。

"歇会儿吧。"永历帝正想坐下来休息一会儿，不料，后面追兵已至，随从官员宫女们一下子喊起："快走，追兵来矣！"急忙起身逃命。

后面，孔友德带着追兵大喊："朱由榔，快投降，清军不斩败君王！"

"天绝我也！"永历帝见追兵越来越近，大恸，欲拔剑自刎。

"皇上勿忧，臣愿以死保驾。"参将谢复荣一把夺下永历帝的宝剑，向焦琏道："焦将军，你护驾先行，我断后阻击追兵。"言罢，向身后的将士道："效忠大明的时候到了，不怕死的跟我来。"

"杀呀！"率五百余骑杀进敌群。

孔友德、刘承胤见明将谢复荣领兵前来阻挡，也不答话，便迎了上来。两军短兵相接一场鏖战，惊心动魄，鬼哭狼嚎。一个为了投敌立功殊死一战，一个为了保驾精忠名扬天下，杀得天昏地暗、血流成河。

这一战，永历帝虽逃离险境，但是谢复荣率领的五百将士全部血染沙场，无一生还。永历帝君臣正狼狈逃窜之际，广西总兵侯性率五千明军前来接应。

"卿乃及时雨也！"永历帝紧紧抓住侯性的双手。

"皇上，护驾是臣子的本分，皇上不必如此，赶紧上路吧！"侯性催永历帝上路先行，自己率兵断后。永历帝向广西梧州逃去。叛军刘承胤与清将孔友德战败谢复荣，却没有追上永历帝，便派小股清兵去桂林。桂林守将焦琏忠于职守，率兵日夜在城上巡逻，唯恐有所疏忽，有负皇恩。

这一日，一队正在巡逻的士兵，突然发现前面一支不明身份的巡逻队，急忙盘问："你们是哪部分的，口令？"这支假冒的巡逻队知是暴露，不由分说举刀就砍，猝不及防的明军很快被砍翻几个。后面的人见势不妙，也拔刀厮杀。两军你来我往杀得正紧，清将李成栋率援军赶到："杀呀！"两军混战在一起。清军偷袭桂林，明将瞿式耜听到消息，也率兵赶来支援。两军一夜激战，清军战败，李成栋率兵逃走，明军大获全胜。

广西的陈帮傅，此人胆小如鼠，他见清军进入广西，不但不设法固守南宁，却暗中派人与清军讲和，投降清军。他的举动，被当地有志之士察觉，大家纷纷起来反对，有的还率众起义，凭着南宁一带高山密林，与清军周旋，四处打击清军。

"奶奶的——"坐在广州的清将佟养甲再也吃不消了，不得不向身处广西的李成栋求援。

清军到处挨打，李成栋顾此失彼，已忙得不可开交，急得他整日抓耳挠腮，只好下令关闭城门，固守等待援兵，不敢出战。永历帝见清军不敢出战，广西局势初步稳定，到达柳州后，传旨嘉奖广西的起义军将领陈帮颜、余龙、陈子壮等。清军在两广地区横冲直撞，势如破竹，撵得永历帝君臣到处乱窜，无处藏身，加之永历帝身边那些朝臣皆无能之辈，更激起了无数民间义士"杀身成仁，舍身报国"的雄心壮志。

陈帮颜，广西甘竹人氏，身高丈余，一介布衣。清军在广西的暴行，激起了他的爱国热情："奶奶的，要杀便杀，何必假惺惺的。"

"痛快，真乃大丈夫也。"旁边早恼了的一人说道。陈帮颜扭头一看，那人道："大丈夫，何须在此烦恼！可否借一步说话？"两人来到一家酒楼。

"这位好汉，你我萍水相逢，何须如此破费。"陈帮颜意欲离开。

"大哥，天下穷人是一家，何须如此。"大汉把陈帮颜拉到桌前，两人话头话尾地讲了起来。"大哥，我们认识一下，算交个体己。"

"行。"陈帮颜坐了下来。

"大哥，自我介绍一下。小弟姓余，名龙，二十岁。"

"哦，我，二十三岁，姓陈，名帮颜。"陈帮颜报上姓名。

"大哥长小弟三岁，为兄。"余龙快人快语，两人竟也喝起酒来。

"大哥，如今世道，要想活命，只有起来跟他们拼。"

“老弟，你我穷得叮当响，拿啥跟人家拼，就是当今皇上也被撵得鸡飞狗跳。”

“嘿，当今皇上靠什么？不就是些趋炎附势，一心想升官发财的肉食者吗！我们靠什么，靠天下穷人。”余龙话不投机。

陈帮颜见眼前这位五大三粗的汉子竟也说出这番话来，想了想，开言道：“既然老弟有如此雄心，大哥响应你的号召，回去就发动民众。”

“这才是大丈夫所为。”余龙站了起来，两人举起酒杯。

数月以后，正当永历帝被清军打得到处逃窜时，陈帮颜、余龙率领的农民起义军以不可阻挡之势，向盘踞在两广地区的清军发动了大规模进攻。义军所到之处，清军无不望风披靡。陈帮颜在甘竹滩联络余龙，率三万义军从海上进入珠江，准备进攻广州。清广州总督佟养甲吓得不断派人向李成栋求援。

两广地区一下子冒出如此庞大的明军队伍，不可一世的李成栋也被吓得团团乱转，急忙表奏大清朝廷，请求调兵增援。满清朝廷接到李成栋的告急文书，如何调兵增援暂且不表。

且说南海的陈子壮，见清兵到处烧杀奸淫，无恶不作，实在忍无可忍，也率领家乡的农民起义。短短几月，义军就发展壮大起来，打得清军闻风丧胆，鬼哭狼嚎。

这年四月中旬，陈子壮向几位义军将领道：“现在，我们的力量日益壮大，是进攻广州的大好时机。为了更好地打好这一仗，还需要有附近义军的支援。”

“大哥，你说我们去联络哪些队伍？”副将问。

“当然是最近的。”陈子壮回答。

“花山义军。”副将提议。

“只有花山义军离我们最近。”陈子壮叫板。

“好，就这么定。”副将高兴地说。

“大家下去速做准备，一旦时机成熟，便立即出发。”陈子壮下令。

"是。"众将领命回答。

广西各地的起义军势如破竹，不断地攻城陷阵。清将李成栋、佟养甲急得如热锅上的蚂蚁团团乱转。

就在这时，侍卫来报："将军，皇上派来的援军到啦！"

"太好啦，真是天助我也。"李成栋、佟养甲高兴得跳起来。

"将军，外面有人求见。"另一侍卫走了进来。

"不见。"李成栋不假思索地回答。

"他说有机密军情。"侍卫小声地禀告。

"叫他进来。"李成栋转向侍卫道。

"喳。"侍卫回答着起身出门。

不一会儿，侍卫带着一个布衣男子走了进来。"有啥快讲？"李成栋不耐烦地说道。

"大帅，是这样——"来人把嘴对在李成栋的耳边小声嘀咕起来。

"啊——"李成栋大吃一惊。向来人道："待本帅取了此贼首级，再给将军记一功。"言罢，向侍卫道："带这位将军下去吃饭。"

"喳。"侍卫领令带着来人出去了。

李成栋转向佟养甲，把刚才的消息告诉了他，两人开始秘密调兵，不在话下。

正准备进攻清军的陈子壮刚把队伍拉到花山，还没有休息，就被清军包围。

"弟兄们，杀呀！"陈子壮只好下令突围。

两军就这样展开了生死搏斗。敌众我寡，三千义军杀到天黑，无兵救援，全军殉国。陈子壮因不愿降清，被清军活埋。李成栋消灭了陈子壮，又挥军杀向陈帮颜。清军强大，义军寡不敌众，在镇远陷入清军包围圈，陈帮颜战败被擒，在广州被清军处死。

张家玉战败，率残部逃到增城。"奶奶的，如此周密的计划，怎么就——"张家玉怎么也想不通。

"大哥，胜败乃兵家常事。留得青山在，还愁没柴烧。只要逃出来，可以东山再起，何必自责！"副将在一旁劝解。

"唉——"张家玉还是想不通，脑子里一团乱麻，百思不得其解。狠狠地道："清军，你记着，总有一天，老子要你加倍偿还。"张家玉发狠与清军势不两立。

不久，张家玉又拉起了一支三千多人的起义队伍，到处袭击清军，打得李成栋、佟养甲首尾不能相顾。这一举有力地配合了正在到处逃亡的永历帝，让他有喘息的机会。各地起义军纷纷起义，不断打击清军，清将李成栋迟迟完成不了皇上交给的清剿任务，心里非常着急，不断调集兵力，挥军向起义军老巢增城杀来。

"弟兄们，杀呀！"张家玉指挥义军，在增城与清军展开血战。双方杀声震天，尸积如山。起义军打退了清军的数次进攻，在内无粮草、外无援兵的情况下，孤军奋战三个昼夜，因寡不敌众，义军全部阵亡。义军首领张家玉战到最后，不愿降清，跳水自杀。后人有诗叹曰：

> 壮士之躯不可屈，
> 马革裹尸还江流。
> 人生自古谁无死，
> 但留清名垂宇宙。

欲知后事如何，请看下一章。

第二十一章

永历君臣遭劫难　冲冠一怒为红颜

话说永历帝逃到柳州不久，瞿式耜就率兵前来，向永历帝道："皇上，是臣没有保护好圣驾，致使皇上颠沛流离，臣之罪也。"

"瞿爱卿何出此言，朕之所以流离在外，皆清军所为，爱卿何罪之有？平身。"永历帝不愧为仁慈天子，不但不怪罪瞿式耜，而且把罪名轻松地推到敌人身上。

瞿式耜听了永历帝这番言语，心里也稍感轻松了些，奏道："皇上，臣这次来主要是迎圣驾去桂林，那里有我们的军队，当然要安全些。"

"如此说来，朕只有去桂林？"永历帝问群臣。

"皇上拿主意。"群臣回答。

"好，既然众位卿家都同意，那就去桂林。"永历帝传旨。

顺治五年（1648）二月，在全州驻守的明将郝永忠，因连年征战，军中粮草严重匮乏。而永历帝及朝臣们这些年也是东躲西藏，自顾不及，哪来的军饷？军队没有军饷，还有军队吗？俗话说："一日无粮千兵散。"郝永忠算是遇上了，他急得抓耳挠腮，在总兵大堂坐卧不宁，左思右想，得不出个计策，气得直骂娘："他奶奶的。"

"大人，小的思得一计，不知当讲不当讲？"副将见郝永忠急得像热锅上的蚂蚁，小心地走到郝永忠面前。

"有话快讲，有屁快放，何必吞吞吐吐的。"正焦急的郝永忠看了一眼副将。

"我看大人，应如此如此，才不愁军饷。"副将献计。

郝永忠听了副将的计策，眼前一亮，高兴地道："好你个龟儿子，脑瓜子还真灵，行，就这么定。"郝永忠一下子来了精神。

这一日，永历帝正在后宫休息，太监走了进来，道："启奏陛下，全州守将郝永忠求见。"

"宣他进来。"永历帝准奏。

"皇上有旨，宣全州守将郝永忠进宫。"老太监拂尘一甩。

"吾皇万岁，万岁，万万岁！"郝永忠三呼已毕。

"平身。"永历帝赐座。

"谢皇上。"郝永忠起身坐了下来。

"郝爱卿，你来见朕，有何要事吗？"永历帝开门见山地问。

"启奏皇上，臣闻清军又要进攻桂林，这里已不安全。请皇上移驾，随臣去全州，那里比较安全。"郝永忠跪禀。永历帝一听，暗自思忖："如果桂林真的危急，瞿式耜怎么不来向朕禀奏，难道要你一位远在全州的守将来报信？"想到这里，永历帝道："郝爱卿一片忠心，朕领矣。只是近来居无定所，不断颠沛流离，朕的身体不好，有待休养些时日。过一段时间，朕再传旨随爱卿前去，爱卿暂且先回全州。"永历帝之意，郝永忠已明白三分，实际上是婉言拒绝。暗道："昏君，事已至此，休怪微臣无礼。"便向宫门外早已等候在那里的卫兵发出了信号。卫兵听到郝永忠发出的信号，一窝蜂似的冲了进来，到处乱搜乱抢，大肆掠夺宫中财物。

"啊——"永历帝大吃一惊，起身就跑。群臣被吓得手忙脚乱，到处乱窜，无力护驾。郝永忠一步赶上，一把抓住永历帝的龙袍，用力一扯。情急之下，事出仓促，永历帝便挣脱龙袍，逃出后宫。好在郝永忠不是篡位，而是为军饷而来，永历帝才得以逃脱，在宫外聚齐群臣，慌慌张张地逃向南宁。

此时，大将军瞿式耜正在桂林郊区布防军务。一快骑如飞地赶来，道："报，大将军，郝永忠率叛军进人桂林，在皇宫大肆抢劫，洗劫财物，惊吓了皇上。"

"如今皇上怎么样，他们在哪里？"瞿式耜问来人。

"现在皇上安然无恙，已逃向南宁。"来人回答。

瞿式耜听了，向副将道："你留下继续布置，我去去就来。"

"大帅放心，末将一定按照你的方案布防。"副将回答。

"好，有你在，我就放心啦。"瞿式耜向副将交代清楚，才向护卫道："快，跟我走。"

"遵命。"护卫回答着，催马紧跟其后，向桂林城赶来。

"奶奶的尻。"瞿式耜一行来到皇宫，见这里已是人去屋空，一片狼籍，气得大骂。

"给我追！"瞿式耜大怒。

"报将军，叛军已经去远啦。"卫兵进来回答。

叛军远逃，永历帝离去，瞿式耜正要传令收拾皇宫，再迎圣驾，副将派快骑赶来，道："报将军，清军已杀向桂林，距桂林只有十几里路啦！"士兵报告。

"他奶奶的，来得好快，给我上。"瞿式耜传令。

"遵命。"将士们回答着，转身跟着瞿式耜前去迎战清军。

在桂林城外，两军狭路相逢，展开激战。可谓杀声震天，殊死拼杀。明军正在危急关头，眼看抵敌不住，几处城墙已被攻破，将士死伤过半。

"杀呀——"就在这时，东、西、南三面响起喊杀之声。杀气十足的清军，一下子像泄气的皮球，潮水般退将下去。

"是援军，弟兄们，是我们的援军到啦，杀呀——"瞿式耜挥剑大喊。

"杀呀——"明军将士也来了精神，挥刀杀向敌群。

清军正在苦战，看着即将胜利，冷不防突然杀来两支明军，将他们团团围住，腹背受敌，阵脚顿时大乱，所谓兵败如山倒，讲的就是这样的情景。内外夹击，清军很快败了下去，只顾逃命，明军大获全胜，这就是历史上所说的"第二次桂林大捷"。

瞿式耜在议事大厅设宴犒劳援军，向焦琏道："多谢将军及各位率兵相救，瞿某就此谢过。"

"瞿将军，你我同为大明朝臣，为朝廷出力是我等分内的事，何出此言！"焦琏亦举杯同饮，不在话下。

且说江西总兵金声桓、副将王得仁正在总兵大堂商议军务，卫兵走了进来，道："报，将军，董巡案吩咐，找一个歌姬去陪他。"

"什么，找歌姬？"王得仁站了起来。

"是董大人说的。"卫兵回答。

"去他妈的，他董学成是个球。"王得仁不买账。

"去告诉他，就说我们军务繁忙。"金声桓向卫兵吩咐。

"遵命。"卫兵回答着出门去了。

"董大人，金总兵说他们军务繁忙，改天再说。"卫兵告诉董学成。

"好啦，我就知道，他们是一群废物。"董学成朝卫兵挥了一下手。

"怎么还不下去？"董学成见卫兵不走，有些不耐烦地问。

王得仁与金声桓商议军务后，回到家里。一心腹走了进来，道："将军，董学成狗日的，说话太欺负人了。"

"怎么？"王得仁问心腹。

"难道将军不知道？"心腹反问。

"知道啥？"王得仁有些莫名地问。

"没人告诉你？"

"啥子事？"

"既然将军不知道，小的还是不说为好。"心腹故意卖关子。

王得仁一听话不对劲，站起来，抓住心腹道："啥子事？快讲，你想急死老子？"

心腹见王得仁有些恼怒，便道："将军，事情是这样——"把嘴对着王得仁如此这般地讲了起来。

"啊，欺人太甚。"言罢，向门外道："来人。"

"将军有何吩咐？"卫兵走了进来。

"带上卫队，随我去办事。"王得仁吩咐。

"遵命。"卫兵回答着走了出去。

"杀呀！"王得仁率领卫队气势汹汹，杀到董学成的府里。不由分说见人就砍，见物就抢，横冲直撞，杀得血流成河。"董狗，你不要仗着是个啥子巡案就了不得，狐假虎威，别人怕你，老子不怕你，敢在老子头上动土，你不打听打听，老子是你动得的吗？"王得仁从卧室把董学成抓了出来。

"王将军，你这是为啥？有话好好讲。"董学成抖成一团。

"今天先收拾掉你再说。"王得仁手起刀落，"咔嚓"一下砍了董学成首级，一连数刀，把董学成砍为肉泥。卫兵们在董府滥杀一阵，才收兵回府。

王得仁来到金声桓府上，气鼓鼓地道："大哥，这官咱不当也罢。"

"老弟何出此言？"金声桓不解地问。

"董学成这个狗日的，太欺负人啦！"王得仁来到金声桓家，进门就告状。

"他怎么啦？"金声桓问。

"他出言不逊，被我砍啦！"王得仁告诉金声桓。

"啊——"金声桓暗吃一惊，道："唉，老弟你心太急啦。"

"大哥，清廷的官不当也罢，小弟受不了啦，反了吧，投大明去。"王得仁直截了当。事已至此，金声桓不得不同意王得仁的建议，率兵降明。

原来，金声桓、王得仁自以为率兵投降清军，能得到清廷的厚赏。不料，清政府毫无晋升之意。在平定了江西广大地区后，仅委任金声桓为驻守江西的总兵，王得仁为副将。

顺治三年（1646），金声桓上书清廷，授予他"节制文武"之职，便于行事的权力。同年五月，清廷发兵部议奏，没有同意他们的要求，只改为"提督江西军务总兵"，并规定："剿抚机宜事关重大者，该镇应与抚、按共同商略，并听内院洪督臣裁行。"金声桓偷鸡不成，反蚀一把米，心里就是不痛快，他与王得仁气得敢怒不敢言，加上清政府又派来章于天、董学成两个巡抚，昼夜监视，早有不满。董学成不知好歹，要这要那，逼得二人不反才怪呢！正愁没有机会下手的王得仁、金声桓，仅凭几句骂妇人之言就大开杀戒，实在是说不过去。董学成不过充当了替罪羊，是金声桓、王得仁反清降明的借口罢了。欲知后事如何，请看下章分解。

第二十二章

红颜女以死谏丈夫　李成栋倒戈反清廷

王得仁杀了朝廷命官，其罪不小，当灭九族。细想害怕，只好先发制人，去找总兵金声桓商议。加上金声桓对清廷早有不满，所以两人一拍即合，竟也打出"反清复明"的旗号，率十几万军队，万余匹战马，向清军开战。

金声桓、王得仁突然反清，除了整个江西，就连西南诸省也纷纷响应，湖广西部和福建沿海的清朝官员也率兵起来归顺大明。更有甚者，一向效忠清廷的两广提督李成栋也在南宁宣布"反清复明"。猝不及防的清政府，一时慌了手脚，急忙调兵镇压。正是：

> 赏罚不明将心寒，
>
> 倒戈对立不一般。
>
> 一人能抵十万众，
>
> 忠义可推旧君翻。

原来，李成栋曾参加明末李自成率领的农民起义军，绰号"李诃子"，长期跟随李自成的部将高杰，绰号"翻山鹞"，转战南北，到处打击清军，屡建战功，深得李自成的器重，是为副将。李自成在陕西失败后，高杰和李成栋只好率残部投降清军。清政府正在用人之际，就把高杰、李成栋的军队编入清军肃亲王豪格、平西王吴三桂的军队中，随清军南下，征讨南明军队。肃亲王豪格令李成栋、佟养甲为一路，在打下江苏、浙江、福建后，进攻两广一带的南明朝廷，直到占领了两广一带的广大地区。南明皇帝——永历帝，被撵得东躲西藏，无处安生。为清廷立下汗马功劳的李成栋只得个"两广提督"的官位，而战功平平的佟养甲则升为"广东巡抚兼两广总督"。李成栋不仅无权过问地方政务，而且在军事行动上还要受佟养甲的节制，两个平级的将领一下子变成上下级的关系，这就给一向骄横的李成栋带来了不满，给李成栋"反清复明"埋下了火种。

一日，李成栋正在休息，佟养甲派卫兵来向他道："李大人，佟大人有令，赣州总兵高进库被叛贼金声桓、王得仁二贼领兵攻打，情况紧急，请李大人火速率兵前去救援。"

"妈的，有军情自己不去，派个小兵来，老子是你的挡箭牌，功劳是你的，祸是老子的，这回老子就不去。"李成栋心里暗骂，口里道："你去回总督大人，近来下官身体不好，实难从命。"

"喳。"卫兵回答着出门去了。

"报，佟大人，李大人身体不好，不能率兵出征。"卫兵来到佟养甲的府里汇报。

"嗯，这个李成栋。"佟养甲很不高兴，只好向卫兵道："传令高杰，令他速来总督府。"

"喳。"卫兵领令如飞地去了。

不一会儿，高杰走了进来，道："报，佟大人，末将前来听令。"

"高将军，现在赣州遭叛军金声桓、王得仁二贼围攻，情况万分危急，本帅令你率兵前去增援。"佟养甲令高杰。

"末将遵命。"高杰回答着领令出了都督府，教场点兵，直奔赣州增援高进库。尽管高杰怎样催兵，还是来晚了，清将高进库已全军覆没，明军正以得胜之师向他围了过来。

"报，大将军，高总兵已全军覆灭，叛军金声桓、王得仁正率兵向我们这边围了过来。"先锋派人来报。

"停止前进。"清将高杰一听大吃一惊，慌忙下令。

"停止前进！"传令兵向后面的士兵大喊。

金声桓、王得仁听说清将佟养甲派高杰率兵前来，战场也来不及打扫，急忙分兵两路，向清军围了上来。高杰率领的清兵远道而来，已是疲惫之师，又闻前方已败，斗志顿消。而金声桓、王得仁率领

铁马金戈
TIE MA JIN GE

的明军刚获胜仗，是得胜之师，斗志正旺。两军相遇，战不到几个时辰，清军便大败，清将高杰不得不率兵投降明军。

李成栋拒绝佟养甲的命令，有意不出兵，其姜张玉乔早已看在眼里，只是找不到合适的机会规劝丈夫"反清复明"。

直到一日，李成栋叫来心腹袁彭年、李元胤二人，李成栋道："二位将军，今天请你们来，有一个存在多时的想法要告诉二位。"

"都督有啥想法？你就告诉小弟。"袁彭年、李元胤异口同声地问。

李成栋看了看左右见没有人，小声道："现在，请你们来主要商量清廷如此昏庸，忠奸不分，全是些小人当道，这样的昏君不伺候也罢。"

"都督，你说咋个办？"袁彭年问。

"反他。"李成栋狠狠地说。

李元胤站了起来，道："不瞒大人，我二人也有此意。"袁、李二人说了自己的想法。

"老子早就看不惯这些狗日的啦。"袁彭年越说越气。

"对，袁兄说得很对，不论走到哪里，只要都督一句话小弟绝不含糊，赴汤蹈火在所不辞。"李元胤也很气愤。

"既然两位都愿跟我，就这么定了。不过，得先派人去南明朝廷讨个准信，看看他们有没有诚意。"李成栋望着袁彭年。

"嗯，都督说得有道理，小心没大错。"袁彭年赞同李成栋的看法。

"好，今天就谈到这里，下去要注意保密。"李成栋强调。

"属下明白。"李元胤、袁彭年二人回答着起身出门。

送走了袁彭年、李元胤，李成栋回到卧室，四姨太张玉乔给他端来一杯碧螺春，坐下道："老爷，贱妾有一句话，早就想跟老爷讲，就是找不到合适的机会，现在看来是到讲的时候了。"

"妇人家，有啥话？快讲。别无事找事。"李成栋不耐烦地说。

"贱妾认为，老爷既然想'反清复明'就应该当机立断，早早下决心，当断不断，反受其害。"张玉乔坐下来后，小心翼翼地规劝李成栋。

"妇道人家，怎就说出这种不忠不义的话，传出去就不怕诛灭九族？去去，回房去。"李成栋怒斥张玉乔，心里暗想："这事坏了，妇人都已察觉，更何况精明的人。"

李成栋想到这里，心中有些后怕起来。张玉乔见丈夫脸色骤变，知他心事，便道："老爷勿忧，贱妾不会漏出半点风声，再说如果贱妾是那种忘恩背义的小人，早就说出老爷的心事了。"

李成栋还是不说话，张玉乔见李成栋还是不放心，从袖子里拿出一把剪刀，道："老爷如能举义旗起兵，妾情愿一死，以成将军之志。"言罢，一刀插入胸膛，鲜血顿时涌出，李成栋欲救，已来不及。张玉乔倒在地上，血流如注，很快香消玉殒。李成栋抚尸大恸，更加愤慨，发誓报仇。有诗叹曰：

> 娇妻窥破夫心志，
> 男儿虑计坏裙钗。
> 烈女诚心扶夫正，
> 宁愿一死解君忧。

对张玉乔又有诗赞曰：

> 七尺男儿不为盾，
> 娇妻报国志更高。
> 舍弃金玉丽质洒，
> 何愁将军不抛锚。

欲知后事如何，且看下章分解。

第二十三章
永历帝下旨封爵　李成栋反清复明

话说李成栋见爱妾张玉乔以死苦谏"反清复明"，抚尸大恸，决心反清，派人去南宁与永历帝讲和不在话下。

且说永历帝在南宁亲政，好消息一个接着一个传来，永历帝听了非常高兴，传旨嘉奖边关将士，宫中设宴庆贺。前不久，江西金声桓、王得仁率军复明，使永历帝有了希望，更令人兴奋的是两广提督李成栋也派人前来讲和，愿率两广之师归顺大明朝廷，对于一位被打得东躲西藏无处安生的皇帝来说，无疑是一件喜上加喜的好消息。永历帝急忙召集群臣商议安抚之事，道："各位爱卿，近年来，尔等随朕东躲西藏，四处流离，苦不堪言。好在这样的日子总算熬过去了，上天对我们又赐予了恩惠。前不久，江西总兵金声桓、王得仁两位将军举义旗起兵归顺我大明，两广的李成栋，湖南的袁彭年、李元胤也相继率军归顺我大明，实乃天助朕也！"

"启奏皇上，李成栋率两广之师来降，无疑是圣上洪福所赐，应该下旨准降，封为惠国公，其他将领也应加封。这样，既可招贤纳士，又能壮大军威，何乐不为。"兵部尚书王化澄出班上奏。

"依臣愚见，皇上耽误不得，应立即下旨，诏李成栋一班将领速来南宁受封，以免日长思变。"大将军瞿式耜也出班启奏。

"既然众卿都无意见，朕这就下旨召见李成栋等一班将领。"永历帝准奏，向太监道："传旨李成栋等一班将领，速来南宁受封。"

"遵旨。"太监领旨如飞地去了。

在柳州的李成栋葬了爱妾张玉乔，正愁机密泄漏，无计可施。卫兵走了进来，道："报，大都督，明朝廷派使臣前来。"

"快快有请。"李成栋如落水的小孩一下抓到一根救命稻草：眼前顿时一亮。

"遵命。"卫兵回答着出门去了。

"吾皇万岁，万岁，万万岁。"李成栋一班将领三呼过后，跪地听封。

太监展开杏黄纸，念道：

"奉天承运，皇帝诏曰：李成栋、袁彭年、李元胤等一班将领，尔等本属我大明臣子，因受奸党蒙蔽，误入歧途，现在，悔过自新，重返大明，实乃卿等之明举也，朕非常高兴，愿为卿等加封洗尘，望速来柳州受封，钦此！"

"谢主隆恩。"李成栋等人谢恩接旨。

"李大人，皇上之意，尔等速速收拾立即起程。"太监催促。

"公公先行一步，下官这就安排起程。"李成栋告诉太监。

"好吧，本宫这就回去了。"太监告辞出门。

送走了永历帝派来的传旨太监，李成栋向袁彭年、李元胤道："二位将军速去集合本部人马，令他们脱了清军衣服，换上明军服装，连夜赶赴佟养甲的军营，将其一网打尽，不得放过一人。"

"末将遵命。"袁彭年、李元胤回答着如飞地去了。

是夜，李成栋、袁彭年、李元胤率兵悄悄地包围了佟养甲的军营。李成栋见清兵还蒙在鼓里，向士兵一挥手说："上。"

"杀呀——"伏兵一下子呐喊起来，杀进清营。

"顶住，给我顶住！"佟养甲见一下杀来这么多明军，边抵抗边大喊。

可是已经晚了，明军潮水般涌入，一将难敌二手，很快佟养甲属下一千多号人便成了俘虏，佟养甲被生擒。李成栋道："佟大人，不是李某不忠，而是你们不义。李某有多大功劳，想你佟大人也清楚，可是到头来，却落个寄人篱下的结局，谁也不愿意干。现在，摆在大人面前的只有两条路：一是死心塌地为清廷卖命，那是死路一条，

127

二是与李某一起投靠大明'反清复明',两条道路由你选。"李成栋劝诫佟养甲及其家眷。

"李大人,佟某愿追随大人。"佟养甲见大势已去,只得答应降明,暂保一家老幼性命。至此,广东十郡七十余县十多万人马全部归降南明朝廷。

"好,既然佟大人识时务,李某给你赔不是。"言罢,亲自给佟养甲松绑。次日,便率亲随去南宁拜见永历帝。正是:

> 时来运转天地新,
>
> 昔日忠清今投明。
>
> 没落皇帝位未绝,
>
> 何皆清廷延浩劫。

顺治五年(1648)四月,李成栋在南宁朝拜永历帝。永历帝见李成栋率所有降将前来朝拜,心里非常高兴,道:"李爱卿,能识时务,率众归顺我大明,实为大义之举,朕封你为惠国公。"

"谢主隆恩!"李成栋叩首谢恩。

"李元胤,朕封你为锦衣卫指挥使。"

"遵旨。"李元胤领旨。

"袁彭年,朕封你为都御使。"永历帝向袁彭年封赏。

"谢主隆恩。"袁彭年叩首。

"佟养甲,朕封你为襄平伯。"永历帝又朝佟养甲说。

"多谢圣上。"佟养甲谢恩。

"好啦,都退下去吧!"永历帝封完了李成栋一班将领,传旨退朝。

"吾皇,万岁,万岁,万万岁!"李成栋一行人等跪地三呼,起身退朝。

永历帝封了李成栋、佟养甲、袁彭年、李元胤一班降将,退入后宫休息。至此,广东全省来归附的各地官员不计其数,李成栋也开始使用明朝两广总督的大印。李成栋掌握了两广总督的军政大权,心里非常高兴，为了表示他对朝廷的赤胆忠心，特地派人去南宁迎接永历帝还都肇庆，永历帝君臣非常高兴，收拾细软准备起程。正是"昔日落魄鸟，今天舞凤凰"。欲知后事如何，且看下章分解。

铁马金戈
TIE MA JIN GE

第二十四章

李成栋丹心侍明　永历帝设坛拜将

　　且说李成栋为了表示对大明的忠心，一面派人去南宁迎接永历帝还都肇庆，一面向副将道："传李元胤，本都督有要事和他商量。""遵命。"副将领令如飞地去了。

　　不一会儿，李元胤走了进来，道："李大人有何要事？"

　　李成栋见李元胤进门就问，忙道："现在，我已派人去南宁迎接皇上，你的任务是负责监督工程，在肇庆建几座宫殿，让皇上及众大臣居住。"

　　"大人放心，末将照办就是。"李元胤回答着出门准备去了。"袁将军，你负责保卫皇宫的任务。"

　　"遵命。"袁彭年领命如飞地去了。

　　顺治五年（1648）八月，永历帝君臣开始由南宁迁往肇庆。大将军瞿式耜听了，急忙来到永历帝行宫，道："皇上，依臣愚见，圣上不能去肇庆，应该留在南宁最合适。"

　　"为什么？"永历帝惊问。

　　瞿式耜道："难道皇上忘了刘承胤挟帝自重的前车之鉴。"

　　"唉，瞿爱卿多虑矣！李成栋何许人也，刘承胤能与之比矣！将军放心，朕意已定，马上就迁往肇庆，并且李大人派来的兵将都已等候在宫外。"永历帝就此打消瞿式耜的顾虑，传旨迁往肇庆。一向自认为忠君的瞿式耜见永历帝不听自己的劝告，依旧传旨起程，只得作罢。正是：

群山巍巍千秋在，

江河滔滔水自清。

竹本空心成篾器，

自古忠臣无颜色。

"皇上驾到——"李成栋亲率卫队去肇庆郊外迎接永历帝。他跪在路边，口称："罪臣李成栋率众将迎接圣驾入宫。"

"李爱卿何出此言！快快平身。"轿内传出永历帝的声音。

"多谢皇上。"李成栋一行谢恩起身，毕恭毕敬地立于路边，让永历帝君臣先行。

永历帝来到李成栋为他准备好的宫中，李成栋立即率文武官员朝见，大呼："吾皇万岁，万岁，万万岁！"

"平身！"

"谢万岁！"李成栋一行人等三呼已毕，站起身立于朝堂两侧，听旨宣诏。

永历帝见百官齐聚，遂开口道："李爱卿既为明臣，有事尽管奏来。"

皇上下旨，李成栋正欲开口，马吉翔却抢先奏道："启奏皇上，臣以为李大人既然一片忠诚之心，不如拜之为大将军，设将台封号，这样也让群臣诸将知道皇上的英明，众将不论大小，只要有功于朝廷，朝廷就绝不辜负有功之士。"

永历帝听了甚觉有理，下旨道："马大人言之有理，正合吾意，传旨武朝门外，设将台拜将。"

"遵旨。"太监拂尘一甩，向宫外传旨去了，百官无事退朝。

次日清晨，永历帝率文武大臣来到将台，传旨拜李成栋为大将军、大司马，执掌全国军政大权，仿效刘邦拜韩信的故事。

李成栋得到南明朝廷如此重用，心里非常高兴，急忙回广东，招兵买马，扩充军事实力，准备进入江西支援金声桓、王得仁，一起恢复大明江山，以表忠心。

李成栋上书永历帝道："恩威不出，而陛下出自旁门，匪人滥进，祸随公行，臣以为社稷存亡之大，非细故也，臣不敢不言。"

李成栋的意思是想在出征以前去肇庆面见永历帝，以进忠言。他这番话却被永历帝身边的奸臣马吉翔知道，马吉翔恨得咬牙切齿。他来到永历帝的寝宫，向永历帝道："圣上，臣以为李成栋之言不可信。他是效仿董卓和朱溢，想趁觐见之机，解散皇帝的亲兵，以他的旧部代替，把皇上当成傀儡。再说，李成栋之前的所作所为是有目共睹的。"

马吉翔一番言语，一下点中了永历帝的要害。永历帝暗自思忖："此言不差，朕是该提防着。"于是，向鸿胪卿吴侯道："朕派你前去柳州，向大将军李成栋传朕口谕，叫他不要来肇庆面朕矣！"

正是：

> 将士出征君应慰，
>
> 以励三军同杀贼。
>
> 唯有小人片言语，
>
> 君恩不施寒士心。

"遵旨。"吴侯回答着，领旨出朝，向柳州去了。

这一日，李成栋正在府上与众将商议军务，门卫走了进来，道："大将军，皇上差人到啦！"

"有请。"李成栋及众将出帅府接旨。

吴侯来到李府门口，展开圣旨念道：

"奉天承运皇帝，诏曰：李成栋及众将不必来肇庆面圣，可即刻出兵。钦此！"

"遵旨。"李成栋一行人等谢恩起身，择吉日出师不在话下。欲知后事如何，请看下章分解。

第二十五章
李成栋精忠报国　清政府派兵南下

　　李成栋送走了永历帝派来的宣旨官，准备择吉日出兵。李元胤前来求见，他向李成栋道："李大人，将何日出兵？"

　　李成栋道："李大人，本帅率兵北伐，将军亲来送行，实在难得。"李成栋令侍卫看茶，与李元胤叙话。

　　"大人，你可知道这次出征圣上为何不让你去面圣？"

　　"不是说圣上龙体欠安，特派使传旨不再面圣？"李成栋告诉李元胤。

　　"大人，非也，完全是朝中奸臣马吉翔搞的鬼，圣上本想让你去肇庆面圣，听了马吉翔这个小人一番言语后，才改变了主意。表面上重用大人，实际上圣上还是不放心大人。"李元胤讲述了永历帝不见李成栋的原因。可谓：

> 雄心壮志报国恩，
> 他人一语道实情。
> 不是皇家不爱才，
> 偏遇奸臣烂良心。

　　"唉，我归顺明朝，实属一片忠心，面君是正常的礼节。此次北伐，吾将誓死战岭北，面圣的目的是想托付些后事，不想朝中小人如此可恶，罢了！不见就不见——"言罢长叹。

　　"大人将何日出兵？"李元胤问道。

　　"明日寅时。"李成栋回答。

　　"大人一路保重，末将不便送行，祝君凯旋。"李元胤起身告辞。

　　次日清晨，李成栋教场点兵准备出发，三军将士浩浩荡荡离开柳州向北挺进。大军刚到三水地区，后面驰来一快骑，道："报，大将军，皇上口谕，将军率兵继续北上，不必停留。"

"臣遵旨。"李成栋回答着，起身上马，长叹曰："吾不及更下此峡也！"

袁彭年见了，道："大人何出此言，想当年我等南下时是何等威风，所向披靡，今天受这些鸟气。"

"袁将军，我等既已归顺大明，就不要再说不忠不义的话。"李成栋告诫袁彭年。这才是真正的"大将风度，宰相情怀"。

"唉！"袁彭年见李成栋还忍气吞声，只好作罢，默默地跟在后面继续前进。

走了两个时辰，探马来报："大将军，前面发现大批清兵。"

"停止前进。"李成栋下令，又向袁彭年道："将军速率本部人马抢占左右两边山头。"

"末将遵命。"袁彭年回答着，领令如飞地去了。

原来，清政府见两广、江西，还有湖南诸省的清兵都相继叛变，满清朝廷内部一时震动不小。皇帝急忙升殿，召集文武大臣，商议退敌之策。旁边早恼了一人，道："圣上，杀鸡焉用宰牛刀，待小王率兵前去，早晚把南明皇帝的人头提来见陛下。"

大清皇帝及众大臣见是肃清王豪格主动请缨率兵出征，无不赞同，道："既然亲王愿为朕领兵出征，朕心宽矣！"

"圣上放心，臣一定不辱使命，保管手到擒来。"肃亲王豪格君前夸下海口。

顺治皇帝听了，一颗悬着的心才算搁平，急忙传旨："准奏。"

皇上准奏，豪格回到王府，急忙升堂点兵。他见大堂两边站满了全副武装的将士，心里非常高兴，取出一支令箭，向帐下大将孔有德、济尔哈朗道："本王令你二人，率精兵十万为一路，进兵中原，负责拿下湖广，那里有我们的人为内应，他们会接应你们。"

"喳！"孔有德、济尔哈朗接过肃清王豪格递来的令箭。

"谭泰、尚可喜、耿仲明三将，本王令你三人，率十万精兵为二路，从中原出发，直插江西拿下南昌，消灭金声桓、王得仁部。"

"喳！"谭泰、尚可喜、耿仲明三将回答着接过令箭，站到一边。

"众将听令，一旦与贼兵相遇必须奋勇向前，英勇杀敌，不顾一切，消灭贼兵。如有畏惧不前，延误战机者，一律格杀勿论。"肃清王豪格军前传令。

"喳！"众将齐声回答着，领令如飞地去了。有诗为证：

> 亲不亲看父子兵，
>
> 齐心协力赴征程。
>
> 保卫社稷心不二，
>
> 出征严律慰三军。

顺治六年（1649）三月一日，清将谭泰、尚可喜、耿仲明率十万清兵一路势如破竹，很快打到金声桓、王得仁、何腾蛟固守的江西南昌。

"弟兄们，杀呀！"金声桓见清兵铺天盖地杀来，挥剑大喊。

"嗖，嗖嗖——"守城明军箭如飞蝗般地射向城下的清兵，另一些士兵则与爬上城墙的清兵展开了肉搏战，杀得敌我双方尸横遍野，血流成河。

金声桓、王得仁、何腾蛟见城墙已被清军攻破好几处，城门也被轰开，清兵潮水般涌进城里，将士们抵敌不住，只好率军退入城里，以巷道作为战场，拼死抵抗，殊死搏斗。

"金大人，快去叫家眷收拾细软逃命，这里就交给小弟。"王得仁边战边向金声桓大声喊。

"事已至此，往哪里逃？城在人在，城亡人亡。"金声桓边战边靠向王得仁，两人背靠背，朝总兵府退去。

"大人，清军已占领所有街道，没有退路了。"卫兵气喘吁吁地跑了进来。

"王大人呢？"金声桓问卫兵。

135

"王大人已经殉国，他叫小人告诉大人，快些逃命。"卫兵回答。

"啊——"金声桓大吃一惊，道："王大人既已战死，本官还有何颜面苟活于世。"言罢，走进夫人房间向夫人道："夫人，过去我们弃清投明，是为了大义，而今城池已破，随从大将都已战死，我们也只有以死效忠！"金声桓告诉夫人。

"既如此，臣妾有何言语，当随夫君也！"言罢，一头撞在金声桓握着的宝剑上，顿时血流如注，倒地身亡。

"夫人，我来也！"金声桓见外面杀声越来越近，大势已去，一把火烧了府第，拔剑自刎。

"金大人！"刚退至门前的何腾蛟见金声桓自刎倒下，大喊着冲进门来。

"上。"谭泰令清兵一拥而上，正处在极度悲愤中的何腾蛟被蜂拥而来的清兵按住绑了。

"何将军，只要你肯弃暗投明，本帅一定奏明圣上，封你一个官职，让你世代永享荣华，得个封妻荫子，岂不美哉！"谭泰走进牢房，向何腾蛟等明将劝说道。

"哼，要杀便杀，何言降字！"何腾蛟破口大骂。

"何将军，本帅敬你是一条汉子，才三番五次地劝你，所谓识时务者为俊杰，不要敬酒不吃吃罚酒。"尚可喜也在一旁劝解。

"哼。"何腾蛟把脸转了过去。

"拉出去斩啦。"谭泰恼羞成怒，下令将何腾蛟一行明将斩首。
正是：

> 既为明臣，
>
> 何当贼寇？
>
> 誓死效忠，
>
> 安求封侯。

南昌失守，金声桓、王得仁、何腾蛟等明将战死沙场。这个消息很快传到身在信丰的李成栋的耳朵里。他向袁彭年道："袁将军，清将高杰这一下没了后顾之忧，一定会全力向我们进攻，明天这一仗，将是一场恶战，成败在此一举。"

"大将军，我军自北伐以来，屡战不顺，兵将伤亡不少，且粮草不济，已维持不了几天。"袁彭年告诉李成栋。

"大丈夫，战死沙场有何惧哉！"李成栋仰望着对面的清军大营大声说。

"大将军不能不考虑一下将士们的前程。"袁彭年向李成栋建议。

"有啥好考虑的，开弓就没有回头箭，明天我等将决一死战，以死报效朝廷。"李成栋一口回绝袁彭年的劝说，开言道："吾辈千里效忠明主，天子筑坛以大将封赏我等。今天，出师无功，有何颜面去见大明天子耶！"言罢，仗剑在手，拍马持弓，涉水应战，直逼清军大营，不择津要乱流以趋敌。因连日劳顿，人困马乏，战罢几个回合，李成栋便被清军连人带马打入江中，溺水身亡。可谓：

> 开弓没有回头箭，
>
> 誓死报效皇家恩。
>
> 不做反复无常客，
>
> 甘当效法宋杨业。

副将袁彭年见主帅战死，遂也无心恋战，只得复降大清。袁彭年降清之举，实属小人之所为也。

高杰向谭泰道："大将军，袁彭年这样的小人，反复无常，留着何用？不如推出去斩首示众。"谭泰道："此言差矣，杀一个袁彭年不足惜，但是要顾忌他带来的降兵上万人，如果操之过急，这一万人拼死与我们抵抗，我们还要死多少兵将。"遂不采纳高杰之言，谭泰向卫兵道："传令下去，所有降兵将领一律善待，袁将军任命为本帅参军，一同随兵南征。"

谭泰这一决定，不失为一步好棋。袁彭年见没了兵权，知趣地告老还乡，整日习文作诗，因忧闷于胸，不久病死，此为后事暂且不表。欲知后事如何，且看下章分解。

第二十六章
永历帝肇庆悼忠臣　李元胤尽力保明室

李成栋在信丰战死的消息很快传到肇庆。永历帝君臣大为惊骇，哀叹不已。加上江西的金声桓、王得仁、何腾蛟亦以身殉国，整个江西及湖广一带除部分在南明手里，其余的大多数被清军占领。赣州的清将高杰得寸进尺，率清军不断南下，直向肇庆逼来，情况万分危急。

永历帝少了几员边关大将，真是悔痛交加，不管江山怎样，下旨为大将军李成栋举哀，悼念这位忠心耿耿的大明功臣。近臣马吉翔道："圣上，为了鼓励边关将士，可下旨追封李成栋等一班大将为太傅、宁夏王，谥忠烈，设坛于天宁寺。圣上亲临祭奠，以慰群臣忠义之心。"

"卿言极是，朕准奏，传旨满朝文武三日后在天宁寺祭奠。"永历帝下旨。

"臣遵旨。"马吉翔正中下怀，出宫准备去了。

三日一到，永历帝率文武大臣，驾临天宁寺，祭奠李成栋及诸将士。

永历帝展开祭文泣曰：

维大明永历三年（1649）四月吉日，天朝圣驾永历帝由榔率满朝文武大臣谨以至诚之心致祭于为国捐躯的将士泣以文曰：呜呼！将军反正，归我南明，忠心赤胆，赤肝义胆，朕不思将军一片赤诚，有负尔愿，有损君成，悔无常矣，泣无疆矣，望将军之灵，有感诚佛，佑朕复明，定当建立寺庙，超度将军在天之灵，以慰将军爱国之心。

呜呼！诚其有信，思虑千绪，终我怀仁，暇毗田邻。鹤岗丘蹼，立盟瓯国，尔等身经百战，永记史册，将军灵兮，皈依天堂，保朕江山，重整旗鼓，呜呼，尚飨！

永历帝读罢祭文，再拜，叩首。退入中堂休息，传旨厚葬李成栋等一班忠臣。正是早知今日，何必当初。

这时，李元胤从外面急急忙忙地走了进来，道："圣上，臣有本奏。"

"李爱卿，有本快快奏来。"永历帝遂摒退左右。

"遵旨。"李元胤呈上奏章。

"啊！"永历帝看完奏章，大吃一惊，"这还了得。"遂传旨："立即将佟养甲一干奸臣逮捕。"

"遵命。"李元胤领旨退出，率兵前去捉拿佟养甲。

佟养甲自以为做得天衣无缝，殊不知他派去与清廷联系的使臣，在半路被李成栋部下抓获，卫兵将使臣带到李元胤的将军府。使臣跪在李元胤的面前求饶："将军饶命，小的也是奉佟大人的差遣。"

李元胤把信拆开一看，见上面讲的是两广一带明军的兵力布防情况及愿意为内应，一举夺取两广的密信。李元胤看后大怒："来人，把这厮推出去砍了。"

"大人，饶命，饶命呀，大人——"

李元胤斩了使臣，火速求见永历帝。永历帝知道后也很吃惊。急忙与群臣商议捉拿佟养甲。佟养甲在府上养精蓄锐，等待清兵南下，不料，永历帝却派黄门官走了进来，道："佟大人，皇上有旨，令你部火速赶往梧州保驾，皇上要去兴陵祭祀老桂王。"

"臣遵旨。"佟养甲跪地接了圣旨，向卫兵道："传令下去，集合队伍，开往梧州。"

"遵命。"卫兵如飞地去了。

佟养甲率兵出城的消息，探子很快将消息报至李元胤府上。李元胤早已调集伏兵在通往梧州的路上埋伏下来。佟养甲刚上航船就被埋伏在船上的明军擒获，一阵乱刀砍为肉泥，其他随从人员也都

铁马金戈
TIE MA JIN GE

139

成了刀下之鬼，士兵见了纷纷放下武器投降。

李元胤诛杀了佟养甲，断了明军内患，为永历帝立了一功，永历帝非常高兴。这时，屯军梧州的明将杨大甫，不思民苦，不断杀害过往客商。消息传到肇庆，李元胤向永历帝上书，道："皇上，为了稳定民心，必须将杨大甫诱出梧州，才能削其兵权。"

"依卿之计，又当如何将其诱出？"永历帝问。

"皇上，依臣愚见，并不太难。"李元胤把嘴凑到永历帝耳边，如此这般地讲了他的计谋。

"好，李爱卿之言，正合朕意，真乃妙计也。"永历帝很高兴，传旨诏见杨大甫。

话说杨大甫在梧州笼络了一班将领，整日吃喝玩乐，无所事事。这一日，卫兵进来，道："报将军，皇上派人来了。"

"请。"杨大甫向卫兵吩咐。

"遵命。"卫兵回答着如飞地出门去了。

"有请黄公公。"卫兵来到门外向皇上派来的传旨官高喊。

传旨官来到大厅，向大厅上坐着的杨大甫及众将军道："杨将军，皇上有旨，尔等速去肇庆商议军机大事。"

"吾皇万岁，万岁，万万岁！"杨大甫及众将接旨谢恩，道："黄公公，先行一步，微臣随后就到。"

"杨将军，快些赶来，别让皇上久等啦！"传旨官催促。

"公公放心，杨某随后就到。"杨大甫回复。

"好，老臣这就告辞。"传旨官打道回府。

"多谢公公。"杨大甫朝传旨官抱了一下拳。

肇庆，永历帝已按事先安排好的在宫中设下酒宴，等待杨大甫等一行将领。

"报，杨将军已在宫外等候。"侍卫走进来报告。

"宣。"永历帝向侍卫挥了一下手。

"皇上有旨，杨大甫晋见。"太监拂尘一甩。

只见杨大甫一身戎装佩着剑，雄赳赳地入宫赴宴。早已埋伏在宫中的李元胤，令刀斧手把宫殿围住，又将杨大甫带来的卫兵挡在宫外，另行赐宴。

永历帝见李元胤进来向他示意，明白事已办妥，举起酒杯与群臣欢饮。酒过三巡，永历帝向杨大甫道："杨大甫，朕多次派去与你联系的使臣，你为何将其一一杀害，抢劫过路客商是你干的吗？"

"哈哈哈——是我干的，你皇帝老儿想怎么样？"杨大甫见事已败露，狂笑着回答，随即拔出宝剑向永历帝刺去。说时迟那时快，一旁的李元胤早已飞起一脚，踢在杨大甫屁股上。杨大甫冷不防被人后面踹了一脚，一个狗吃屎摔在地上。李元胤一个箭步赶上，用刀顶住了他，卫兵将杨大甫绑了。宫中刀光剑影，赴宴的马吉翔等大臣吓得拔腿就跑，很快宴会大厅便没了人影。

"怎么办？"侍卫问永历帝。

"拉下去砍了。"永历帝传旨。

"遵旨。"李元胤把杨大甫押上船，将其缢死。正是：

> 欲反机密早败露，
> 临死才知君大度。
> 早知将军有今日，
> 何须欺心侍二主。

欲知后事如何，且看下章分解。

第二十七章

李元胤舍身救国　永历帝下旨封王

永历四年，清军在孔有德、济尔哈朗的率领下，很快拿下梅岭向南雄进兵。镇守南雄的明朝守将罗成耀见清军势大，遂与部下商议，准备降清。

他向部下道："众位将军，目前看来，我军的形势不太乐观。战无粮草，外无援兵，皇帝也是做一天算一天，没有辅佐的必要，我们自己也要想办法寻一条光明之路，为以后的前途着想。"罗成耀向众将讲了自己的打算。

"将军，你说怎么办就怎么办，大伙都听你的。"副将站起来说。"对，我们都听你的。"众将齐声回答。

罗成耀见众将都愿听他的，想了想，道："既然众位信得过我罗某，我们投奔清军去，何必保这个昏君。"

众将听了道："大哥说的对，我们投降清军。"

"好，大伙都愿意随我降清，空着手去不是办法，应该带一份见面礼。"罗成耀告诉众将。

"带啥好呢？"众将问。

"有是有，就怕众位不敢。"罗成耀故意卖个关子。

"有何不敢，脑袋掉了不就碗大个疤。"众人回答。

"好，既然众位不怕那就干。"罗成耀下了决心，如此如此，罗成耀向众将讲出了计策，最后道："此事关系重大，必须严格保密，在未实施以前，不准走漏半点风声。"

"将军放心，我等愿以死效忠。"众将表态。

罗成耀见众人一心，于是，派人去见清将孔有德。事情还没有办成，此事就被一位参将秘密告知肇庆的永历帝。永历帝一听，大惊失色，急忙传旨召见李元胤，道："李爱卿，朕获密报，南雄守将罗成耀即将降清，并且密谋进攻肇庆，此事如何是好？"永历帝已经没了主见。

"皇上放心，有臣在，不会让反贼得逞。"李元胤安慰永历帝。

"朕之江山，乃卿之所赐耳。"永历帝把一切都寄托在李元胤的身上。

李元胤告别永历帝，回到将军府，写成一封书信，叫来侍卫，道："你把这封信送到南雄，亲手交给罗总兵，就说后日请他喝酒，叫他一定前来。"

"遵命。"侍卫领命如飞地去了。

三日后，罗成耀如期赴宴，李元胤令在江边的船上摆下酒宴与罗成耀边饮酒边说话，谈笑风生，全无半点戒备之心。酒过三巡，罗成耀仰面靠在船栏的绳床上，边看风景边与李元胤谈话，两人谈得相当投机，因为他们原本就是好朋友，所以见面后更是无话不讲。正因如此，才使李元胤有杀他的机会。两人正在谈笑间，李元胤突然抽出宝剑朝罗成耀砍了下去，还蒙在鼓里的罗成耀很快被砍为两截，死得糊里糊涂。船上众将见李大人动手，个个操刀向前奋力厮杀，很快擒获了罗成耀带来的卫队，押至肇庆。

李元胤平定了反贼，永历帝心里特别高兴，传旨嘉奖李元胤，令其率兵保卫肇庆，不在话下。正是"何皆命绝，才有众叛"。

一日，永历帝正在寝宫休息，内侍总管走了进来，道："启奏陛下，大西军首领孙可望派人上奏，请皇上圣裁。"

"宣。"永历帝见孙可望等一班降臣派使求见，心里很高兴，急忙传旨召见。

"遵旨。"内侍总管出宫传旨。

不一会儿，孙可望派来的使臣杨畏知、龚彝二人走了进来，道："罪臣参见圣上。"

"平身。"

"多谢圣上。"杨畏知、龚彝谢恩起身。

"二位爱卿，大老远地跑来见朕不知有何事启奏？"永历帝问。

"启奏圣上，今天我俩是奉孙大将军差遣，前来向皇上问安，同时，奏请圣上加封孙将军为秦王。"龚彝把奏折双手呈了上去。永历帝接过来打开看了看，思量片刻，开言道："二位爱卿，所奏之事，容朕再考虑一下，明日再作答复。"

杨畏知、龚彝二人听了，道："圣上明鉴，臣回驿馆，以候圣音。"言罢出宫。

永历帝见孙可望派来的两位使者出宫去了，急忙传旨，召见朝中文武大臣，商议孙可望所奏之事。群臣对此事议论纷纷，他们认为："皇上，不妥，不应答应孙可望的要求。"

因为，孙可望不是皇族嫡亲，不能加封秦王，也没有资格享受秦王待遇。

永历帝见群臣所言有理，也难卜决断。事情争执了几个月也没有结果。杨畏知、龚彝两人恐日久有变，为了稳住孙可望，又一次上书，请求加封孙可望为景国公，赐名"朝宗"。

永历帝君臣还是不同意，杨畏知、龚彝见朝中这长时间还拿不定主意，恐日久生变，再次上书永历帝，道："为了稳定边关将士，臣等以为应加封孙可望为平辽王。"正是"为保社稷，迫使封王"。

永历帝见事已至此，再不定夺，恐寒了边关将士的心，于是下旨封孙可望为平辽王。令杨畏知、龚彝二人领旨返回宣旨不在话下。正是：

> 昏君无主张，
>
> 朝中出霸王。
>
> 做事尤难决，
>
> 闹出假秦王。

欲知之前，孙可望闹出啥子笑话，请看下一章。

第二十八章

胡执恭假传圣旨　孙可望以假乱真

永历帝对孙可望封王的事迟迟不决，早已让那些别有用心的人钻了空子，导致整个大明江山土崩瓦解，最后落个惨死的下场。此是后话，暂且不表。

话说胡执恭见永历帝做事犹豫不决，全由一些别有用心的朝臣做主，心中早已不满，遂起了叛逆之心，与心腹暗中商议，欲结盟孙可望。遂与南明守将庆国公陈帮傅秘密议商，将永历帝颁发的空白敕书私自填写，又暗中派工匠铸造了"秦王之宝"的金印，然后，胡执恭拿着假圣旨去贵州，提前送到孙可望军中宣旨封王。

孙可望占据着云南、贵州的大片土地，军威大振。依附黔国公沐天波在云南的威望，在云南不断招兵买马，扩充军事实力。在他的治理下，一个落后的贵州变得日益强盛起来。不要说汉族，就连彝族、白族、壮族、傣族的很多年轻小伙子，都纷纷报名参军，部队很快发展壮大起来，不久就发展到二十多万人，还组建起所向无敌的象队。

孙可望把王府设在贵阳，派李定国、刘文秀协助沐天波镇守云南，整个军事大权都掌握在他一个人的手里。正当他发愁名不正言不顺，无法号令三军时，卫兵从外面走了进来，道："报，大将军，永历皇上派使求见。"

"有请。"孙可望传令侍卫。

"遵命。"侍卫回答着如飞地出门去了。

一会儿，侍卫领进一个人来。孙可望见是皇帝派来的使臣，也不敢怠慢，急忙起身迎接。

"孙将军，快排香案接旨。"胡执恭走到大厅向孙可望高喊。

孙可望急忙传令排香案接旨，胡执恭展开杏黄纸朗声念道：

"奉天承运皇帝诏曰：朕闻孙可望及大西军将领，早已弃暗投明，归顺我大明，实为大丈夫之壮举也！所求之事，思之再三，朕一律准奏，特封将军为'秦王'，敕'秦王之宝'金印一枚。钦此。"

"吾皇万岁，万岁，万万岁！"孙可望一班将领谢恩接旨，将圣旨供于大堂。

孙可望见所愿随心，非常高兴，下令三军将士庆贺三天，大宴群臣，与民同乐。孙可望还携李定国、刘文秀等举行了隆重的秦王敕封礼仪，亲自迎接使臣，诏告云南全省"大西军正式为南明永历正朔"。

从此，孙可望的领袖地位正式确立。殊不知，事后不久，杨畏知、龚彝二人回到贵阳，亲自来到孙可望的王府，道："大将军，永历帝已亲自颁诏封将军为'平辽王'。"言罢，取出王府金印。

"啥？"孙可望一下子被搞蒙了，道："杨畏知，你们是不是在戏弄本王？"

"这话由何说起？"杨畏知、龚彝惊讶地问。

孙可望道："前不久，永历帝派胡执恭前来传旨，封我为秦王，还送来秦王金印。现在尔等又送来平辽王金印，到底是怎么一回事？"孙可望令内侍取出秦王金印。正是：

> 求宠传印呼边王，
> 假假真真当自强。
> 只求得个名字在，
> 管它是真还是假。

"啊——"杨畏知、龚彝二人也是一惊。接着道："这事既然都已诏告天下，看来已是无法挽回，现在只能将错就错，不再宣布，反正秦王印在手。"

"看来只能这样，表面上是秦王，实则行平辽王印。"李定国想了想说。

孙可望只得依计行事，暂且做个两不分明的王。以为胡执恭来贵阳时并不知道褚胤锡一班永历朝臣的争执和建议，把景国公改为平辽王。事出仓促，孰是孰非，孙可望也无法说清，只好下令将杨畏知、龚彝、胡执恭关进监狱，又派人前去肇庆向永历帝送去奏本，道："臣先接到秦王敕印时，已向大小官员郑重宣布，并且晓之民众，军民欢呼庆贺，现在已无法挽回，只好请旨定夺。"

永历帝接到孙可望送来的奏本，看后非常不满，与群臣商议对策。马吉翔道："圣上不能改变诏书，如果承认孙可望为秦王，皇室宗族怎么办，只能是平辽王，不可再变。"

"既如卿所言，孙可望所奏是实情，罪在假传朕旨意的胡执恭、陈帮傅等一班奸人，只是不知如何处置才妥。"永历帝非常为难，又想不出可行的办法。

因为永历帝知道这件事如果处理不当，激怒了孙可望，对一位手握重兵的边关大将来说，将是一件很重要的大事，水可载舟也能覆舟，这个道理永历帝心里非常清楚。

"皇上，依臣愚见，为了预防孙可望生变早做准备，不妨将贵州总兵皮熊封为匡国公，播镇的王祥封为忠国公，令其二人率兵防守孙可望。"马吉翔献策。

"事已至此，依卿之言，朕传旨皮熊、王祥二人进殿受封。"永历帝准马吉翔所奏，传旨召见皮熊、王祥二人。

皮熊、王祥二人接到圣旨，急忙赶往肇庆，听旨宣诏。永历帝道："皮将军、王将军，朕之所以急急忙忙召二位入宫，是因为现在大西军首领孙可望在云南、贵州占据着大片土地，拥兵数万，不听朝廷调遣。朕召二位前来，一是加封，二是出兵防守。"永历帝讲到这里，向殿下跪着的皮熊、王祥道："皮熊、王祥听旨，朕封皮熊为匡国公，王祥为忠国公。"

"谢万岁!"皮熊、王祥二人谢恩毕,起身回府率兵防守不在话下。

孙可望派使者去肇庆启奏永历帝后,布防好云南的防务,率兵回贵阳,大修王府,以壮军威。

顺治六年(1649),清军在孔有德、济尔哈朗、谭泰、尚可喜、耿仲明的率领下向湖南进军。肇庆的永历帝早吓得不知所措,他把守卫肇庆的重担交给李元胤后就急匆匆地逃向梧州。李元胤见永历帝君臣弃城逃跑,也不管他,自己全身披挂,来到教场向将士们道:"弟兄们,如今皇上已离开肇庆,我们已没有后顾之忧,大家必须死守四大城门,放心与清军决一死战,以死报效朝廷的知遇之恩。"

"大帅放心,我等誓死效忠朝廷,人在城在,哪怕战到只剩一兵一卒。"众将士齐声回答。

"好,我在此替皇上向大家表示感谢。"李元胤向将士们行礼。不多久,清将孔有德率清兵把肇庆围了个水泄不通,两军在肇庆展开激战。

"冲啊——"清军在孔有德的督战下,向肇庆高大的城墙叫喊着冲杀过来。

"打。"站在高处的李元胤看得真切,挥剑向守城的明军将士下令。

明军将士箭如飞蝗,"嗖嗖——"射向敌群。城墙上滚石擂木,雨点般打将下去,冲到城墙下面的清军很快被砸成肉泥,活着的也是喊爹叫娘,纷纷往回跑。

"不准后退,快杀回去!"清将孔有德在后面挥剑呐喊。明军顽强抵抗,清军久攻不下。急得清将孔有德暴跳如雷,他向传令兵道:

"快去调几门大炮过来,给老子炸。"

"喳。"传令兵回答着如飞地去了。

不多久，传令兵跑了过来道："报，大帅，大炮已经架好啦。"

"给老子轰。"孔有德下令。

"喳。"传令兵如飞地来到炮兵营，向炮兵们下令道："预备——开炮。"

"轰，轰轰，轰轰——"

清军暴雨般的大炮吼叫着射向明军防守的城墙。

"杀呀！"清军在大炮的掩护下蜂拥着冲了过来，明军将士见城下清军在大炮的掩护下正从炸开的缺口处冲杀上来。

明将李元胤拔出宝剑高喊："弟兄们，杀呀，一定要把清军杀出城去。"

主帅带头，明军将士个个奋勇向前，冲向缺口，与清军血战在一起。城墙上的明军炮兵也不断地向城下冲来的清军开炮，敌我双方展开大战。两军阵前血流成河，尸横遍野，惨不忍睹。正是"棋逢对手分高下，将遇良才各逞能"。

虽然明军将士个个骁勇善战，以一当十地激战着，但是昏庸的南明皇帝，不思御驾亲征保卫江山社稷，不与将士们同生共死，只顾自己一味地逃命。大将军李元胤率领着肇庆城中军民在外无援兵、内无粮草的艰苦条件下，与将士们苦战了七昼夜。最后终因寡不敌众，不得不退回城中，以街巷房屋为屏障，与冲进城的清兵展开巷战！直到不足百十余骑，才被迫放弃城池，退至城南面的小山上。

此时，明军将士都已疲惫不堪，但是他们在李元胤的率领下，还是以山坡、树林作为屏障，与冲上山来的清军拼命死战，直到最后一口气。

"天灭大明也——皇上，恕臣不能保驾也。"李元胤见将士们都已血洒疆场，自己命将难保，仗剑长啸，自刎身亡，以身殉国。

后人有诗叹曰：

忠臣良将志气高，

马革裹尸称英豪。

不是将军无斗志，

只因皇家往外逃。

李元胤等一班明军将士以身殉国后，清军在孔有德的率领下，占领了肇庆，取得了清军南下的第一个大捷——肇庆大捷。接着，孔有德又马不停蹄地率兵向永历帝驻扎的梧州杀来！

欲知后事如何，请看下一章。

第二十九章

瞿式耜桂林殉国　永历帝潜逃南宁

话说逃到梧州的永历帝屁股还没有坐热，从肇庆逃出的难民及少数士兵就把肇庆失守，明将李元胤及部下几万将士以身殉国，清将孔有德、济尔哈朗已率大批清兵杀向梧州的消息传到了永历帝的宫中。

"啊！"永历帝大惊失色。

"快走。"永历帝急忙传旨。

"啊——"皇宫中所有皇后嫔妃乱成一团，惊叫声不断。马吉翔等一班朝臣慌慌张张护着永历帝离开梧州向桂林逃去。

"启奏陛下，前面已经到了浔州，是不是移驾去庆国公陈帮傅那里先避一避？"马吉翔问永历帝。

"既然是浔州陈帮傅的城池，那就先去歇一下再作打算。"永历帝传旨。

"遵命。"马吉翔领旨如飞地传旨去了。

他来到前军向先锋道："快去城里打探一下，浔州城里情况，立即回来禀报。"

"遵命。"先锋官如飞地去了。

马吉翔见先锋官去了，向传令兵道："传令下去，原地休息。"

"遵命。"传令兵如飞地传令去了。

不多久，探子回报："马大人，浔州已去不得了。"

"为什么？"马吉翔问。

"庆国公陈帮傅已经投降了清军，正设计擒拿皇上给清军作为见面礼。"探子回答。

"啊!"马吉翔大吃一惊,暗道:"险遭贼手也。"

忙向传令兵道:"传令下去,前军改后军,后军改前军,绕道去桂林,要快。"

"遵命。"传令兵飞也似的去了。

永历帝在马吉翔等一班大臣的护送下,迎着大雨绕开浔州去了桂林。正在浔州守株待兔的陈帮傅得意之际,探子来报:"大帅,永历帝及一班朝臣,都已绕道去桂林。"

"啊,他奶奶的,是谁走漏了风声,老子非宰了他不可。"陈帮傅闻讯,气得暴跳如雷,破口大骂,向传令兵道:"集合队伍,去把宣国公焦琏一家,给老子抓来。"

"喳。"侍卫领令如飞地去了。

正在府上休息的焦琏,一下子被从外面急匆匆跑来的大管家叫醒:"老爷,大事不好啦!"

"啥子事?看把你急的,有话慢慢说。"焦琏问管家。

"老爷,你快去看看,门外开来了很多军队,已把所有大门都围住啦!"管家气喘吁吁地说。

"啊。"焦琏也是一惊,急忙随管家朝大门外走去。

他来到门口,见府门外一下子开来千余清军,把各府第围了个水泄不通。正欲出去问个明白,一对士兵破门而人,为首的那一个不由分说手起刀落,斩焦琏于地上。家兵、侍女、丫鬟人等个个吓得抱头乱窜,只恨爹娘少生了一条腿,很快跑没了踪影,少数来不及跑的都成了乱军的刀下鬼。叛军割下焦琏的首级,回去向陈帮傅交令。

"干得好。"陈帮傅大加赞赏副官,接着,拿起焦琏的首级去见清王济尔哈朗。济尔哈朗和孔有德见后心里非常高兴,济尔哈朗道:"陈将军能弃暗投明,消灭异己,实乃明智之举,功不可没。现在本王令你速率本部人马,协同孔将军一起作战,消灭永历帝,为我大清立功。"

"喳!"陈帮傅点头哈腰地退了出来,完全一副看家狗的奴才相。

陈帮傅得到济尔哈朗的重用,心里非常高兴,剿灭永历帝也变得积极起来。他听说永历帝逃往桂林去了,一心想讨好新主子,就马不停蹄地率兵向桂林杀来。

明将镇西将军朱旻如见敌兵已近,主动向早已不知所措的永历帝奏道:"圣上勿忧,臣愿率本部人马,前去抗敌,誓死保驾。"

"朱爱卿,能为朕御敌,乃朕之股肱之臣也。"永历帝非常高兴,急忙为其赐挂送行。

"多谢圣恩,臣以死报效于万一也。"朱旻如谢恩回府,急忙点兵,出城迎敌。他之所以主动请缨,根本原因是看不惯朝中那些平时只会阿谀奉承,讨皇帝高兴,争名夺利,封官误国,一旦国家危难之时,却畏缩不前的鼠辈小人。

朱旻如率领的明军在昭平县与孔有德率领的清军相遇,两军展开激战。清军占着兵力优势,在孔有德的指挥下,蜂拥着向朱旻如率领的明军冲杀过来。

"杀呀——"朱旻如率领的明军也不甘示弱,迎着清军杀了上去。只见双方杀得血流成渠,喊声雷动,尘土飞扬,天昏地暗,日月无光。

战不到几个时辰,明军千余人马渐渐不支,最后不得不退入城中,节节抵抗。朱旻如也多处负伤,他身边的将士也所剩无几,而且都是些缺胳膊少腿的伤兵。战无兵将,朱旻如无力回天,拔出宝剑向着永历帝逃去的方向大喊:"陛下保重,恕臣不能追随左右也!"言罢,自刎身亡。

清军占领了昭平县,朱旻如的忠义之心,后人有诗赞曰:

> 一身胆气战清军,
> 微躯不畏拭戈矛。
> 将军只想保社稷,
> 哪管血迹染征袍。

再说被永历帝革职回乡的明臣汪噪，这一日，正在府上歇息。家丁从外面走了进来，道："老爷，大事不好啦！"

"啥子事？看把你急成这样。"汪噪见家丁如此惊慌，有些吃惊地问。

"老爷，听说清军已经攻占了昭平，明将朱曼如率千余将士奋力死战三个昼夜，因无援军，战到最后，全部阵亡，朱大人也以身殉国。当今圣上，又逃向桂林去啦。"家丁喘息着说。

"唉，如此昏君，只怕太祖辛辛苦苦打下来的几百年江山，就要毁在这个昏君的手里。"言罢，仰天大笑道："苍天呀，为何要亡我大明？"苦笑着走出家门来到江边，投江自杀，以死为诚。其家人及其财产很快也灰飞烟灭，化为乌有。正是：

> 忠臣不分文与武，
>
> 只要存着报国心。
>
> 汪噪手无缚鸡力，
>
> 但知以死效皇恩。

镇守桂林的明将瞿式耜见永历帝率群臣逃到这里，急忙出城迎接，道："臣迎驾来迟，请皇上恕罪。"

"瞿爱卿，朕来得仓促，不能怪你，快些平身。"永历帝传旨瞿式耜。

"谢圣上。"瞿式耜毕恭毕敬地站在路边，让皇上的人马先行，自己率百官在后，走进城里。瞿式耜把永历帝君臣安排在行宫休息，自己急忙率兵去巡逻布防，以便更好地迎战追来的清军。

"报，大将军，大批清军已经向桂林杀来，距此地已经不远啦！"探子飞马来到瞿式耜的将军府报告。

"快，收拾行装离开。"永历帝听到这个消息，吓得大惊失色，传旨又要逃跑。

马吉翔走进来问："圣上，我们去哪里？"

"去南宁。"永历帝回答。正是：

昏君误国殃万民，
危难不思调大兵。
丢下忠臣不去管，
只顾自己逃残身。

"臣这就去安排。"马吉翔回答着如飞地去了。

永历帝又向太监道："传朕旨意，令瞿式耜死守桂林，一定要挡住清兵。"

"遵旨。"太监如飞地去了。

此时的永历帝好像已不是皇帝，而是一只惊弓之鸟。他不但不设法召集群臣，商议退敌之策，反而只顾自己逃命，这样的昏君，如何能保住江山社稷？国家不毁在他的手里才怪呢，大将军瞿式耜见永历帝这个昏君走了，遂也心灰意冷，决心誓死效忠大明，不再考虑个人安危。于是，下令关闭四大城门，全军将士一定要死守桂林，誓与城池共存亡。他向将士们道："弟兄们，现在皇上刚走，我们只有死死拖住杀来的清军，才能给皇上赢得去南宁的时间。"

"大帅放心，我们一定挡住清兵，以死效忠朝廷。"众将士齐声回答。

翌日，清军在济尔哈朗、孔有德以及叛将陈帮傅的率领下，杀到了桂林，把桂林围了个水泄不通。

"打。"明将瞿式耜令守城将士向冲来的清军开炮。

"轰，轰轰——"

明军将士在火炮的掩护下箭如飞蝗，滚石擂木雨点般打向敌群。冲在前面的清兵被打得鬼哭狼嚎，死伤无数。敌我双方，都拼死一战。一方要夺取城池，消灭敌军，建立大清王朝；一方更想消灭对手，保卫大明江山。双方不分上下，血战不止。桂林城下，尸横遍野，横七竖八，到处都是"白骨露于野，千里无鸡鸣"的悲壮惨景。

瞿式耜孤军苦战七个昼夜又累又饿，还不退缩，坚持苦战到最后一刻。瞿式耜见将士们都已战死，自己也不想苟活，于是挥剑自刎殉国。

南明朝臣见永历帝不顾将士们的生死，只顾自己逃命，个个心若死灰，再也无心跟着这个昏君东奔西逃。于是，有的归隐山林，有的出家为僧不问世事，有的干脆投降清军做个降臣。正是：

> 智者不再侍昏君，
> 自寻明路归山林。
> 不求达官与贵人，
> 只想平安保残身。

宰相方以智、给事中金堡也悄悄地去庙里做了和尚，落个清闲，了此残生。明将袁彭年、丁时魁再一次降清，发誓"永不侍明"。他俩都向孔有德诈称："过去降明，完全是李成栋所逼。"如此小人，何愁南明不灭！

永历帝逃到南宁，也不过是暂时之计。清军占领广州和桂林，军威大振，士气高昂。可谓"战将千员，兵精粮足"。不日就要进军南宁，活捉永历帝。

此时的南宁不过是任人宰割的羔羊，只是早晚的事。永历帝在行宫如热锅上的蚂蚁，坐立不安，惶惶不可终日，急得团团乱转。

马吉翔道："圣上，现在只有派人去向贵州的孙可望求救，令他火速救驾。"

永历帝道："当初他派使要朕封他做秦王，朕没有答应，现在他会不会不听？"

"圣上，孙可望所要的不就是个秦王吗？现在派人传旨承认就是啦，再说孙可望做了秦王，就是大明的臣子，试问哪有皇上有难，做臣子的不来救驾之理。就此还可以当面传旨孙可望出兵救驾，不就名正言顺了？"马吉翔献计。

"好吧，朕就依卿之言，传旨封孙可望为秦王。"事到如今，永历帝不得不传旨封孙可望为秦王。正是：

太平思君不正宗，

封个秦王终难决。

一旦皇家遇难事，

封王不求不正宗。

　　欲知后事如何，孙可望接到永历帝的圣旨后，买账不买账，请看下一章。

第三十章

永历帝被迫封王　孙可望起兵救驾

话说永历帝已面临绝境，朝中再也派不出大将为他保驾，不得已才采纳马吉翔的建议，传旨封孙可望为秦王，派人专程送秦王印去贵阳宣旨。拥有几十万雄兵的孙可望明知永历帝君臣心急如火焚，清军不日就要大举进攻南宁，他偏要吊他们的胃口，迟迟不出兵，让他们在南宁干着急，目的就是等永历帝封他为秦王。

永历帝见派了几次使臣去贵阳传旨，孙可望就是没有来，忙与马吉翔、兵部尚书杨鼎和、首席大学士严起恒商议道："朕已派了使臣去，至今孙可望还没有动静，该怎么办？"

"圣上，现在是迫在眉睫，我们必须派大臣亲自前去宣旨，这样孙可望觉出圣上的诚意，他才会出兵。"马吉翔再次献言。

"圣上，万万不可。如果封孙可望为秦王，那么皇室宗亲将如何处置？"严起恒还在坚持自己的意见。兵部尚书杨鼎和道："圣上封他秦王他不干，那就出兵讨伐，我军或许能占据贵阳。"

"使不得，要知道孙可望现在占据着云南贵州的大片领土，又有几十万大军，再说我们抗击清军的力量都没有，哪还有实力去讨伐强大的孙可望。不要说拿不下孙可望，我军才出南宁就变成清军的俘虏矣。"马吉翔坚持自己的意见。

"马爱卿所言正合朕意。"朝臣争执不下，永历帝采纳了马吉翔的意见，决定封孙可望为秦王。圣旨一到贵阳，正中孙可望下怀，就很高兴，弄假成真，出兵救驾，名正言顺。孙可望有了脸面，决定出兵南宁救驾。

顺治八年（1651）二月，清军由柳州南下，威逼南宁，永历帝已经无计可施，等死而已。就在这千钧一发之际，孙可望的第一支救驾的兵马到了南宁。孙可望把五千精兵布防在南宁重要隘口。然后来到永历帝的寝宫，以秦王护驾的名义，先把朝中不满的大臣统统逮捕，兵部尚书杨鼎和还没有反应过来，孙可望副将的卫队就已经包围了尚书府，杨鼎和及其家中千余人口，皆死于刀下。

孙可望亲自率兵来到首席大学士严起恒的府上，道："严大人，你屡次在皇上面前诽谤朝臣，该当何罪？现在是本王动手还是你自己了结？"

"秦王，那时是众臣所议，与小人无关，还望秦王明察。"严起恒还想求孙可望放自己一条生路。

"少废话。"孙可望把宝剑掷在地上。严起恒见所求无效，必死无疑，只好挥剑自刎身亡。孙可望肃清了朝中逆臣，开始以秦王名义，正式发号施令。正是：

> 为王是把权力争，
>
> 扫除异己好征程。
>
> 可望如能识大体，
>
> 不会败走降大清。

清军继续南下，守备薄弱的南宁是无法抵挡如此强大的兵力的进攻的。孙可望只好护着永历帝离开南宁，迁到濑湍。在濑湍住了几个月，清军还是穷追不舍，孙可望见抵挡不住清军，加上广西又不是他的地盘，无法立足，孙可望只好把永历帝迁到贵州。

顺治九年（1652）正月，南明这位有权无兵的皇帝，再一次被孙可望挟持着来到贵州的安龙所。孙可望挟天子以令诸侯，将安龙所改为"安龙府"，作为南明朝廷的临时都城。

至此，孙可望每年拨给永历帝朱由榔朝臣的费用不过八千万两白银以及少量的大米白面。永历帝则准孙可望在朝中享有先斩后奏的生杀特权。

从此，永历帝便成了一位真正的傀儡皇帝。南明朝廷的所有军政大权都掌握在孙可望的手里。这位权倾朝野的南明朝臣，后来前程如何，且看下一章。

第三十一章
孙可望调兵抗清　李定国崭露头角

孙可望挟天子以令诸侯，大权在握决心干出一番大事，成就自己的霸业。他召集群臣商议反清复明的大计，向到场的李定国、刘文秀、马吉翔等一班文武大臣道："现在，当今圣上已有些糊涂了，我们这些做臣子的，一定要替圣上分忧，主动承担起反清复明的大任。"

"秦王所言极是，我们都听大王的。"李定国、刘文秀、马吉翔纷纷表态。

"好，既然大家都没有异议，我们一起去面奏圣上，请旨定夺。"孙可望言罢站了起来，便一起去了皇宫面圣。

孙可望率群臣来到皇宫，跪于朝堂大呼："吾皇万岁，万岁，万万岁！"

"平身。"永历帝向大殿挥了一下手。孙可望、李定国、刘文秀、马吉翔三呼已毕，站于朝堂两侧。

孙可望出班奏曰："启奏圣上，现在我军既已占据着云贵及两广的部分地区，经过这几个月的休养，已是兵精粮足。依臣愚见，我们应该采取主动出击之策，给清军来个突然袭击，定能出奇制胜，转危为安。"

"秦王以为该如何用兵？"永历帝问孙可望。

"臣以为，我军要分兵两路，一路要扫清盘踞在贵州的清军，另一路取道川南扩充地盘，为收复失地扎下根基。"孙可望献计。

"既然秦王已有打算，就按秦王的意思用兵，朕传旨照办就是。"永历帝准奏。

孙可望请了圣旨，回到秦王府准备调集大军迎击清军，他向李定国道："李将军，你负责率三万人马为一路，攻下安顺作为大军的补给点。本王率第二路人马向川南挺进，一举攻下云贵边陲城镇，扫清根据地四周的清军势力，巩固好地盘后，再向北发展。"

"遵命。"李定国回答。

"好，就这样办，大家下去做准备，明日拂晓，开始出兵。"孙可望布置妥当后，回到王府准备发兵不在话下。

且说李定国率三万大军由安龙府出发，一路势如破竹，猝不及防的清军被打得望风披靡，四散逃命，明军很快就打下了安顺。明将威清道黄应运走进将军府，向李定国道："李将军，以你之才，若借天子之威名，加上将军之神勇，统率黑虎，扫荡天下，谁能敌得过将军也！如将军不嫌弃小人，小人愿追随将军左右，鞍前马后侍奉，哪怕上刀山下火海，赴汤蹈火在所不辞，绝无二心。"

"黄大人真是这么想的？"李定国斜视着黄应运问。

"将军若不信小人，小人愿歃血为盟。"黄应运指天发誓。李定国令部下拿来水酒，咬破手指，滴了血酒，与黄应运一起跪在地上发誓道："苍天在上，后土在下，今黄某与李将军结为生死之交，如有二心，天诛地灭。"言罢叩首，洒了血酒。

他俩本是一心想匡扶大明宗室，不料，这事被孙可望安在李定国身边的侍卫偷偷地告知孙可望。"奶奶的，小子真是不自量力，给你一点甜头就不知高低，还真把自己当回事，竟敢背着老子另搞一套，简直不知好歹，看老子怎么收拾你。"言罢，叫来心腹道："你去安顺，传本王将令，命黄应运来王府当差。"

"遵命。"心腹领命如飞地往安顺去了。

孙可望又向侍卫道："传令下去，叫张副官率刀斧手藏于王府，一旦黄应运进门就拿下。"

"遵命。"张副官领命去了。

黄应运本是一心匡正扶持大明，不防小人暗算，正在率兵操练，

161

准备随时伐清。就在这时，护卫走了进来，道："报，黄大人，秦王派人求见。"

"领他客厅相见。"黄应运告诉护卫。

"遵命。"护卫领令出去了。

不一会儿，护卫带进一个虎背熊腰的大汉，黄应运见大汉走进客厅，令士兵上茶，然后问道："不知秦王派将军来本府有何见教？"大汉见黄应运发问，放下手里的茶杯道："黄将军，小弟是奉秦王差遣，令将军去王府当差。"

"去干啥？"黄应运问。

"秦王讲，府上还有个锦衣卫的职位空缺，调将军去补这个位子。"大汉回答。

黄应运不知是计，竟也同意收拾行装与大汉上路。副官走到他身边，道："将军，这事还是要让李将军知道。"

"算了，以后再告诉他也不迟。再说，秦王调我去王府当差，又不是不会见面。"黄应运对副将说。副将挽留不住，只好由他去了。

"黄将军到——"大汉领着黄应运来到了秦王府，还在门外就大喊。

黄应运随大汉走进府门，大汉让黄应运走前面，自己从后面悄悄地走了。黄应运不知是计，他只顾往王府大厅走来。这时，王府大厅里只有秦王一人伏在案上假寐。王应运见秦王在堂，急忙向前一步，大声道："下官参见秦王殿下。"

孙可望见黄应运一人入府，正中下怀，假装惊醒，见黄应运带剑入王府，故意手忙脚乱，大喊："有刺客，抓刺客——"

听说有刺客，刚一进府的黄应运一下子拔出宝剑问："刺客在哪里？"他刚转过身，王府里一下子冲出来很多刀斧手，不由分说，就把他按在地上绑了起来。

"冤枉呀！我不是刺客——"黄应运大喊。

"大胆刺客，青天白日，你仗剑来本王府，分明是行刺本王。"

孙可望从屏风后走了出来。

"秦王，我是冤枉的。"黄应运申辩。

"谁冤枉你了？你说来本王听听。"孙可望厉声问道。

"不是你派人叫我来的吗？"黄应运申辩。

"啥，我调你来的，有调令吗？没有吧。"孙可望阴沉着脸。

黄应运想了想道："我有人证。"

"谁？"孙可望问。

黄应运这才左右前后地找刚才和他一起来的大汉，大汉早已不见了，他怎么还找得到。心里暗道："非也，遭奸臣设计也。"

"没有吧，证人你也没有，分明是撒谎，有意拖延时间，你是在等待援兵吧！事实面前，还要抵赖。"孙可望大怒，喝令左右："拉出去砍了。"刀斧手齐出。

"奸贼，大明江山就毁在你们这些奸贼的手里，老子做鬼也不会放过你们的。"黄应运知是遭了奸臣诡计，临死破口大骂。

"快快，拖出去砍了。"孙可望恼羞成怒。

黄应运被孙可望杀害的消息，几天后，远在安顺的李定国才知道。李定国气得破口大骂："孙可望，奸贼，老子跟你没完。"

"传令兵。"李定国朝门外大喊。

"在。"传令兵回答着走了进来。

"传令下去，全体集合。"李定国气头上就要带兵去为黄应运报仇。

副将见李定国就要起兵讨孙，开言道："李将军，末将有一言相告，不知当讲不当讲。"

"王将军，你我同僚有何话不可讲，讲吧。"李定国定了定神说。

副将道："李将军现在发兵去与孙可望决战，这个节骨眼上，最高兴的会是谁？自然是两广一带的清将济尔哈朗，他巴不得我们起内讧。"

副将见李定国定下心来听他讲，接着道："等我们两败俱伤，他好从中得利，高兴的是他们。因此，末将认为，现在还不是意气用事的时候。"

"难道就让黄将军白白死了？"李定国气愤地说。

"不，黄将军不会白死，只是现在不是报仇的时候。"副将回答。

"依将军之言，眼下该怎么办？"李定国问。

"末将认为，目前我们装作不知，就当啥也没有发生，悄悄撤兵到云南，再作打算。"副将回答。

"行，就依将军之言，撤兵云南。"李定国同意副将的意见，撤兵云南。于是向侍卫道："传令三军，向云南进军。"

"遵命。"传令兵回答着如飞地传令去了。

不一会儿，传令兵走了进来，道："将军，队伍已经集合完毕。"

"起程。"李定国下令。

"遵命。"传令兵回答着，牵来战马。李定国骑上马，向侍卫道："出发。"

"明白。"侍卫回答着。随后李定国率领大军先去云南，与沐天波汇合，然后再作打算。正是"忍得一时之气，可兆百日之吉"。

孙可望杀了黄应运以后，率兵继续向川南进兵。部队很快就打下了川南的很多城镇，巩固了云贵，使一度崩溃的南明朝廷有了喘息的机会。他这位南明朝廷的大功臣，便开始趾高气扬起来，谁都不放在眼里。

已率兵来到云南的李定国，在昆明与沐天波商议后，共同制定了发展云南的长期计划。在军事上，组建具有各种作战能力的部队，不断招兵买马，扩充实力，制造盔甲，训练象队。文化上，实行生员考试制度，对那些考中秀才者，发给赏钱三百。他鼓励大家说："你们要用功读书，将来打下江山，要靠你们去建设。"经济、政治上继续推行改革制度。农业上，采取减轻农民负担的办法。使滇南出现"外则土司敛迹，内则物阜民丰"的大好局面，为他将来成就霸业奠定了基础。欲知后事如何，请看下一章。

铁马金戈
TIE MA JIN GE

第三十二章

清政府调兵南下　孙可望率兵迎敌

话说清军势如破竹，把南明皇帝撵出湖广后，因军队连日劳顿，人困马乏，急需休整，暂缓一段时间，然后再议进兵。不料，清军这一做法，使逃到贵州安龙的南明朝廷，又得到了几个月的喘息时间。永历帝在秦王孙可望，大将军李定国、刘文秀及一班大臣的辅佐下，又开始强大起来。明军在孙可望的率领下，复又打下了清军占据的州县。

为此，清廷大为震惊，肃清王豪格又开始调兵，准备大举南下与明军决一死战。他向帐前大将孔有德、吴三桂道："被我军撵到贵州的南明朝廷，现在又死灰复燃开始强大了，并且占据了很多州县，实在可恶。吾皇很恼火，严令我等，不惜一切代价出兵讨伐。因此，本王决定由你二人率领两支大军，采用东西夹击的办法，彻底消灭南明朝廷，活捉南明皇帝朱由榔，以慰圣上。"

"大王放心，只要你一声令下，臣等愿以死报效皇上。"孔有德、吴三桂回答。

"好，本王现在就下令。"肃亲王整了整衣冠，从帅桌上拿出一支令箭，道："定南王孔有德。"

"臣在。"孔有德站了起来。

"本王令你率三万人马，由广西桂林出河池，进攻贵州，拿下贵阳。"肃亲王交出第一支令箭。

"喳。"孔有德接过令箭，退到一边。

"吴三桂。"肃亲王拿出第二支令箭。

"臣在。"吴三桂站了出来。

"本王令你率三万人马，由四川嘉定出叙州，进攻川南的孙可望部。"肃亲王交出第二支令箭。

"喳。"吴三桂接过肃亲王递来的令箭退回班中。

"各将听令。"肃亲王调配好以上两路大军，开始向其余将领发号施令。

"大王吩咐。"众将齐喝。

肃亲王道："今夜三更造饭，五更出发，不得有误。"

"喳。"众将齐声回答着，如飞地准备去了。

清军在肃亲王的率领下，就要大举南下，与明军决一死战，不在话下。

且说南明朝廷听说清军在肃亲王豪格的率领下大举南侵。永历帝慌了手脚，急忙升殿，召集文武大臣，商议退敌之策。他扫了一眼齐聚朝堂的文武百官，开言道："各位爱卿，朕已接到前方告急文书，清廷又派肃亲王豪格为兵马大元帅，统帅十几万大军，分兵三路向我军杀来，形势非常严峻，诸位可有退敌之策？"

永历帝话音刚落，武班中秦王孙可望站了出来，他向永历帝奏道："圣上，表面看起来清军来得确实很猛，但他们是三路大军齐头南下，不可能都是一样的锐不可当。其中一定有薄弱的一路，我军只要调集重兵，打掉他们其中的一路，另外两路失去了一条臂膀，形成掣肘，将会不战自破。"

"依卿所言，当如何用兵才为上策？"永历帝问。

"圣上放心，如今我们已有数十万精锐部队，还惧他十几万清兵吗？正是我军大显身手的时机。在云南的李定国已派人前来，建议我军要主动出击迎战清军，他这个建议很好，我们应该采纳。老臣现在就去调兵，皇上大可放心。"孙可望当众献计献策。

"大明有爱卿，乃大明之福也！卿为朕分忧，朕心安矣。"永历帝一颗悬着的心放了下来。

孙可望来到秦王府，向传令兵道："你立即去昆明向李定国传达本王将令，要他立即前来商议退敌之策。"

"遵命。"传令兵领命如飞地去了。

这一日，李定国正在将军府与沐天波商议练兵，准备迎战清军。卫兵走了进来，道："报，大将军，秦王派来使求见。"

"让他进来。"李定国吩咐卫兵。

"遵命。"卫兵退下去了。

"时不待人，你看看我这里才做准备，上面就要出征了。"李定国看了看沐天波摇了摇头。

"看来，秦王采纳了你的建议。"沐天波告诉李定国。

"看来是这样。"李定国回答。

不一会儿，卫兵带着秦王派来的人走了进来。来人进门就向李定国道："大将军，秦王有令。"

"呈上来。"李定国令卫兵。

"遵命。"卫兵从来人手里接过孙可望写给李定国的信，双手呈了上去。

李定国拆开看了看，递给沐天波，道："秦王要我去安龙府商议退敌之策。"

"秦王会不会有诈？"沐天波有些担心。

"沐将军放心，大敌当前，至少目前秦王不敢对我怎么样。"李定国知道沐天波的担心并不是多余的，大敌当前为了捍卫自己的宝座，孙可望是不会不顾大局的，这一点，李定国凭自己跟随孙可望多年，对孙可望的了解，暂时是不会有危险的。

临行，李定国向沐天波道："这里的军务就交给你了，等我回来再说。"李定国拍了拍沐天波。

"将军放心，我一定等你回来。"沐天波告诉李定国。

贵州安龙府，南明朝廷内，孙可望见李定国如期赶到，心里非常高兴。

"李将军一路辛苦。"孙可望出王府迎接李定国。

"秦王辛苦。"李定国回礼。

孙可望把李定国接入王府，大家分宾主坐定后，孙可望就讲述了他的作战计划。"李将军，为了彻底打败清军，我们也必须分两路大军迎敌，你看怎么样？"孙可望问李定国。

李定国见孙可望征求自己的意见，想了想，道："既然秦王已经想好，那就这么办，末将听令。"李定国表态。

"好，既然李将军没有意见，那就准备出兵。"孙可望一锤定音。他站起来道："刘文秀，本王令你为主将，白文选、王复臣为副将。率五万人马为北路军，负责攻击湖南的吴三桂部。"

"遵命。"刘文秀、白文选、王复臣三将接了令箭退下。

"李定国，本王令你为主将，马进忠、冯双礼为副将，率五万人马为东路军，负责打击四川孔有德部。"孙可望交出第二支令箭。

"遵命。"李定国、马进忠、冯双礼三人也接过令箭。

孙可望布置好以上两路大军后，又道："本王将亲率本部人马留守滇黔各要塞重地以防清军偷袭。"

"秦王英明。"众将齐呼。

"出发！"孙可望下令。

"轰，轰轰——"

明军三声震天炮响，南明两路大军开拔出征了。欲知战况如何，请看下一章。

第三十三章
李定国大败孔有德　敬谨王奉命赴危难

话说李定国率领的东路军出全州不久，为了严明军纪，他向部队宣布了五条纪律："一、不乱杀人。二、不准奸淫。三、不抢财货。四、不宰耕牛。五、不乱放火。"这五条纪律一公布，很快在明军中实施。由于有了这些纪律，东路军所到之处，清军被打得闻风而逃，所过州县，百姓无不端酒执壶以迎王师。

顺治九年（1652）五月，李定国率领的东路军，在武冈与孔有德率领的清军狭路相逢。明军已来不及布置，好在将士们纪律严明，所以临危不乱。为了打击敌人，达到以乱制胜的目的，李定国不由分说，抽出宝剑大喊："弟兄们，杀呀！"率先冲进敌群。

"杀！"明军将士们呐喊着随主帅杀入敌群。

猝不及防的清军，见一下子冲来这么多明军，很快乱了阵脚。前面的还没有反应过来，就身首异处，成了无头鬼。走在后面的吓得掉头就跑，明军势如破竹，杀得清军喊爹叫娘，不得不放弃武冈，率残兵逃向宝庆。宝庆守将见大批清军败逃归来，忙向守城士兵喊："快开城门！"

"遵命。"守城士兵急忙打开城门放武冈守将及大批清兵入城。他们刚走进将军府，还没来得及喘口气，守城士兵就跑了进来，道："报，大将军，南明军队已杀到城墙下啦！我军守城士兵正和他们交战。"

"啊，来得好快！"宝庆守将也大吃一惊。

"快关城门，一定要坚持住，不能让贼兵进城。"宝庆守将大喊。

清军见主帅亲临城头指挥，也来了精神，个个奋起杀贼，誓与城池共存亡。无奈,他们怎么能敌得过斗志正盛的明军,尤其是那些所向无敌的象队。多数清兵还来不及调转长枪,就被迎面冲来的大象踩成肉泥。清军的戈矛、长刀、剑根本奈何不了这些训练有素的大象,不是被大象踩死,就是被骑在大象背上的明军挑死。清军守将战不过明军,只好放弃宝庆,又一次逃走。明军连克二城,势如破竹,锐不可当。

同年六月,李定国又率兵夺取全州。清将定南王孔有德见南明军队来势汹汹,不敢大意,急忙调集大军亲临战场指挥决战。七月一日,两军在全州展开血战!

"冲啊!"孔有德长剑一挥,呐喊着率清军杀了过来。

明军中李定国也不甘示弱:"杀呀!"他也率军杀了上去。这才叫"杀声震天,喊声如雷",可谓"鬼哭狼嚎,阴风阵阵"。

明军中有象队在前开路,弓箭手在后,真是所向无敌,清军哪里抵挡得住,战不多时,便潮水般的败了下去!他们的长矛还没有靠近象背上的明军,就被象背上的明军一矛刺死,有的还没有转过身,就被大象踩死,真是惨不忍睹。

清将孔有德见明军象队了得,再战只有增加伤亡,只好下令:"撤退。"

明军李定国则挥剑:"追!"

"杀!"明军呐喊着潮水般追杀过去。

七月四日,明军围住清军巢穴桂林,日夜攻打。清军节节败退,死伤过半,眼看大军不保,清将孔有德在王府急得团团乱转。一方面派兵不断杀出城去向肃亲王求救,另一方面组织人马拼命抵抗等待援兵。

他向众将道:"各位将士,现在看来,南明的象队确实是我军现在无法破除的,大家想一想,可有破敌之策?"

"大王,依末将看来,他们的象队确实难以抵挡,不过也不是没有办法。我军只要坚守城池,以城墙为垒,不出城与其正面交锋,等待援兵，那时不愁没有破敌之策。"副将献计。

"将军所言，目前看来只有这样，才能减少我军的伤亡。凭着桂林高大坚固的城墙，守一月半月的不成问题。"孔有德采纳了副将之计，决定坚守城池，不予出战。

明军李定国看出了清将孔有德的计谋，因此，不让他有喘息的机会。传令将士多用土炮狂轰滥炸，使坚固的城墙多处被炸塌。"冲啊！"明军将士呐喊着从缺口处冲进城去。没有缺口的地方，他们就架设云梯，爬上城墙与守城清军战于一处。冲进城里的明军，打开城门，等待已久的象队一声呐喊，率先冲进城去。

孔有德见明军攻城甚紧，不敢怠慢，登城墙亲自督战。不料一支冷箭飞来，深深地刺中了他的左臂，"啊！"孔有德一声惊叫倒在地上。

"大王。"卫兵拨开箭雨冲了过来。

"快，快扶我回府。"孔有德令卫兵。

"喳。"卫兵回答着，救起孔有德就走。

他们来到王府，孔有德叫来爱女孔回贞吩咐道："你快些扮成男子，速速逃命去吧！"

"爹！"孔回贞哭着不肯离开。

"快走！"孔有德催促女儿。

"不，我不走，死也要和爹爹死在一起。"孔回贞哭着。

"混账话，爹就你这么一个女儿，难道你要等爹死了才走吗？"孔有德生气了。

"快走吧，小姐，再慢一步就走不了啦！"卫兵拉起孔回贞。

"爹！"孔回贞哭着逃出桂林，不在话下。

孔有德见女儿逃走，令所有妻妾齐集王府，关着门将一班妇人全部杀死，并纵火焚之。李定国率大军打进城时，孔有德王府已是一片灰烬。至此，盛极一世的一代名将，就这样灰飞烟灭。正是：

恃恐将军名不虚，

南征北战志不移。

只防佐主成伟业，

岂料中道命已绝。

　　明军大获全胜，取得了"桂林大捷"。就这样，桂林又一次回到了南明的手里。桂林大捷，使一度被清军占领的广西全境，又相继回到了南明朝廷的手中。

　　九月，李定国又调兵进攻湖南。明军前有象队开路，后有弓箭手、刀斧手助阵，很快就攻下了湖南重地衡州。不久，又开始向长沙进兵。清军守将闻风而逃，长沙亦归南明所有。

　　李定国自出征以来，可谓"旗开得胜，马到成功"，为南明收复了许多失地和城池，另南明军队的大展威风，打击了清军不可一世的嚣张气焰。他的接连胜利，使刚刚建立不久的大清王朝一下子紧张起来，急忙调兵遣将，准备大举南下清剿明军。

　　十一月，清将孔有德战败的消息传到京城。顺治帝更为吃惊，他急忙升殿，召集文武百官，商议退敌之策。顺治帝向敬谨王尼堪道："朕封你为定远大将军，率朝中亲王三贝勒八固山等部，共计十五万精兵，向长沙进攻，一定要消灭明贼。"顺治帝这可是下了血本。

　　"喳。"敬谨王尼堪接旨出朝，教场点兵，气势汹汹，杀向长沙。

　　清军大兵压境，面对强敌。明将李定国在长沙急忙召集众将商议退敌之策。他向众将道："现在清王朝又派嫡亲敬谨王尼堪率三贝勒八固山，共计十五万大军杀了过来，敌强我弱。为了保存实力，更好地消灭敌人，本帅决定放弃长沙，待清军渡湘江时突然回兵击之，消灭清军于野外。"李定国向众将讲述了自己的计划。

　　"大帅，我们都听你的。"众将回答。

　　李定国见众将都愿听他的调遣，取出一支令箭，道："冯双礼、马进忠，本帅令你二人率兵三万，埋伏在白皋市一带，等清军过衡山时，领兵一齐杀出，本帅自率中军从蒸水正面出击，对清军形成南北夹击之势，消灭来犯清军。"

"遵命。"冯双礼、马进忠二人接了令箭，领兵如飞地去了。

清王尼堪率十五万大军一路风尘，滚滚杀来。十一月十九日清晨，尼堪大军就杀到衡州。一路上尼堪见无明军阻挡，以为明军闻风丧胆，望风而逃。殊不知他已中了明将李定国之计，大军刚到蒸水地界正行进间，只听三声轰天炮响，山林中伏兵四起，呐喊声震荡山谷。

"快退。"尼堪一下子吓蒙了，传令大军后撤。

"杀呀！"明军将士们在李定国的率领下，从四面八方高喊着杀了出来。

霎时，满山遍野，明军齐出。杀得清军喊爹叫娘，跑得快的捡了一条命，跑得慢的只恨爹娘少生了一条腿。乱成一团，兵找不到官，官抓不住兵，你推我搡，被踩死者无数，败北落荒而逃。明军乘胜追击，清军大败。李定国亲率一支兵马绕到香草庵、草街一带，令众将设伏于此。

二十四日，清王尼堪收拢好残兵，经过几天的休整，恢复了元气，故卷土重来。两军厮杀一阵后，李定国败走。清王尼堪不知是计，以为明军还是不堪一击，率兵穷追不舍。刚到演武亭一带，李定国令旗一挥，一支早已埋伏在这里的明军又呐喊着杀了出来。两面夹击，清军又吃败仗，尼堪已无路可走，不得已挥兵冲杀，想杀开一条血路突围。

不料，明将李定国从后面挥军杀来，见敬谨王尼堪便不搭话，一连几矛刺死其护兵，长矛直指其咽喉。措手不及的尼堪正欲夺路而逃，李定国早已先他一步，赶上一矛将他刺于马下，复一刀劈成两半。清廷敬谨王尼堪就这样死于非命。正是：

> 出师未捷身先死，
>
> 满清朝廷泪沾襟。

不惜余力调兵将，

南下决战保江山。

主帅一死，清军没了主心骨，个个抛戈弃甲，跪地求饶，少数士兵漏网逃脱。有诗为证：

一心只为建功劳，

南下一战名节抛。

皇家惊得魂不附，

满朝文武抄戈矛。

"传令大军，稍事休整，立即追歼。"李定国向传令兵传令。

"遵命。"传令兵回答着如飞地去了。

不一会儿，他又向副将道："通知冯双礼、马进忠二将，打扫战场，火速收军。"

"遵命。"副官回答着如飞地去了。

"报，大帅，冯双礼、马进忠二将，从开战到现在都不见他们的踪影。"副将跑来报告。

"啊。"李定国大吃一惊，原来自己是孤军作战，要不是指挥得当，还说不好这仗会打成啥样！李定国既已知目前之情势，急忙向传令兵道："传令下去，各部安营扎寨，用心守住营盘，其余将士回兵长沙听候调遣。"

"遵命。"传令兵如飞地去了。

李定国又一次指挥明军打败敬谨王尼堪，消息很快传到京城。顺治皇帝坐在金銮殿上，群臣三呼已毕，他就急忙传旨召见洪承畴，道："洪爱卿，朕封你为征南兵马大元帅，统领十万大军即刻南下，一定要把失去的湖南、云贵、两广的大片领土重新夺回来。你攻下长沙后，朕将传旨北面的吴三桂迅速南下策应你，一鼓作气打败李定国，直至贵州安龙府的南明皇帝朱由榔灭亡为止。否则，拿首级来见朕。"顺治帝下了死命令。

"遵旨。"洪承畴接过圣旨，不敢懈怠，急忙回府，略做收拾，便调兵起程。正是：

> 兵精粮足不可骄，
> 区区人马称英豪。
> 蚂蚁一旦成气候，
> 任你江堤照样涝。

　　清军在洪承畴的率领下，攻下南京，向长沙滚滚而来。欲知后事如何，请看下一章。

第三十四章
孙可望小人之鸡腹　冯双礼马进忠撤兵

话说孙可望在贵州安龙府保护着永历帝君臣，坐镇指挥全局。东路军一个接一个的好消息传来，永历帝君臣非常高兴，传旨嘉奖东路军李定国及其将领。秦王孙可望听到后，是一惊一喜。惊的是李定国乃帅将之才，将来一定是一位难以左右的对手。喜的是李定国指挥的东路军打出了南明的威风，大大地震慑了不可一世的满清王朝，使他们再也不敢轻视南明朝廷！

桂林大捷，两广及湖南广大地区相继收复，捷报一个接一个地传来。就在这大喜的日子里，冯双礼从前线派来密使，向孙可望道："大王，我家老爷派小的前来向你汇报李定国欲在长沙一带彻底消灭清军的潜伏计划。"

"李将军意欲如何取胜？"孙可望问来人。

来人道："李将军令我家老爷和马将军为一路，率三万人马埋伏在衡山西南的蒸水，负责正面阻击。我家老爷有些不放心，特令小人前来告诉大王。"

孙可望听了来人之言，暗暗思考："李定国真乃将才也！但绝不能让他成功，一旦他战功卓著，说不定将来朝中——"孙可望想到这里，不露声色地向来人道："李将军此举，无疑如将羔羊投群狼，你速去传吾将令，令你家主帅与马将军二位，偷偷把部队撤回到湘江一带，不得声张。"

"小的遵命。"来人回答着辞别孙可望，连夜返回白皋市军中向冯双礼讲了孙可望的命令。

冯双礼听了心腹的汇报，找来马进忠，传达了孙可望的军令。

马进忠这个两面三刀、不忠不义的小人，听了冯双礼的话后，不假思索就同意了冯双礼的意见，悄悄带兵撤出了白皋市，把铁桶似的白皋市拱手让给了清军，意欲置李定国于死地。

殊不知，他二人恰好帮了大忙，来到白皋市的清王三贝勒，见这里没有一兵一卒，以为明军都是不堪一击的乌合之众，遂大胆妄为地领兵前进。给在蒸水设伏意欲消灭清军的李定国创造了战机，所以说李定国虽是孤军作战，却也无忧。因为李定国并不知道冯、马二将已撤兵，众将士也在不知情的情况下，大家一鼓作气，奋勇拼杀，消灭了尼堪大军，取得长沙大捷。冯、马二人的突然撤兵，使李定国更加看透了孙可望的小人行为，加强了对他的提防。

冯双礼、马进忠得知李定国在没有他二人助战的情况下，照样打败了清军的消息后，两人吓得胆战心惊，不知如何是好。生怕将来李定国兴师问罪，早就把军队撤回安龙府，躲到秦王身边请求保护。正是：

> 小人之心不可有，
>
> 忠臣永远难侍君。
>
> 还我河山本有望，
>
> 不防奸人枉为臣。

李定国长沙大捷，清军败北，把军队转移到武冈一带休整。令人画了孔有德、尼堪的画像，遍告粤楚"宣布告捷"。清廷见十几万大军顷刻被明军打败，敬谨王尼堪战死。顺治帝大哭，因为尼堪毕竟是皇家嫡亲，努尔哈赤的孙子，广略贝勒褚英的儿子，是满清的理政三王之一，正室皇族。他一生骁勇善战，被围时大喊："我身为皇室宗亲，不杀身报国，有何面目去见太祖太皇。"力战数将后，被明将李定国斩于马下。顺治帝大哭之后震怒，又开始调兵南下决战。

李定国指挥的桂林、长沙两次大捷，长了南明朝廷的威风，灭了清军的志气，震撼了满清朝廷。一时之间，李定国名震南疆，以至于清廷君臣闻定国之名，皆股栗战惧。清臣有弃湘、粤、桂、赣、川、滇、黔七省与明帝讲和之意者颇众。

李定国出师不足一年，纵横西南诸省及两广地区，收复了很多失地，击溃了数十万清兵，名声大振，掀起了反清复明的又一次高潮，使一向自认所向无敌的满清朝廷不得不小心谨慎，重新调集兵马再次南下。正是：

> 出师有名壮军威，
>
> 黑虎所指敌志催。
>
> 不是猛虎无斗志，
>
> 皆因统帅立军威。

清廷在准备调兵南下的同时，南明朝廷内部又出现了争权夺利之徒。孙可望削去了北路军刘文秀等一班将领的官职，欲知所为何事，请看下一章。

第三十五章
吴三桂击败刘文秀　孙可望趁机削兵权

话说刘文秀、白文选、王复臣奉命率三万人马为北路军，进攻四川，讨伐吴三桂。一路昼行夜宿，向四川进发。刘文秀自以为才高八斗，不把清将吴三桂放在眼里。对部下不严加管理，纪律松散，士兵骄横，处处抢劫民财，所到之处民愤尤甚，老百姓敢怒不敢言，人人避而远之。大军进入四川保宁，在城里的士兵只顾贪恋民财，四处享乐，忘乎所以，对强大的清军疏于防范，玩忽职守，给清军留下了可乘之机。

清将吴三桂见明将刘文秀已率大军进入四川保宁，不敢怠慢，忙召集众将商议退敌之策。他向众将道："诸位，本王奉旨入川作战以来，又一次与大明战将刘文秀部相遇。此人是个难得的将才，又善于用兵，大意不得。现在本王决定趁他们刚到保宁，人马劳顿，根基不稳之机，出奇兵以击之，打他个措手不及。"

"大帅所见极是，我看应该这样。"众将赞同。

"好，既然各位愿随本王出战，那就开始出兵。"吴三桂向众将下令。

"喳。"众将回答。

吴三桂已率大军前来偷袭，在保宁的刘文秀还一无察觉，将士们还在花天酒地，一片狼籍。"将军，大军初到保宁，人生地不熟，我们不可贪恋酒色，下令众将小心提防。万一今夜清军偷袭，那时晚矣！"白文选提醒刘文秀。

"白将军放心，大军到时，早吓得吴三桂夹着尾巴躲到他妈裤裆里不敢出来啦！哈哈哈——"刘文秀大笑着。白文选见劝不动刘文秀，只好默默走出王府回自己的军营，带上自己的人马出城外扎营去了。

当晚，午夜刚过，明军除部分流动哨在城墙上巡逻，其余将士都已全部安息。城外的白文选始终睡不着，心里七上八下、忐忑不安。他披衣来到帐外的山坡上，看着寂静的山峦，总是心神不定。他找来王复臣道："王将军，今夜我怎么也睡不着，心里总觉得不踏实。"

"老兄，我也有这样的感觉，咱俩不妨出去走走，也许是放心不下，初来乍到的缘故。"王复臣告诉白文选，两人并肩走出大帐，来到营外，望着闪烁的星空边走边查看各营。

"老兄，你快看对面山上好像有声音传来。"白文选拍了一下王复臣，王复臣见白文选示意，急忙朝对面仔细看了一阵，夜色中他看到了对面山林中密密麻麻的清军正悄无声息地摸了过来。

"不好，是清军偷袭来啦！"王复臣惊叫，忙向白文选道："快发信号。"

"发信号。"白文选向巡哨的士兵下令。

"遵命。"巡哨的士兵回答着，"咚，咚咚——"放起信号，同时呐喊："清军来啦！"

"快。"白文选指挥惊醒的明军，率领他们拿起武器冲出帐篷迎战清军。

"上。"清军这边见偷袭失败，大批明军从帐篷里冲了出来，吴三桂来不及细想，抽出宝剑杀了过去。

"冲啊！"清军在主帅的率领下，杀进明军的大帐。被喊叫声惊醒的明军有的还没有穿好衣服就被冲进大帐的清军砍成肉泥。

正在睡梦中的刘文秀，被护兵从床上拉起，扶上战马冲出大营，这时，白文选率一支兵马杀了过来，大喊："将军，快随我来，清军至矣！"率先杀了过去。朦胧中，刘文秀只得随白文选向后营逃去。

这一夜，清军逢将斩将，遇兵砍卒，横冲直撞，杀到天亮时已是尸横遍野，血流成河，明营已是一片血海，阴风阵阵，凄厉鬼号，整座保宁城成了阴森恐怖的人间地狱。这一夜，刘文秀被吴三桂指挥的清军杀得片甲不留，落荒而逃，被追得如惊弓之鸟。

清军正追得得意之际，探马如飞地跑到吴三桂的军前，道："大帅，定南王率领的大军在湖南一带，被明将李定国部打败，朝廷又征调敬谨王尼堪前去征剿也被杀，皇上震怒，大帅可据情况配合东路军消灭明军。"

"啊。"吴三桂闻讯大吃一惊，向传令兵道："传令下去，大军停止前进！"

李定国在桂林、长沙两次大捷，使吴三桂不敢孤军深人，救了刘文秀、白文选、王复臣等一班将领的性命，他们侥幸逃到贵阳躲过一劫。在安龙的孙可望正在气头上，听说刘文秀率领的北路军被吴三桂打败，大发雷霆："奶奶的，老子几万大军一夜之间让你这几个狗日的白白葬送，来人！"孙可望向门外大喊。

"在。"卫兵走了进来。

"传令下去，将刘文秀、白文选、王复臣一班人等革职查办。"孙可望传令。

"遵命。"卫兵如飞地去了。

不几日，卫兵押着刘文秀等人来到安龙秦王府。孙可望向侍卫道："拉出去砍了！"

"大王使不得，刀下留人呀。"众将见孙可望要斩刘文秀等，慌忙上前求情。

冯双礼、马进忠二人也上前求情："秦王，朝廷正在用人之际，先斩大将，末将以为不妥，不如先削去他们的兵权以观后效，或可戴罪立功。"

孙可望见众将求情，冯双礼、马进忠二人言之有理，道："削去刘文秀的爵位，其军队暂编人秦王府由冯双礼、马进忠指挥。"

"遵命。"冯双礼、马进忠二将回答。

"谢秦王不杀之恩。"刘文秀"白文选"王复臣谢恩回府，不在话下。

孙可望对刘文秀等二班将领的惩罚，引起军中很多将士的不满，众皆愤怒。至此，人心不稳，都不愿出力，唯秦王为尊。欲知后事如何，请看下一章。

第三十六章

孙可望定计除忠臣　刘文秀暗中救定国

孙可望削夺了刘文秀、白文选、王复臣等人的兵权，交由冯双礼、马进忠二人掌管，又开始筹划削弱李定国的兵权。

顺治十年（1653）正月，孙可望生怕李定国威望高过自己，将来难以驾驭，想方设法限制李定国。因此，亲率驾前军，前往沅州驻扎，以防在宝庆驻军的李定国对己不利，他向侍卫道："张副官，本王令你再去一趟宝庆，传本王将令，叫李定国前来沅州开会。"

"末将遵命。"张副官领令如飞地去了。

张副官来到宝庆，走进将军府向李定国道："李将军，秦王有令，速去沅州开会。"

"明白啦！"李定国把写好的信递给侍卫后回答。

从现在算起，李定国已经连续七次接到了孙可望要他去开会的将令，他心里暗道："孙可望为何如此这般重视本帅，难道——"心里七上八下，总也想不明白。不去又怕秦王怪罪，去了，万一是个圈套，怎么办？李定国左右为难，去也不是，不去也不是。这时，辕门外卫兵又走了进来，道："大将军，秦王又派人来了。你看——"

"知道了，你先出去，让我想想。"李定国挥了一下手。

"遵命。"门卫走了出去。

门卫来到门口向送信的道："将军有令，他正在处理军务，你先回去吧。"

"小的明白，只是来时秦王反复交代，军情紧急耽误不得，李将军必须速去参加。"来人强调。

"放心，我家元帅把军中的事处理好就赶来。"门卫告诉送信人。

"行，我这就回去回复。不过你们也要抓紧起程。"送信人催促。

"知道了。"门卫冷冷地回答。

送信人走了，卫兵回到客厅，李定国见卫兵走了进来，问："怎么样，那厮走了吗？"

"走是走了，不过他催将军快些起程。"卫兵回答。

"你认为去还是不去？"李定国问卫兵。

"将军，若依小的看来，还是不去的好，秦王的为人你又不是不知道。"卫兵讲了自己的看法。

"嗯，我也是这么想的，但是不去又不行，秦王已是第七次派人来催。"李定国忐忑不安地说。

"要不，将军先派一个人去探一下虚实再说。"卫兵又说。

"这个办法我也想过，但还是不妥。一旦秦王看出破绽，事情就难办了。"李定国与卫兵在屋里正讲着，外面急匆匆走进一个人来，道："将军，千万去不得。"

"你是何人，敢闯进府来？"李定国厉声问。

"将军息怒，你看一下这个就知道了。"来人不慌不忙地从怀里拿出一封信。李定国从来人手里把信接了过来，细细看了一遍。暗吃一惊，道："刘将军现在何处？"李定国问来人。

"我家将军自从被秦王削去兵权，一直闷在家里不出门。他见秦王写信要将军去开会，其实开啥会，目的是骗将军去以后好软禁将军，我家主人吃了这样的亏，怕将军上当。所以，派小人前来告知将军。秦王叫你去开会，实际上是一个圈套，去了就回不来了。"来人回答。

"啊，原来是这样！行，你回去转告刘将军，李某欠他的人情，将来一定还他。"言罢，送来人出门。

孙可望想削去李定国的兵权，用计把李定国骗来沅州后，意欲加害的阴谋被刘文秀安插在孙可望身边的心腹知道了，他暗中把这个消息告诉了刘文秀。刘文秀听后，大吃一惊，暗暗叫来心腹，连夜写书信一封，吩咐道："你抄近路，速将此信送到李将军府上，不得有误。"

"遵命。"心腹家兵回答着，把信藏在贴身衣袋里，连夜赶路去了。

李定国收到了刘文秀的家书，知道了孙可望的阴谋，遂不去沉州，决定按兵不动。同时，向传令兵道："传令下去，大军就地安营，驻扎在紫阳渡口。"

"遵命。"传令兵如飞地去了。

李定国又叫来心腹道："我这里有一封信，你把它送沉州交给秦王，不得有误。"

"遵命。"心腹接信出门去了。

孙可望身在沉州，本想这一下李定国一定扛不住这一连串催促，一定会来沉州，不曾想，他等来的却是一封信。孙可望拆开一看，信上写道："今虽大局稍有转机，而清军势力并未受多大打击，成败难料，正是我等齐心协力，共谋复兴之时，不宜妄听谗言，自相残害，以败国家，做害己利敌之事。臣之所言伏地泣血，肝胆相照，日月可鉴也，还望秦王三思。"

此乃肺腑之忠言矣，作为一人之下，万人之上的秦王孙可望不但不省悟，看信后，反而大怒："奶奶的，如此狂妄，实在可恨！"孙可望向外面大喊："来人。"

"在。"卫兵回答着走了进来。

"传本王将令，讨伐李定国这个叛贼。"孙可望这个小人之举可谓"误国殃民也"！

"遵命。"卫兵如飞地去了。

驻扎在紫阳的李定国，得到探子送来的消息，孙可望已率兵前来讨伐，急忙向部下道："秦王无道，我等还有何留念的，部队立即出发。"

"我们去哪里？"众将问。

"先离开这里去广西全州。"李定国回答。

"为什么，难道就因为一个秦王？"众将不解地问。

"啥也别说，先离开这里，本帅自有道理。"李定国安慰众将。主帅此番解释，众将也不敢多说，只能率军起程。

来到全州后，李定国叫来众将道："你们想想，是秦王厉害，还是孔有德、尼堪厉害？"

众将回答道："当然是孔有德、尼堪厉害。"

"孔有德、尼堪本帅都不把他们放在眼里，更何况一个秦王。"李定国向众将解释后，接着道："今甫（李定国乳名）得斩名王，奏大捷，而猜疑四起。且我与刘抚南同起云南，战功俱在，一旦延误，辄废弃，于我忌害当必尤甚。我妻子俱在云南，我岂得已而奔哉！遂不与秦王计较，先率师离开尔。"李定国说服了众将，众将心悦诚服。避其锋芒而走之，李定国从此不再见孙可望。

孙可望在紫阳扑了个空，气得嗷嗷直叫："不抓住你誓不为人！"

欲知孙可望能否抓住李定国，请看下一章。

第三十七章

李定国联盟攻广州　冯双礼兵败投定国

孙可望在紫阳扑了个空，气得喊喊直叫，发誓要杀李定国，不在话下。

且说李定国率兵来到全州，自知实力难以攻下广东，便向众将道："吾欲攻取广东，但我们的实力已经不足，眼下如何是好？我意欲派使前去联合当地起义军郑成功，邀他一同杀贼，不知谁愿替我前去送信？"

他话音刚落，参将赵允站了出来，道："将军如信得过末将，末将愿去走一趟。"

李定国见赵允愿去，大喜，道："赵将军愿去，我求之不得，此事办好了，本帅记你首功。"言罢，把信交给赵允。赵允接过信，转身出门如飞地去了。

郑成功，是广东著名的爱国将领，因看不惯官府欺压百姓，所以在广东率领广大农民揭竿而起，拥兵万余人马，是一位很有名望的将军。他军纪严明作战勇敢，所到之处官兵无不闻风丧胆，百姓夹道欢迎端酒执壶以迎王师。

这一日，他正在演练水军，卫兵走了过来，道："大将军，南明大将李定国派人求见。"

"带他过来。"郑成功叫卫兵。

"遵命。"卫兵回答着转身走了出去。

不一会儿，卫兵带着明使赵允来到了郑成功的面前。"帐下来者何人，见本帅有何事？"郑成功问。

"回将军话，小人乃大明元帅李定国麾下参将赵允，奉我家大帅命令，前来向将军求援。"赵允来到郑成功面前回答道。

"你家主帅不是已经打到湖南，为何又回师广东？"郑成功问赵允。

赵允道："将军有所不知，我家主帅皆因——"赵允把事情的经过如此这般地讲了一遍。郑成功听了，又看了赵允送来的信，证实正是李定国笔迹，便问："既然这样，李元帅派你来，要本帅出多少兵，才能助之？"

赵允见郑成功如此爽快，便道："元帅之意是准备攻打广州，既而平定广东全省，因兵力不足，才派小人前来求助，大帅能出多少是多少。"赵允回答。

郑成功见赵允讲出李定国之意，想了想，道："既然李将军有如此美意，本帅决定率九千人马与他联合，一起攻打广州。"

"太好啦，小人代李元帅谢谢郑将军。"赵允一下子高兴起来。

顺治十年（1653）六月，李定国见郑成功同意出兵攻打广州，心里也很高兴，决定十六日凌晨发起进攻。这天，天不凑巧，广州天气阴沉雾大，难辨敌情，无法展开大规模进攻。双方只好约定暂缓进攻日期，人马悄悄退回原处待命。

李定国见打不成广州，只好转打桂林。清军守将拼命抵抗，南明军从七月十三日打到二十日，连续围攻七个昼夜，死伤千余人马，还是没有拿下桂林。

这时，吴三桂的援军很快就要来了。不得已，李定国只好下令退回柳州。在柳州，李定国还没有喘过气来，探子便来报，孙可望派冯双礼为大将，率大军又杀过来了。

"竖子可恶。老子一再忍让，以为老子好欺负。"李定国大怒，向副将道："你率三万人马在江口芦苇荡左侧埋伏，本帅自率大军在右侧埋伏，号炮一响便一齐杀出。"李定国告诉副将。

"遵命。"副将领令如飞地去了。

自以为所向无敌的冯双礼，根本不知他此时的命运，自顾自地率兵向柳州进发，却不知不觉进入了李定国为他布下的陷阱里。

"轰，轰轰！"

三声震天炮响。

"杀呀——"满山遍野，伏兵齐出，正得意的冯双礼慌了手脚，仓促应战。几万大军，很快被李定国的军队杀得人仰马翻，兵败如山倒。不到半天工夫，冯双礼的几万人便已死伤无数，活着的也做了俘虏。冯双礼见身边的护将也战死，只好乖乖地做了俘虏。

"李元帅，你杀了我吧！"冯双礼自知死罪难逃，跪着求李定国。

"冯将军，你我同为朝廷命官，只是将军误听小人谗言，有此一劫，我怎么忍心杀你。"李定国扶起冯双礼，令士兵拿来干衣服，让冯双礼换了湿衣服。

"元帅不计前嫌，今日不杀末将，末将愿在元帅麾下哪怕赴汤蹈火，也在所不辞。愿报元帅不杀之恩，不知元帅肯否？"冯双礼请求。

"冯将军说啥话，你我同为大明朝臣，只要回头是岸，本帅一定欢迎。"李定国一番言语，冯双礼如释重负。李定国不追究冯双礼的过错，目的是要他改过自新。

"谢元帅。"冯双礼再次谢恩，发誓永不二心，誓死效忠。

"好了，起来吧，男人膝下有黄金，怎么说跪就跪。从今以后，你我应同心协力，一齐为朝廷出力。"李定国扶起冯双礼。至此，冯双礼便投在李定国麾下为其所用。欲知后事如何，且看下一章。

第三十八章

张名振率兵入镇江　郑成功调兵攻崇明

顺治十一年（1654）春，南明大将鲁王定西侯张名振得知李定国驻兵柳州，在江口一战，大败了秦王孙可望派来偷袭的冯双礼部，军威大振，意欲与其联合收复两广地区。遂招来部下道："现在，我南明大将李定国在江口一带打败了叛军孙可望派去的冯双礼部，驻军在柳州。他们又将以迅雷不及掩耳之势向清军发起攻击，为了与之策应，我军从海上进攻，直入长江，拿下镇江，配合李定国收复两广。"

张名振讲到这里又补充道："还有郑成功那边也向清军发起了攻击，不久就打到崇明。因此，本王决定明日拂晓出发，乘舰艇沿海岸直上，众将以为如何？"

"全凭大王调遣，我等愿赴汤蹈火。"众将回答。

"既然众将没有不同意见，现在就下去准备，令将士们好好睡一觉。今夜三更埋锅造饭，拂晓依军令出发。"张名振传令。

"遵命。"众将回答着如飞地去了。

次日拂晓，张名振全身披挂金盔银甲，左手按剑，右手捋须，威风凛凛，立于船头，众将随其左右。

"轰，轰轰——"三声炮响。

"出发！"张名振下令。

大军扬帆出发，其势之大，可谓"风啸啸兮，军威振；浪滔滔兮，士气昂"。

张名振率战舰千余艘，几万大军一路上乘风破浪，浩浩荡荡，直逼镇江。打得沿途清军闻风而逃，很快攻入长江。

"报，前面就是镇江口。"先锋派兵回报。

"传令下去，用炮火作掩护，舰队分成左中右三个梯队轮番进攻，一定要拿下镇江。"张名振传令。

"遵命。"探子如飞地去了。

"杀呀！"明军在张名振的率领下，潮水般冲向镇江口，杀得守城清兵弃城逃跑，少数跑不及的也乖乖做了俘虏。

张名振占领镇江的同时，广东的郑成功也向清军发起进攻，他们包围了崇明的守城清军，与他们展开激战，两军在双方炮火的掩护下，冲进城中，混战在一起。

"杀呀！"郑成功不让清军有任何喘息的机会，领兵率先冲了进来，厮杀成一片。这场恶战可谓"惊天地，泣鬼神"，血水与海水交织在一起，染红了海面。

"传令下去，打扫所有战场，注意搜索残敌。"郑成功传令。

"遵命。"传令兵如飞地去了。

"王将军，你立即率领三千兵马，在前面高地上设伏，防止清军偷袭。一旦清军袭来，以三声炮响为号，一齐杀贼不得有误。"郑成功传令。

"遵命。"副将领命如飞地去了。

明军在两广、湖南一带死灰复燃。东南沿海一带的清军已抵挡不住，告急文书雪片似的送到京城，请求派兵增援，不在话下。

李定国见张名振、郑成功已分别打下镇江和崇明，形势向着对自己有利的方向发展，于是，决定再次率兵东征。有诗为证：

> 义军彼沸削清军，
> 捷报频传士气高。
> 半壁江山躺可得，
> 将军定计再东征。

欲知后事如何，且看下一章。

第三十九章
李定国欲扶天下　战新会明军失利

顺治十一年（1654）三月，李定国决定率十万大军及象队再次东征。他们相继打下了廉州、雷州后，大军继续往东行进。接着，占领了罗定、新兴、石成、电白、阳红、阳春等广大地区。

五月，又进攻高州，清军守将张月见明军来势凶猛，自知不能抵敌，只好率全城军民，举旗投降。李定国顺利攻占了广东很多城池，队伍迅速壮大起来。

六月，率兵攻打梧州。梧州清军守将见明军杀来，率城中军民奋起抵抗，南明军队打了七天七夜没有攻下来，只好围而不打。这时，广东、广西一带的农民起义军也纷纷起来响应，率军前来与李定国会合，部队很快发展到二十余万人马。

李定国心里非常高兴，加上又占领了高州、廉州、雷州等地，有了足够的地盘和兵力，平定两广，把战果扩大到全国是指日可待的事，便提笔写下"一匡天下"四字，自比管仲复出。正是：

> 得势将军喻管仲，
>
> 膝下兵勇弄柱荣。
>
> 操戈促志民全愿，
>
> 誓把军旗旅征袍。

李定国心中难免沾沾自喜，他想："大军要想攻下广州，必须先占领新会。"因为新会是广州的门户，于是又派人去镇江联络郑成功。

顺治十一年（1654）七月，李定国在给郑成功的信中写道："会域两酋（尚可喜、耿继茂），恃海撄城，尚稽戎索。兹不谷已驻兴邑，克日直捣五羊，然逆虏以新会为锁钥牖，储粮悠资，是用悉所精神，援响不绝。不谷之意，欲就其地以芟除，庶省城可不劳而下。"

信中说明了援兵不得迟于十月以后，派人送给郑成功。李定国见送信人去了镇江，又叫来心腹，道："你们分别去粤东向王兴、陈奇策两将军处，设法说服两位将军，率兵前来一齐攻打新会。"

"遵命。"心腹回答着领令如飞地去了。正是：

> 信心十足复大明，
> 到处派人联义军。
> 若得将军单臂力，
> 定扫北国满大人。

镇江的郑成功收到李定国的信后，他有些犹豫不决，原因是他正在派人暗中与清兵讲和，意欲"不战而屈人之兵"。清将朱玛喇暗想："我何不将计就计，先稳住郑成功，等解决了新会之围再作道理。"想到这里，向参议道："你代表本帅去和郑成功派来的使臣谈判，尽量设法拖住他们。"朱玛喇告诉参议。

"大帅放心，末将一定照办。"参议回答着如飞地去了。

郑成功派来议和的人左等右等不见清将出来，催得紧了，只见出来一个参议，他回答说："上面正在商议，不久就会答复。"正当郑成功等得心急之际，前线传来了李定国新会战败的消息。

"上当啦！"郑成功如梦方醒。忙向林察道："林将军，你速率三千兵马去支援李定国，一定要夺回新会。"

"将军，听说李定国已被清军打得大败而逃，如今已退到南宁去矣。"探马如飞地跑来向郑成功报告。

"我之过也。"郑成功追悔莫及。

原来，李定国邀齐王兴、陈奇策的两支兵马，约二十万大军，将新会围得水泄不通，他们采用炮击日夜攻打。因清军守将多设鸟铳、长矛和弓箭不断阻击，一时未能攻下。

李定国又向冯双礼道："冯将军可率三千兵马，挖一条让人通行的暗道直逼城墙，连夜用木头铺在壕沟上以便大军通行。"

"遵命。"冯双礼领令如飞地去了。

"报，大帅，后营士兵多数腹泻不止，有的已经不行了。"军医赶来汇报。

"怎么办？"军医问。

李定国想了想，道："你先回营，想法给染病的士兵用一些止泻药。同时，封锁消息，暂不外传。"

"遵命。"军医回答着出营如飞地去了。正是：

> 只存一心扫蛮北，
>
> 岂料天道不作美。
>
> 将士无故生痼疾，
>
> 未战士气难偷生。

"传令兵，去请王将军、冯将军、陈将军来一下。"李定国见久攻不下，大多数将士不是倒在进攻的路上，而是死于疾病，情况突变，天不作美，不得不传令召见王兴、冯双礼、陈奇策三将商议。

"遵命。"传令兵如飞地去了。

这时，传令兵走了进来，道："报，元帅，外面有一个自称奉清将之令的人前来求见元帅。"

"有请。"李定国坐到帅椅上。

"遵命。"卫兵回答着出门去了。

接着，卫兵带进一个虎背熊腰的大汉。李定国问道："你是什么人，见本帅有何话要说？"

"启禀将军，小人奉我家主公密令前来见将军。"来人小心翼翼地回答。

"你家将军是何人，派你来见本帅有何贵干？"李定国问。

"我家将军是王洋，因城中粮食不多，所以派小人出来密告将军，将军只需如此这般，清军将不战自乱。若将军攻城，我家将军愿为内应，新会唾手可得矣。"来人回答。

李定国听来人这么一说，细想也觉有理："大军到此，清将闻风丧胆，情愿投降者是有的。"想到这里，便向来人道："你回去转告你家将军，破城之日就是你家将军有功之日，本帅一定奏请大明天子大加封赏。"

"多谢将军，小人这就回去复命。"来人见大功告成，心里暗暗高兴，告辞回去了。

送走了清使，李定国向进帐的王兴、陈奇策、冯双礼道："三位将军，本帅刚才得到密报，新会城中已弹尽粮绝，维持不了多久，守将王洋派人前来议和。既然这样，我想就不忙攻城，让将士们调养些时日，先围他个一两个月的，等城中无粮，清兵自乱时，略施小计，此城可得矣！"遂下令在新会外围建造行宫，布置官曹，征发凌杂米盐等事。

王兴、冯双礼、陈奇策三人见李定国主意已定，也不多说什么，一切都听李定国的安排，等待新会城中消息。

十二月中旬的一天，李定国正在营中与王兴、陈奇策、冯双礼等大将商议军情，外面一下子发起喊来："清兵来啦！"

李定国、王兴、冯双礼、陈奇策急忙出营查看。探子如飞地赶来，道："报，元帅，东南发现一支清军已杀过来了。"

"啊！"李定国大吃一惊，暗道："上了王洋的当矣。"急忙向众将道："快备马，准备迎战。"

这时，营外已有多处发现清兵杀来，喊杀声如雷贯耳。李定国在马上往远处一看，见清兵有三股大军杀来，其势锐不可当。为首的三员大将手舞长枪，使得出神入化，宝剑乱砍，杀进营中。这些清将却是尚可喜、耿继茂、朱玛喇等，率兵援救新会来了。

"不好，是清军的救兵到了。"李定国在冯双礼等将的保护下，杀出一条血路逃向南宁。沿途百姓随军后退者，多达七十余万人。李定国见百姓如此这般的拥戴，遂拉住难民的手失声痛哭。

　　这时，广东高州、雷州、廉州三府及肇庆、罗定所属三州十八县及广西横州、郁林相继沦陷。南明军犹如山崩，退到南宁时不过剩六千余人。至此，轰动南疆的东征军首领李定国转人低谷，再也难振雄风。欲知南明军队后事如何，请看下章分解。

第四十章
永历帝诏李定国　孙可望凶相毕露

　　李定国败走南宁的消息很快传到南明朝廷。被孙可望挟持到贵州安龙的永历帝朱由榔，一直没有说话的权力，处处受制于孙可望，出入都要看他的眼色行事，大臣们一个个敢怒不敢言。

　　近日来，孙可望不但克扣了大臣们的供给，还在贵阳大修宫殿，意欲取而代之！永历帝暗中召来大学士吴贞毓道："吴爱卿，现在朕之处境，卿已目睹。朕欲趁奸贼在贵阳之机，派你去南宁，向李定国传朕旨意，令李定国火速率兵入黔护驾。"

　　"皇上，如今李将军在南宁，派谁去合适，还得细细想一下。不然走漏风声的话，圣上休矣！"吴贞毓告诉永历帝。

　　"派谁去好，朕不是找你商量吗？"永历帝望着吴贞毓说。

　　"既然这样，臣就去办。"吴贞毓回答。

　　"快去吧！"永历帝催。

　　"遵旨。"吴贞毓领旨出门。他来到内阁府，找来心腹道："皇上旨意，你悄悄去南宁，传旨李定国要他速来安龙护驾。"

　　"小人明白。"心腹回答着领令连夜出城如飞地去了。

　　顺治十二年（1655），永历帝派去南宁的密使，终于在南宁找到了李定国，使臣向李定国道："皇上密旨，孙可望挟持圣上，祸国殃民，情况万分危急，望将军前去护驾。"

　　李定国听了来使传永历帝口谕，伏地痛哭不止，道："公公回去转告圣上，臣誓死为皇上效忠，诛讨逆贼。"言罢，令卫兵送来使去馆驿安歇，不在话下。

　　且说永历帝与吴贞毓密谋之事，正巧被路过宫门外的文安侯马吉翔听到。"啊——秦王危矣。"马吉翔暗吃一惊，急忙回府，连夜修书一封，叫来心腹道："如此如此，不得有误。"

"王爷放心，小人一定照办。"心腹领命如飞地去了。

"报，大王，马大人派人求见。"卫兵走进孙可望的王府。

"带他进来。"孙可望命令卫兵。

"遵命。"卫兵回答着走出门去。

一会儿，卫兵带着来人走进王府跪下，道："小人给秦王请安。""起来吧。"孙可望向来人挥了一下手。

"多谢大王。"来人站立一旁。

"马大人近日可好？"孙可望问。

"托王爷的福，我家主人很好。"来人回答。

"马大人叫你来有啥事？"孙可望问。

"禀大王，有紧急事。"来人回答。

"啥子事？"孙可望追问。

"这——"来人见府上有人，顿了一下。

"你们都出去。"孙可望向卫兵挥了一下手。

"是。"卫兵回答着出门去了。

来人见屋里只有秦王，小心翼翼地从内衣袋里拿出一封信，双手呈上，道："我家主公有一封密信要小的亲自交到秦王手上。"

孙可望看了来人一眼，接过他递来的信，拆开看了一遍，暗吃一惊，骂道："奸贼实在可恶。"遂不露声色，向来人道："你下去馆中歇着，本王自有道理。"

"多谢大王。"来人告辞出府。

孙可望见送信人走出门去了，向门外喊道："来人。"

"大王有何吩咐？"卫兵走进来问。

"传刘将军、关将军进来。"孙可望下令。

"遵命。"卫兵回答着如飞地去了。

一会儿，刘镇国、关有才二人走了进来，道："大王这样急着召见末将，不知有何事？"

孙可望见刘、关二将问，气不打一处来，换了一副面孔，笑道："刘将军、关将军你二人都不是外人。现在，李定国屯兵两广，拥兵数万，意欲谋反，本王决定率兵先除去内贼。为了防止李贼兵变，令你两人各率本部兵马三万，屯于田州，一旦李定国率叛军入境，必须将其击溃，保证安龙朝廷的安全。"

"大王放心，末将愿效犬马之劳。"刘镇国、关有才回答。孙可望见安排妥当，才急忙率兵去安龙府。

这一日，吴贞毓与家人正在府上吃饭，侍从一下子从外面慌慌张张地跑了进来，道："大人，门外开来很多军队，已把府上包围。"

"啥，谁这么大胆？"吴贞毓吃惊得一下子从椅子上站了起来。

"我。"一个熟悉的声音传了进来。吴贞毓见是秦王，先是大惊，转而笑道："是秦王驾到，小的有失远迎。"笑着迎了上去。

"吴大人，今天本王冒昧来访，得罪啦！"孙可望不客气地说。

"哪里哪里，秦王请。"吴贞毓给孙可望让座。

"坐就不必啦，吴大人，本王到府上，你可知罪？"孙可望属狗脸的，一下子变了脸。

吴贞毓见孙可望进门的架势，知事情已败露，强颜道："秦王这话，把小的弄糊涂啦。"

"是真的吗？"孙可望厉声问。

"是——是——"吴贞毓语无伦次。

"等你不糊涂时，本王这颗人头怕就要落地了。"孙可望咬牙切齿地向卫兵道："来人，把叛贼拿下。"

"遵命。"侍卫一拥而上，把吴贞毓绑了起来。

"大王，饶命！"吴府上下一片哀号。

"推出去砍啦。"孙可望大怒。

"遵命。"卫兵把吴贞毓推了出去。不一会儿，卫兵献上吴贞毓的人头。

“还有没有漏网的人？”孙可望问。

“一共十八人，无一人漏网。”卫兵回答。

“好，全部拉出去斩首。”孙可望下令。

“遵命。”卫兵回答着领命如飞地去了。

孙可望斩了吴贞毓一家十八余口，早把在宫中的永历帝吓得魂飞天外，气不敢出。任由孙可望斩杀大臣，无力挽回。大臣们一个个龟缩在家里不敢进宫，至此，整个永历朝廷非孙可望莫属。正是“龙游浅水遭虾戏，虎落平原受犬欺”。

欲知后事如何，请看下一章。

第四十一章
李定国回兵安龙府　白文选暗中帮永历

　　孙可望在安龙府滥杀朝臣的恶行不但激起很多大臣的不满，就是他的亲信大将也对此不满，明遵暗抗。李定国在南宁与清将洪承畴大战数月不分胜负，又接永历帝派密使送来的诏书，心里更加痛恨孙可望之恶行。眼下战不败清兵，皇上又派密使来诏。保证朝廷安全重要，于是与众将商议回师安龙，先解朝廷之困。

　　驻广西田州的刘镇国、关有才见李定国率大军南撤，忙召集众将商议退敌之策，他道："弟兄们，今天我等奉秦王将令，在此镇守田州，是秦王对我等的信任。现在李定国已率叛军杀来，我军应以死相拼，用实际行动来回报秦王对我等的恩德。"刘镇国话音刚落，各营将士在下面纷纷议论："这是啥话，西府军难道不是朝廷的军队？我们怎么能打自家的兄弟！"

　　刘镇国、关有才见众将议论纷纷，知是难以服众，只好道："众位，我们不是想打他们，只要他们不与朝廷作对，秦王一定会考虑从轻发落。"

　　"不，我们不干。"众将回答。

　　"好，既然众将不同意，那就暂且不议，派人奏请秦王定夺。"关有才找了个借口，让众将回营安歇。

　　刘镇国、关有才见众将回营，他俩则暗自商量，道："看来这兵不带也罢，咱俩不若早些离开这里，以免众将不服，吃了败仗事小，只怕我俩没有好下场。"刘镇国告诉关有才。

　　"我看事不宜迟越快越好，今晚趁众将不备，我俩快逃，迟了就晚了。"关有才换了行装与刘镇国一起趁天未亮，悄悄地出了大营，连夜逃跑不在话下。

次日拂晓，李定国率大军已到城外，众将急忙去将军府，找主帅出征。他们进门见主帅早已逃之夭夭，遂也无心再战，又闻是西府军驾到，就大开城门，出城迎接李定国入城。

李定国来到城中，令众将与刘镇国、关有才的旧部将见面，当众揭穿秦王孙可望挟天子以令天下的狼子野心，并将永历帝的诏书拿了出来让大家看。至此，众将才发誓愿随李定国精忠报国。收服了刘镇国的军队，稳定了军心，李定国才率兵出田州，向安龙而来。

孙可望杀了吴贞毓等十八位永历朝臣，急忙返回贵阳，加快了宫殿的修建速度，为了确保万无一失，他找来白文选道："白将军，从今以后本王决定恢复你的兵权，去安龙府把圣上接到贵阳来。"

"这样恐怕不妥。"白文选告诉孙可望。

"放心，一切都安排好啦。"孙可望回答。

"既然大王都安排好啦，我就去一趟。"白文选回答。

"将军你这就要去吗？"副将走了进来问。

"去个鸟。"白文选气不打一处来。

"那你刚才为何答应？"副将又问。

"你懂个屁，不答应行吗？你没看见秦王那架势。"白文选瞪了副将一眼说。

"总要有个说法，不然秦王问起又如何回答。"副将担心地问。

"放心，到那时，本帅自有应对之策。"白文选告诉副将。

"唉，是要早早想个万全之策。"副将走出门去。

弹指之间，转眼半月过去。孙可望见白文选还没有去安龙，叫来卫兵道："你去问一下，白将军是怎么回事，至今还没有皇上移驾贵阳的消息。"

"遵命。"卫兵回答着如飞地来到白文选府上，道："秦王有令，问将军为何还没有圣上移驾的消息？"

"王侍卫，你知道的，近来军中将士大多数在前线征战，好不

202

容易回来一趟，大家都想回去看看。请你转告大王，不久即可起程矣。"白文选告诉卫兵。

"既然这样，将军可要抓紧时间，不然大王怪罪下来，我们谁也担当不起。"卫兵催促。

"放心，这事本帅一定速去办理，望将军回去在秦王面前多美言几句。"白文选告诉卫兵。

"行，这个我自然会替你打圆场。不过，你还是要抓紧点。"卫兵又补充一句，然后告辞回秦王府。

白文选巧言送走了孙可望派来的卫兵，打算拖一日算一日，万一拖不过去，再去不迟。白文选明遵暗拒，敷衍秦王。正是：

> 秦王无道众心离，
>
> 明允暗拒心不诚。
>
> 只因当王惹众怒，
>
> 任你横行终无成。

不久，李定国就悄悄地率兵回到了安龙府。永历帝一见李定国，泣道："将军若再迟来，朕恐难见将军矣。"遂把孙可望斩吴贞毓等十八位朝臣的恶行，一一告诉了李定国。

"圣上，臣来晚矣！陛下忧愤至此，乃臣之过也。"李定国说着，遂与永历帝抱头痛哭。

良久，李定国为了表达自己对永历帝的一片忠心，当众坦露刺于背上的"精忠报国"四字，永历帝君臣见了，无不为之感动。一阵之后，李定国奏道："圣上，为了圣上的安危，臣有一事奏知圣上，不知圣意允否？"

"李爱卿，但讲无妨。"永历帝准奏。

"臣以为安龙府对圣上来讲，已经不安全了，说不定秦王不久就要下手了。"李定国告诉永历帝。

永历帝一听，大惊，道："如何是好？"群臣俱已惊骇，不知所措。

铁马金戈 THE MA JIN GE

半晌，永历帝忙问："依卿之计，朕应迁往何处？"

李定国献计道："陛下，若依臣愚见，该去昆明。那里不但粮草丰足，而且土地肥沃，地广人密，又有我们的亲信子弟沐天波，他在那里早已扫榻以待，且又是一位难得的忠臣良将。"

"既然爱卿认为云南稳妥，那就依卿之言去云南，早早摆脱秦王的纠缠。"永历帝准奏，决定迁都昆明。

李定国见永历帝准奏迁都云南昆明，忙道："既然圣意已决，事不宜迟，今晚就走，早早离开这是非之地。"

"行，朕现在就传旨，立即收拾上路。"永历帝一刻也不停留，马上传旨收拾入滇。有诗为证：

> 软弱皇帝无主张，
>
> 全凭大臣为其忙。
>
> 安龙未住一百天，
>
> 卷起龙袍又入滇。

欲知后事如何，请看下一章。

第四十二章
永历帝迁都昆明　孙可望出兵云南

顺治十三年（1656）二月二十一日，李定国保着永历朝臣渡过南盘江来到云南曲靖。守将刘文秀、王尚礼、王自奇、贺九仪见城外来的是李定国及永历帝等一班朝中大臣，一时难辨真伪，都不愿开城门迎接。

贺九仪看了半天，才道："我们不能轻信李定国一面之词，必须派人出去看个虚实，再开城门。"

"贺将军所言极是，如今想当王者多矣。"王自奇也同意贺九仪的意见。

刘文秀见众将都赞同派人出城探个虚实，便悄悄出城来到李定国军中，道："李将军，现在末将来见你就是讨个实话，因为诸将都被孙可望那个奸贼吓怕了，所以派我为代表，他们怕你口是心非。"

"二哥，你我兄弟，别人不了解，你还不了解我的为人吗！放心，小弟绝不会做出不仁不义不忠不孝遭万人唾骂的事。"李定国向刘文秀发誓。

刘文秀见李定国一片忠心，又见永历帝无啥异常，便道："既然三弟如此忠心，二哥也就放心了。不过，眼下曲靖城里有许多将士都是孙可望的旧部，老弟得先打着'奉秦王令回昆明'的旗号，先过了这一关，到昆明就好办事情了。"

"只要能解眼前之围，全凭二哥做主。"李定国告诉刘文秀。

"好，我这就回去，明天你亲自进城向众将说明诚意，好让众将不再猜疑，这样就安全过关了。"刘文秀起身告辞。

次日早起，李定国带着两个卫兵，只身来到城下叫门，守将刘文秀令打开城门放人。李定国一行三人来到将军府，见刘文秀、王尚礼、王自奇、贺九仪都在，举手与众将见礼，笑着道："诸位，今天本帅奉秦王将令，为了大明将来长治久安，共谋发展，迎圣驾去昆明，望诸位将军鼎力相助，共同完成反清复明的统一大业。"

王自奇听了李定国的这番言语并无虚假，便道："既然李将军是奉秦王将令迎圣驾入昆明，末将等还有何话可说，请将军快些入城过境，我等愿随将军一起保驾。"

李定国见众将不但放心，还愿随军保驾，便道："诸位一片忠义之心，李某代圣上谢谢各位啦。"

"李将军说的啥话，你我同为大明臣子，为皇上分忧是应该的。"白文选在一旁插话。

李定国见曲靖守将放行，便急忙来到城外军中向永历帝奏明情由，马不停蹄地起程过境向昆明进发。他们一路昼行夜宿，在路上不止一日，终于到了云南昆明。正是：

> 一路颠沛又入滇，
>
> 万里奔波只为贤。
>
> 王命生就缺主见，
>
> 大臣如何救天颜。

黔国公沐天波急忙率城中军民出城迎接，他们来到城中，进入王府。沐天波率众大臣，跪在金銮殿上，齐呼："吾皇万岁，万岁，万万岁。"

"平身。"永历帝见众将三呼已毕，急忙宣旨。

"谢皇上。"沐天波等众将谢恩立于一旁，永历帝见一下子又有许多战将，心里非常高兴，处理完一些临时朝政就欲退朝休息。李定国、沐天波等急忙迎圣驾入行宫安寝，不在话下。

次日早朝，永历帝为了安定军心，降旨加封："李定国。"

"臣在。"李定国出班跪下。

"这次你护驾有功，朕封你为晋王。"

"谢皇上。"李定国谢恩起身。

"刘文秀。"

"臣在。"刘文秀出班跪下。

"朕封你为蜀王。"

"谢圣上隆恩。"刘文秀起身人班。

"白文选。"

"臣在。"白文选出班跪下。

"朕封你为巩国公。"

"谢皇上大恩。"白文选谢恩起身。

永历帝又降旨："金维新，授吏部侍郎兼都察院。"

"遵旨。"金维新上任去了，不在话下。

为了稳定军心，共谋大业，李定国令卫兵找来刘文秀，道："三弟，想当初我们兄弟四人，一起辅佐义父成就大业何等威风！今天，我们不要因为名利问题伤了兄弟之情。"

"二哥，你我兄弟永远是打不散分不开的，不论在什么情况下，咱们永远是兄弟。"刘文秀表态。

"好，二哥算没白疼你。老弟，我们以兄弟的名义写一封信给大哥孙可望，好好劝劝他，不要忘了咱兄弟之间的情分。这个时候兄弟之间应该团结起来，共同扶持圣上匡扶大明江山。"李定国与刘文秀商量着。

"既然二哥如此宽宏大量，我想大哥也应该以大局为重。"刘文秀与李定国商量后，便写了一道救书，盖上永历帝宝印，差人送去贵阳。

话说在贵阳的孙可望修好皇宫，等白文选去安龙接永历帝到贵阳定都的事，左等右等不见消息，心里非常着急。正欲派人再次去催，卫兵走了进来，道："报秦王，白大人已率兵于三天前出走。"

"去安龙吗？"孙可望问。

"不，他去了云南。"卫兵回答着递上一封信，道："这是白

207

大人临走时留给大王的信。"

"反了，反了！"孙可望大怒。

"报，大王，大事不好了，圣上已被李定国接往云南昆明去矣。"孙可望留在永历帝身边的心腹气喘吁吁地跑来报信。

这时，一信使从外面走了进来，道："大王，刘文秀、李定国派人送信来了。"

"奶奶的！"孙可望见刘文秀不但不支持自己，而且还帮着李定国，竟敢写啥救书送来。"简直是荒唐可笑。"孙可望冷笑着撕了救书，气得直骂娘，不予理睬。

李定国见孙可望不买账，又向副将道："你带五十人，把孙可望的家眷送回贵阳，这样他才放心，显出我们的诚意。"

"遵命。"副将回答着领命带起孙可望的家眷上路，不在话下。

光阴荏苒，转眼半月过去，副将保着孙可望的家眷，终于到了贵阳。

孙可望在贵阳见到了自己的家眷，不但不感恩反省自己，而且更加暴虐："妈的，老子不吃你们这一套。"言罢，向卫兵道："把来将推出去砍了。"

"遵命。"卫兵把护送其家眷来的副将推了出去，一会儿献上首级。

副将一去数日没有音讯，李定国为了再一次表示对孙可望的诚意，找来白文选道："看来只有麻烦将军去一趟了。"

"行，我去。"白文选自恃在孙可望军中还有些威望，孙可望一时还不敢对他下毒手，便决定去一趟贵阳，说服孙可望。

白文选来到贵阳。

孙可望气不打一处来，他向白文选道："白文选，白老弟，你想想，大哥对你怎样？大哥派你去办事你不去也就算了，可你怎么就——"

"大哥……"白文选正欲开口。

孙可望又打断他的话道："好了好了，咱兄弟啥也不说，你回来就好，说明你还认我这个大哥，咱还是兄弟，以前的事，一字不提，从今往后，咱哥俩一起干，你想怎样都行。"

　　"大哥，你先别忙，听我把话说完。"白文选插言。

　　"好，你说。"孙可望停了下来。

　　"大哥……"白文选把这次来的目的和盘托出。

　　"老弟，孙某对你怎样？李定国给你多少好处，不就是一个巩国公的空衔，我也可以给你，甚至比他大的都可以满足你。"孙可望表态。

　　"大哥，事实不是这样。"白文选申辩。

　　"还能怎样？"孙可望生气地巴掌一拍，站起来，在屋里转了几圈，气得直挠头。

　　白文选油盐不进，还在为李定国当说客，真是火冒三丈，大怒："来人，给我先把他关起来，等本王收拾了李定国再说。"

　　"遵命。"卫兵冲来押着白文选往外就走。

　　数日后，李定国见白文选一去不回，心里已觉得不踏实，又向孙可望的旧部将张虎道："张将军，烦你再去贵阳，一定要设法说服孙大哥。"

　　"好吧，我就尽力去办。"张虎再次受命。

　　张虎临行前，永历帝又颁敕书，特赐张虎金簪一对，令其从中说服开导。

　　张虎两面三刀，他见到孙可望就主动把永历帝恩赐的金簪交到孙可望手里，假言："这是末将临行时，当今圣上亲赐的金簪，他要末将用它行刺大王。"

　　"啊，皇帝老儿，本王为了保他，吃尽苦头，想不到如此绝情，你要本王的命，本王也不会放过你们。"孙可望听了小人的谗言后大怒，向张虎授计道："你回去暗中向王自奇、王尚礼传达本王将令，要他们做好准备，一旦本王大军到时就为内应，一举拿下昆明，消灭叛逆李定国，活捉昏君朱由榔后，本王记你头功。"

"谢大王。"张虎受宠若惊，连夜回云南报信去了。

送走了张虎，孙可望就准备调兵攻打云南。自家人打自家人，大西军很多将士都不愿干，但迫于孙可望的军威，一个个敢怒不敢言，不得不服从。

进军云南，孙可望正是用人之际，一些不怕死的将士，如马进忠、马宝、马惟兴等，都联名上书孙可望，请求恢复白文选的兵权。迫于众将的声势，孙可望不得不放出白文选，恢复他的兵权。还假意客气一番："老弟，怎么说，你我都是自家兄弟，打断骨头连着筋，关键时还是兄弟亲。"孙可望请出白文选。

白文选见孙可望回心转意，也不计较，愿随其出征。

为了征讨在云南的永历帝，孙可望不得不拜白文选为"征逆招讨大将军"，马宝为先锋，亲率十四万大军，向云南杀来。正是：

> 皇帝老儿不思恩，
>
> 不拿国民当生命。
>
> 早知今日负心汉，
>
> 当初何必出大兵。

欲知战况如何，且看下一章。

第四十三章
李定国率兵迎敌　孙可望战败回黔

　　孙可望派白文选为招讨大将军，马宝为先锋，亲率十四万大军杀向云南的消息，早有探子报到昆明。永历帝吓得急忙传旨召见李定国、刘文秀等朝中文武大臣商议，道："各位爱卿，朕已获报，秦王孙可望率十四万军队向云南杀来，不知各位可有退敌之策？"

　　"皇上勿忧，孙可望虽说有十几万人马，依臣看来不过是一群不堪一击的乌合之众，臣只需率五万精兵便可将其击溃。"李定国出班启奏。

　　"李爱卿，如今贼势浩大，五万人怕难以抵敌。"永历帝很是担忧。

　　"圣上勿忧，臣自有退敌之策。"李定国安慰着永历帝。

　　"好，既然爱卿如此忠心，朕就下旨派五万精兵由你挂帅出征。"永历帝准奏。

　　李定国与刘文秀各自回到府上，略做收拾就去校场点兵。

　　"刘将军，这次孙可望来势不小，你我都需小心谨慎，必须坚决打好这关键的一仗。"李定国告诉刘文秀。

　　"是呀，这关系到整个朝廷的命运。"刘文秀深感此战的重要性，所以不敢懈怠。

　　"二哥，听说孙可望这次率兵前来，是派白文选挂帅，马宝为先锋，我们何不来他个将计就计，大事可成矣。"刘文秀向李定国献计。

　　"嗯，我看行，此计甚妙，三弟所言，正合吾意。"李定国见刘文秀的想法和自己的想法不谋而合，心里很高兴，道："这件事就烦三弟前去敌营中走一趟，悄悄说服白文选，令其做内应，记他头功。"

"二哥放心，这事就交给小弟去办。"刘文秀回答。

"好，就仰仗三弟啦。"李定国拍了一下刘文秀。

"报，前面已到曲靖。"先锋回报。

"进城。"李定国传令。

"遵命。"先锋如飞地去了。

九月十九日，孙可望率军过了平彝县，翻越白沙坡，进入沾益县境，在交水（南盘江）与明军隔岸对峙。明将李定国见贼将孙可望率军在对岸扎下营盘，相距二十余里。众将正愁无法拒敌，胜负尚未可知，就在这时，卫兵从外面走了进来，道："大帅，抓到一名俘虏，他称要见大帅。"

"带他进来。"李定国吩咐。

"遵命。"卫兵走了出去。

一会儿，卫兵带着一位布衣男人走了进来。李定国一见来人，是白文选。先是一惊，忙屏退左右，道："白将军，怎么是你？"忙松了绑，道："将军受惊了。"

"晋王说哪里话，将士们这样做是对的，说明他们对大明的赤胆忠心。"

白文选笑着与李定国见面，道："末将今天悄悄前来主要是与大王约定，今夜午时动手，末将愿做内应，要是迟了或天亮，孙可望下令进攻就难办了。"

"太好啦，将军之行，可谓'雪中送炭，救大明于水火'也！当记将军头功。"李定国非常高兴，命设下酒宴与白文选小饮后送其出城。临别时，李定国道："将军保重。"

"切记速来。"白文选拱手与李定国告辞回营。

是夜三更，李定国传令三军将士饱餐后，悄悄开了城门。"冲啊——"一声呐喊，率军杀向贼营。

贼将孙可望见城中明军趁夜杀来，正欲传令迎战，不料，中军大营也一下子呐喊起来："快跑，明军杀进来啦！"顿时大乱。

白文选见火光中明将李定国一马当先杀了进来，亦上马挥军反叛。与明军合兵一处，直向孙可望的中军大营杀去。孙可望见军中白文选引狼入室，气得火冒三丈，恨不得活剥了白文选，一座铁桶似的大营不到两个时辰便被明军攻破，队伍被杀得七零八落，士兵互相冲闯，践踏踩死者不计其数，整个交水两岸，杀声震天，火光照耀如白昼一般。正是：

> 本想讨逆树军威，
> 曲靖一战兵已微。
> 仓促逃出千军阵，
> 留条小命龚毛衰。

兵败如山倒，水淹一片光。孙可望见军队大乱，无法指挥，自顾不及，大呼："天绝我也！"拔剑自刎。

"大王。"副将将其紧紧抱住，夺下他的宝剑，率千余骑，杀出一条血路逃向贵阳。

明军大获全胜，李定国令刘文秀、白文选率军追歼逃敌，直至平彝县境，撵得贼首孙可望仓促逃窜不在话下。

李定国见孙可望的叛军被打败，刘文秀、白文选又率大军追歼，曲靖保住了，云南暂时没有后顾之忧，派下守将后，遂决定班师回昆明。大军正行之际，前面突然杀来一彪军，众将猝不及防，大吃一惊，仓促摆开阵势迎敌。欲知后事如何，请看下一章分解。

第四十四章
破奸贼马宝反　正王尚礼计败被诛

话说李定国班师回昆明，来到杨林一带。大军正行走间，前面一彪军突然从林中杀出挡住去路。为首一员大将横刀勒马，列于阵前，大喝："前面来者何人？快些报上名来，爷爷不斩无名小卒。"

"报，大帅，前面一彪军拦住去路。"先锋官飞马来向李定国报告。

"别慌，待本王去看个明白。"李定国扎住阵脚，来到阵前，举目眺望，见对方阵前那将黑发垂须，面红口阔，声若洪钟，不像歹人，座下一匹黄骠马，刨蹄鬃鬃，鼻翼喷出阵阵热气，煞是威风。

李定国道："那不是黔国公沐天波，沐老将军吗！"言罢，向对面高喊："对面那将可是沐天波老将军？"对阵中将领见来人厉问，暗道："对方怎么知道本王名讳，难道？……"沐天波想到这里，也朝对面高声问："来者何人，怎就知道本王名讳？"

"我当然知道是老将军，在下李定国。"对阵中传来回音。

"啊，是大王回来了。"沐天波见是李定国回师，非常高兴，急忙滚鞍下马，率军迎了过去。

原来贼首孙可望准备率兵进攻云南，率兵来到交水，暗中派人前去昆明找亲信王尚礼了解昆明李定国兵力情况。这时，王尚礼却派来了心腹。孙可望秘密接见了来人，道："本王正要派人去昆明见你家主公，正好他派你来了，你就把昆明城里明军布防情况告诉本王。"孙可望催来人。

"大王，正因为现在昆明城内非常空虚，我家主公才派小人来报信。"来人不等孙可望讲完就回答。

214

"快把信呈上来。"孙可望令来人。

来人从怀里拿出信,侍卫把信递了上去。孙可望接过信,向来人挥了一下手,来人会意,告辞下去。孙可望拆开信看了一遍,大喜,"天助我也。"向门外喊道,"来人。"

"在。"卫兵走了进来。

"去请马宝和张胜二将前来。"孙可望吩咐。

"遵命。"卫兵如飞地去了。

不大一会儿,马宝、张胜走了进来,道:"大王,要末将打头阵吗?"

"不,本王不要你们打头阵,这里的战斗你们不用参加了,本王令你二人去一个比这里更有意义,而且任务更艰巨的地方。"孙可望望着马宝、张胜二人。

"啥地方?"马宝、张胜异口同声地问。

孙可望在大帐中来回踱了几步,道:"本王令你二人率三万兵马,今夜立即出发,去偷袭昆明,我们在昆明的内线送来了密信,二位到时,点火为号,他即率兵从城内杀出以为内应。昆明一失,对面与我交战的李定国将不战自败,那时,此贼可擒矣。"孙可望令二人。

"遵命。"马宝、张胜二人接了令箭,领兵悄悄地去了。

马宝、张胜二人去偷袭昆明,本是秘密前往,无一人知晓。但孙可望的所作所为激起了很多将士的不满,他们一个个阳奉阴违,敢怒不敢言。马宝、张胜二人率兵去偷袭昆明,但他们心里早已盘算清楚,打定主意,一出交水就暗中叫来心腹送信给曲靖城中的李定国。

李定国见马宝送来密信,拆开看后,大吃一惊。贼兵已出发,回兵救援已来不及,加之孙可望十几万大军又扎在江对岸,正剑拔弩张,虎视眈眈,稍不留神,就要全军覆没。万般无奈,只好令八百里快骑火速送信到昆明,把信交朝廷兵部。永历帝见信,大为惊骇，急忙传旨沐天波入朝商议退敌之策。

沐天波道："皇上勿忧，既然晋王已派人送书信在此，我们已经知道了，这事就好办。"

"此话怎讲？"永历帝问。

沐天波道："皇上，首先应该把城内的叛逆铲除，贼众没了内应，我们也没有后顾之忧，全力应敌，方可大获全胜。"

永历帝听了沐天波之计，不住点头，道："卿所言极是，就依爱卿之计去布置。"

"皇上放心，臣去矣。"沐天波告辞出宫，如飞地调兵去了。

话说正在明军中的王尚礼、王自奇自以为得意。好在他们的奸计早已有人告知明军最高统帅，静待时机一到即行斩杀之令。正当他们在各自的军中坐等消息时，城内已杀来一彪军，把他们围了起来。王尚礼的亲信正欲出去开门，刚走到门口，府门外一下子火把通明，为首一员大将身披金盔银甲，横刀勒马挡在面前，大喝："奸贼，本王在此，还不快快出来受死——"

"啊！"王尚礼、王自奇大吃一惊，忙下令关府门，欲借院墙为屏障，等待城外的援军。不料，沐天波已先他一步，令弓箭手万箭齐发，"嗖，嗖嗖——"还没有退进门槛的王尚礼、王自奇很快被乱箭射死，主谋一死，随从将领，早吓得跪地求饶。

"快，随吾消灭城外来的贼兵。"沐天波见平定了内贼，马不停蹄地率兵奔向城门。

早已率兵来到昆明城外的马宝、张胜二将，见城里城门大开，明将沐天波率众杀了出来，张胜正欲挥兵迎战，一旁的马宝不等他抽出宝剑，反手一刀劈在张胜手腕上，道："张将军，现在不降，更待何时？"

张胜猝不及防，竟被马宝用刀逼住，一时也动弹不得，明军一拥而上将其绑了。马宝见张胜被擒，忙向士兵道："众军将士听着，秦王无道，我们都不要为他卖命，大明天子有德，仁政天下，我等就归附南明，若有不服或反叛者，此人就是下场。"

众将士见了，道："我们愿降南明。"士兵们个个放下了手中的武器。正是：

> 本欲内应灭昏君，
>
> 遂修密信与王听。
>
> 岂料昏王错用人，
>
> 害死亲信又折兵。

沐天波冲出城外，见马宝已擒住了贼将张胜，所有贼兵都放下了手中的武器，便不答话，与马宝一起收编了这支人马，骈马入城，壮大了军威。

为了确保云南长治久安，消灭孙可望，沐天波马不停蹄，又率军来曲靖援助李定国。他们刚来到杨林地带就遇到了还师昆明的李定国。双方互通情况后，李定国非常高兴，下令记马宝头功，以励三军将士。然后，合兵一处，回师昆明。欲知后事如何，请看下一章。

第四十五章

孙可望率兵降清　　洪承畴得图如宝

李定国大败孙可望班师回昆明，途中与率兵前来接应的沐天波在杨林相遇，合兵一处回昆明，不在话下。

且说贼首孙可望在云南曲靖被李定国打败，损兵折将不说，差点丢了性命。被刘文秀、白文选这两个叛臣一路追杀到普安，死了很多将士，害得他全军覆没，最后才狼狈地逃到贵阳。此次出征，对他来说，正是"偷鸡不成，反蚀把米"。

常言道："人逢喜事精神爽，闷上心来苦处多。"细细想来，此言不假。孙可望败回贵阳，守将冯双礼不但不开城门，而且下令守城军士向他放箭，跑得筋疲力尽的孙可望在贵阳城下又丢下几十名士兵的尸体，气得破口大骂："姓冯的，你不要落井下石，想当年是谁提携你。"

"秦王，这一点末将从来就不敢忘记。我也很想放你进城，但是你后面的追兵已经迫近，他们要末将不要放大王进城。否则，大兵到时，末将一家老幼及城中百姓命将休矣，望大王体谅末将的难处。"城楼上冯双礼数数落落，就是不给他开城门。

"罢罢罢，天绝本王也。"孙可望见冯双礼死活不让他进城，没了藏身之地，后面又有追兵，气得直跺脚，大骂冯双礼不仁，是个见利忘义的小人。万般无奈，追悔莫及，拔剑意欲自刎。正是"消瘦的猛虎难降犬，脱毛的凤凰不如鸡"。

"大王，千万使不得，一个冯双礼背叛你，不是还有我们吗。可以东山再起。留得青山在，还愁没柴烧。"副官及另外几个随行将领也一起抱住了拔剑自刎的孙可望。孙可望的这一生，正是"心

218

有天来大，命如纸来薄"。

孙可望当初是何等人物，今天能受小人如此冥落，气之无奈，才拔剑自刎。刚才众人的一番言语，细想也不无道理。孙可望恨恨望了冯双礼一眼，头也不回地率残兵逃向湖广一带。

前有清军，后有追兵。孙可望已经被逼上了绝路，现在他不得不坐下来考虑，下一步棋该如何走。

"大王，此处不留爷，自有留爷处。我们何不另寻出路？"副官再也受不了逃亡的日子，不得不向孙可望献言。

孙可望看了副官一眼，道："你是不是想说归降清廷？"

"末将正是此意。"副官把头伸了过来。

"就没有别的办法啦？"孙可望问副官。

"大王，你想，眼下我们要兵没兵，要粮没粮，要啥都没有，能做些啥？只有投靠清军，作权宜之计，将来有机会，再作打算。"副官告诉孙可望。

"唉，这事都怨本王，当初为啥不把你留下来守贵阳。"孙可望悔恨当初，他坐在地上垂头丧气想了半天，看看疲惫不堪的将士，心里直骂李定国、刘文秀、白文选这些背信忘义的小人，还有那个见利忘义的小人冯双礼。怨恨归怨恨，再骂再吼也无济于事，因为他毕竟已经成了丧家犬。怨不得谁，都是他咎由自取，当初若听忠言，不独断专行，也许就没有现在的下场。孙可望到这步田地，却也走投无路，不得不考虑副将的话，道："去投清军，这个时候行吗？"孙可望看了看自己的狼狈相忧虑着。

"大王，怎么不行。我看行，况且眼下我们只有这一条活路可走啦。"副官在一旁打气。

"我是说我们过去和清军打过无数恶仗，手上沾满了无数清将的鲜血。去投降他们，他们不会找我们算老账，要了我们的性命？"孙可望还是很担心。

"大王，我们手上不是还有一份大礼吗，到时把它献出不就将功抵过啦。"副将献言。

"啥大礼？"孙可望不解副官之意。

"大王，你忘啦？出来时，我们还带着一份云贵两省的兵力布防图，只要把这个交到清将吴三桂手上，比啥都强。"副官告诉孙可望。

"啊，是呀，这份图正是清军求之不得的宝贝，可抵百万雄兵。"副官一语点破孙可望心中的谜团。孙可望顿觉茅塞顿开，道："快拿图来，清军有了此图，不亚于得了百万雄兵。"孙可望令军政司拿了地图，传令："去南宁降清。"

"遵命。"卫兵回答着传令去了。有诗为证：

> 机关算尽无好天，
>
> 小人终将难结缘。
>
> 假使昔日兄弟和，
>
> 安有今日投清瞻。

驻守南宁的清将洪承畴正愁找不到进攻云贵的机会，在屋里闷闷不乐。这时，卫兵走了进来，道："报，大将军，大明首领孙可望率兵来降，使臣已在外面等候。"

"什么？孙可望来降。他可是明朝的一等大臣，有名的秦王。"洪承畴简直不敢相信这是事实。

"是真的。"卫兵回答。

"叫他进来。"洪承畴令卫兵，暗道："孙可望来降，是真是假，待本帅见了来使便知真伪。"

于是，向卫兵道："传令卫队迎客。"

"喳。"卫兵回答着出门去了。

一会儿，洪承畴的帅府便站满了手持刀剑的卫队。

"请。"卫兵带着孙可望派来的使臣走了进来，来人抬头见帅府刀剑林立，清将虎视眈眈，看架势，但也不惧，走了进去。

"帐下来者何人，为何要见本帅？"洪承畴厉声问。

来人因跟随孙可望多年，这种架势见得多了，也不惧，不慌不忙地道："小人是奉我家大王之令，前来与将军报信，秦王愿率军降清。"

"败军之将，有啥资格与本帅谈条件。来人，把这厮推出斩首。"洪承畴大喝。

"喳！"卫兵一拥而上，把来人按住。

"慢着，大将军为何这等急躁，要杀小人，也等小人把话讲完再杀不迟。"来人也大声叫喊。

"放开他。"洪承畴向卫兵挥了一下手，道："有话快讲，有屁快放，如有不实，小心项上人头。"

来人不慌不忙地道："既然大将军不愿与我家大王讲和也罢，不过，临行前我家大王吩咐小人，他有一份厚礼要当面送给将军，若将军嫌弃，不送也罢。"

"啥礼，值得你冒死前来？"洪承畴语气和缓下来问。

"这一份礼，是一份不但将军想要，而且是朝廷求之不得的大礼，它胜过百万雄兵。"来人回答。

洪承畴听来人这么一说，心里暗思："这厮讲的是啥东西有如此重要，不妨先召见孙可望入城，看了那礼物再作处置。如真像这人说的那么重要，能胜过百万雄兵，这功劳被别人抢了去不划算。"

于是，道："既然如你所言，你回去告知你家秦王，本帅愿意与他见面，欢迎他归顺我大清。"

"喳。"来人如释重负，如飞地报信去了。

孙可望见清军愿意接受自己投降，便不假思索地去了南宁，在洪承畴的将军府亲自献上了云贵两省的兵力布防图。洪承畴接过地图，细细看了看，如获至宝。心里非常高兴，道："孙将军深明大义，本帅定当奏明圣上，重赏将军。"

"洪将军言重矣，罪臣只求有个安身立命之地足矣，何求封赏。"孙可望一副小人相。

"孙将军威名，本帅早有耳闻。将军识时务，归顺大清，实乃明智之举，可谓'功在社稷'也。"言罢，向卫兵道："传令下去，犒赏孙将军部下。"

"喳。"卫兵领命如飞地去了。

"将军，今晚先去馆驿安寝，明日本帅定为将军另择府第居住，等吾皇圣旨到时，将军再行升迁。"洪承畴先是安慰孙可望一番，接着去书房写了奏章，把孙可望献作战地图的事一一奏明，把地图包好，令八百里快骑，连夜送去京城，对孙可望等一行降将，请旨定夺。正是：

> 人在穷途不为羞，
> 有志照样乐悠悠。
> 奸人一旦遭挫折，
> 忘记祖宗是己有。

欲知后事如何，请看下一章。

第四十六章

顺治帝厚赏孙可望　清政府调兵人黔境

话说清将洪承畴派人送去京城的奏折，在路上约半月光景，终于到了京城。顺治帝正在后宫休息，武朝门外金鼓齐鸣。不知何人击鼓？顺治帝急忙升殿，只见满朝文武都已聚集，传旨道："各位爱卿，刚才击鼓，不知有何军情，速速奏来？"

顺治帝话音刚落，文班中老丞相出班奏曰："皇上洪福，适才湖广总督洪承畴派八百里快骑送来一本奏折和一份云贵两省的明军兵力布防图。"老丞相献上布防图。

顺治帝拆开一看，见图上标出了明军的地理位置和驻军的数量。霎时龙颜大悦："此图乃至宝也，胜过朕之百万雄兵！"遂传旨曰："孙可望献图有功，朕决定封为义王，其余将士官升一级。令洪承畴派兵护送孙可望等人来京，朕要率文武大臣出城迎接。"

"喳。"黄门官领旨如飞地去了。

黄门官在路上非止一日，月余后到达南宁。洪承畴接人帅府，黄门官宣读圣旨：

"奉天承运皇帝诏曰：着两广总督洪承畴，火速派兵护送孙可望一行，即刻进京面圣。钦此！"

"喳。"清将洪承畴回答着，领了圣旨，急忙去见孙可望，宣读满清皇上的圣意。孙可望见大清皇上不但不追究他的罪责，还给他加官晋爵，封为义王，心里非常高兴，道："罪臣多谢圣上不计前嫌，饶恕罪臣之恩。"

洪承畴道："义王，本帅奉皇上圣旨，派兵护送你们进京，请立即收拾起程，以免吾皇挂念。"

"喳。"孙可望回答着，传令部下收拾起程，完全一副小人相。正是"昨日丧家犬，一朝座上宾"。

次日早起，孙可望在清军的护送下离开南宁向北京进发。

光阴似箭，日月如梭，转眼一月过去，孙可望一行昼行夜宿，在路非止一日，终于到了京城。顺治帝见孙可望一行到了京城，急忙率文武百官出宫迎接，其阵势非常隆重。

孙可望大远就俯伏于地："罪臣叩见皇上。"

顺治皇帝见孙可望一行俯伏于地，趋前一步："孙爱卿平身。"

孙可望受宠若惊，答曰："谢万岁。"起身随皇帝进宫。诗人方文赋有诗叹曰：

> 南海降王款北庭，
>
> 路人争拥看其形。
>
> 紫貂白马苍颜者，
>
> 曾揽中原是杀星。

孙可望来到北京，受清廷如此厚待感恩流涕，痛骂李定国、刘文秀、白文选是"忘恩负义，以下犯上"的小人。

当即表奏顺治帝要求讨伐南明，率兵征云贵。他向顺治帝道："皇上，滇南形势，臣都熟悉，或派兵围剿，或行招抚，臣愿效犬马之劳，以报圣上之恩。"

他还认为不够，又把南明各处的地形、军事机密和盘托出。又写信给他的旧部好友，一齐来降清。他这样做的主要目的，是想让清廷觉得他是一片忠心，殊不知适得其反，顺治帝传旨曰："爱卿一片忠义之心，朕之难忘，实在可嘉。因卿及诸将士连日鞍马劳顿，暂到府中歇息数日，听朕宣诏。"

孙可望一行边叩首边道："谢主隆恩，吾皇万岁，万岁，万万岁！"谢恩出宫。孙可望这样的作为能有多大好处？顺治皇帝会重用他，让其领兵南下？其结局如何？是否会有善终，暂且不表。

后人作诗讽之曰：

疯狗一旦失灵性，

六亲不认乱咬人。

只要他得名和利，

哪管别人生死轮。

且说清政府得了孙可望献的军事地图及其所述云贵各地军事机密，真的如获百万雄兵，顺治帝令孙可望一行出宫以后，急忙升殿，召集满朝文武，商议进军云南之事。

顺治帝坐在龙床上，见文武百官都已齐聚朝堂，传旨道："各位爱卿，今朕得孙可望犹如鱼之得水也。朕思之再三，决定分兵三路，向云贵进攻。"

"皇上英明。"百官齐呼。

顺治帝见文武大臣齐心协力，传旨道："平西将军吴三桂。"

"臣在。"吴三桂回答着，出班跪下。

顺治帝道："朕令你率十万大军为北路军，从四川进攻。"

"喳。"吴三桂领旨退下。

"征南将军卓布太。"

"臣在。"卓布太出班跪下。

"朕令你率五万精兵为南路，从广西进攻。"

"喳。"卓布太回答着，领旨退下。

"靖寇将军罗托、洪承畴。"顺治帝传旨。

"臣在。"罗托、洪承畴出班跪下。

"朕令你二人，率兵十万为中路军，从湖南进攻。"

"喳。"罗托、洪承畴接旨退下。

"各位爱卿，尔等必须加快围剿速度，不能让贼寇有喘息之机，尽快将其全歼。"

"皇上英明，臣等愿效犬马之劳。"众将回答。

"好，朕等你们活捉南明皇帝朱由榔的胜利消息，出发！"顺

225

治帝下令。

"喳。"吴三桂、卓布太、罗托、洪承畴四将回答着领旨如飞地去了。

清廷三路大军向云贵滚滚杀来，欲知南明朝廷如何应付，其命运如何，且看下一章。

第四十七章
李定国攘外先安内　清兵顺利人驻贵州

清兵大举南侵，作为南明朝廷的重臣李定国不但不思迎敌之策，还坚持"攘外必先安内"，把主要精力集中在收复孙可望的心腹旧部王自奇、张明志等人的身上，他的这一做法，简直是他一生在军事生涯中犯的最大的错误，后来他自己意识到这个问题，也无法原谅自己。后人有诗为其叹曰：

> 将军一身好喜功，
> 战绩卓著有谁同？
> 平生可谓先士卒，
> 一误促成千古痛。

顺治十六年（1659）二月二十五日，清军三路大军挺进贵州。此时的李定国还在云南的永昌进攻王自奇部，大军压境，王自奇哪里是李定国的对手。晋王兵到，王自奇手下的将士不战自降者甚众，箭在弦上不得不发，王自奇只好硬着头皮，率剩下的士兵与李定国交战。不到三天时间，王自奇就被李定国战败逃向云南腾越。李定国率兵紧追不舍，王自奇自知难逃，部下所剩无几，只好拔剑自刎身亡。

在楚雄的张明志军，见永昌的王自奇战败身亡，只好屈膝投降。李定国终于平定了内部，此时却失去了消灭清军的有利战机。等他用几个月时间平定了内部，又把亲信从边关调到昆明，清军已经占领了整个贵州，即将进兵云南。正是：

> 贻误战机不容诛，
> 误国殃民罪难复。

227

　　　　　　诚是悔过千万次，

　　　　　　终未化解来时路。

　　原来清军三路大军奉旨出发后，平西王吴三桂就从四川自沔阳进驻朝天驿。同年三月初，打到保宁。三月十四日，占领合州。南明守将杜子香，见敌众我寡不敢抵抗，只好弃城逃跑，致使重庆落入清军之手。吴三桂顺利进人重庆后，不敢迟疑，又令李国翰为先锋，继续追歼逃敌，很快突破乌江，占领贵州重镇遵义。

　　吴三桂在占领遵义的同时，靖寇将军罗托与洪承畴从孙可望的旧军队中挑出十九名精通云南各地地形的士兵为向导，带领大军前进。他们一路攻克沅州、靖州，把湖南一带的南明军队击溃，直接攻进贵州的镇远、平越，于四月初，来到贵阳。贵阳守将冯双礼见清军势大，不敢力敌，只好提前弃城逃走，进人云南，把这座贵州重镇让给清军。

　　征南将军卓布太从广西率军深人，一路招抚了南丹、那地、抚宁的土司贵族，攻克了独山、都匀。至此，整个贵州全部被清军占领，形成了对云南的大包围，此时，南明朝廷才感到事情的严重，急忙调兵迎敌。正是：

　　　　　　大兵压境思对策，

　　　　　　君心一致终可得。

　　　　　　岂料苍天不作美，

　　　　　　半道出错天下灭。

　　欲知后事如何，且看下一章。

第四十八章
永历帝颁诏御敌　李定国调兵遣将

　　清军对云南已形成包围之势，南明朝廷才慌了手脚。七月八日，永历帝升殿，文武百官三呼已毕，永历帝传旨曰："众位爱卿，现在大敌当前，贼寇已攻占了整个贵州，对云南形成了合围之势，情况危矣。"永历帝已经感到事态的严重性，国家危在旦夕，不得不硬撑着，临危遣将。

　　为了彻底粉碎清军的围剿，他下旨："李定国。"

　　"臣在。"李定国出班跪下。

　　永历帝道："朕加封你为'兵马招讨大元帅'，全权负责军事布置，出兵消灭清军的围攻。"

　　"遵旨。"李定国临危受命，领旨人班。

　　"诸位爱卿，可还有本奏？若无事奏，退朝。"永历帝传旨。

　　百官默不作声，太监拂尘一甩："退朝。"

　　"吾皇万岁，万岁，万万岁！"文武百官三呼。

　　李定国领旨，不敢懈怠，急忙来到兵部，将圣旨供于大堂，向传令兵道："传令三军将士，火速前来议事。"

　　"遵命。"传令兵如飞地去了。

　　不一会儿，众将齐集帅府，李定国开言道："众位将军，现在大敌当前，清军压境，想必众将都已知晓。今天圣上传旨出兵御敌，身为大明朝臣，没有不为圣上分忧之理，我等唯有效犬马之劳，以报效朝廷。因此，本帅决定出兵迎击清军，收复失地，众位以为如何？"

　　"愿听元帅调遣。"众将回答。

"好，既然众将都愿听吾调遣，以此效忠大明，现在本帅开始调集兵马迎战，凡点到名的都一一出列，听候调用。"李定国下令。

"明白。"众将回答。

"冯双礼、祁三升。"

"末将在。"冯双礼、祁三升出列。

李定国道："本帅令你二人，率三万兵马驻守在南盘江东岸，直插鸡公山，拒敌罗托、洪承畴部。"

"遵命。"冯双礼、祁三升领令退下。

"李承爵、张先璧。"

"末将在。"李承爵、张先璧出列。

"本帅令你二人，率三万步兵直抵普安州黄草坝营（贵州兴义境内），堵住清将卓布太。"

"遵命。"李承爵、张先璧领令人列。

"白文选。"

"末将在。"白文选出列。

"本帅令你率兵五万，出七星坡（贵州赫章县境）、孙家坝，佯攻遵义，拒敌吴三桂部。之前，我已派人与这些地方的土司霭东十三家取得联系，令他们出兵支援你们。"

"遵命。"白文选领令人列。

李定国将三路兵马分派已定，道："为了更好地消灭清军，本帅将亲率十万大军为中路，进至北盘江铁索桥（今贵州盘江桥）一线，配合各路大军收复失地。"

"遵命。"众将齐声回答，领令如飞地去了。

李定国调拨已定，卫兵带进一个人来，道："报告元帅，刘文秀派人求见。"

"就是你吗？"李定国见卫兵身边站着一人便问。

"正是小人。"来人回答。

"前些日听说他病了，好些没有？"李定国问。

"好啥，刘将军那病一日重过一日，怕难治好。不过，他听说清军大举南侵，而且占了很多州县，很不放心，派小人来面见大帅。他说大帅若收复遵义、重庆，一定会联合夔东十三家。十三家虽兵多将广，但是兵源很复杂，将士之间时有纠纷，大帅联合他们，必须先派兵进去收编他们。一方面可壮大军威，另一方面可化解他们之间的矛盾，为大帅所用。"来人告诉李定国。

李定国本就为刘文秀上次提出的收编孙可望旧部三万人"以练备边"的建议感到不满，才以"召之还"为由，令其回昆明。今见其言，认为刘文秀有意在卖弄才华，不以为然。向来人道："这一点本帅已经做了安排，转告刘将军，叫他放心。"来人见李定国没有采纳，也不便多讲，只好告辞回去复命。

刘文秀躺在病床上，见亲信回来，忙问："李将军如何回答？"

亲信道："将军之言，小人如实禀告李将军。李将军说他已安排好了，请将军放心，似有不采纳之意。"

刘文秀一听，心里一惊，道："李将军误国也！"口吐鲜血，至夜身亡。后人有诗叹曰：

> 赤胆忠心欲报君，
>
> 寿短无缘空怀贞。
>
> 只防片言能回首，
>
> 岂料上苍不答应。

欲知后事如何，请看下一章。

第四十九章
冯双礼盘江待援兵　黄观道巧言骗定国

李定国打发走刘文秀派来的人，传令大军起程向贵州杀来，直到普安州盘江桥一带扎下营盘。一快骑如飞赶来，道："报元帅，冯双礼有紧急情报。"

"呈上来。"李定国令侍卫。

侍卫从送信人手里接过信，呈上去。

"冯将军那边情况怎样？他到了哪里？"李定国问。

来人道："冯将军与祁将军日夜兼程，已经打到鸡公山，拿下了镇宁，占领了制高点。因兵力不足，正在固守待援，将军派末将前来请大帅速派援兵，好一举攻下贵阳。"

李定国看了冯双礼的信，向来人道："好，这样很好，本帅这就增派援兵。"

"多谢元帅。"来人领命起身，上马如飞地回去了。

李定国见冯双礼催得紧，正欲下令派兵，辕门外卫兵又跑进来，道："报，大帅，清将洪承畴派使求见。"

"啊，洪承畴为何派使见我。莫非他这位大清功臣，见本帅天兵压境，不敢出战，是归降来啦？"李定国暗暗思忖着，向卫兵道："带进来。"

"遵命。"卫兵回答着如飞地去了。

不一会儿，卫兵带进一个虎背熊腰的中年大汉。李定国见来人壮如牛牯，问道："你是何人，见本帅有啥事？"

大汉见李定国厉声问，回答道："大将军，小人是奉我家主公密令，送书信给你。"言罢，从怀里拿出密信递了过来，卫兵接过交给李定国。

李定国看了来人一眼，把信拆开，那信写道："洪某本来侍奉先朝，志切同舟，惟俟吴（吴三桂）之至，领兵以听指挥，无烦王师远出也。今将军兵至，罢俯难扼，虎威所至，有谁敢不服将军耶？洪某愿率己师与将军共谋大事，怎赖今日，寄人篱下，恐兵微将寡，难敌贼手，所以联将军，愿为内应，削敌一路，助将军反清复明之大业。唯唯！"

李定国看毕，向来人道："回去转告洪将军，就说本帅之意，欢迎他弃暗投明，他只需按兵不动，待本帅收复贵州以后，定有重赏。"

"多谢将军，小人这就告辞。"大汉出门，上马如飞地去了。

李定国见清将洪承畴有意投靠自己，愿助一臂之力，心中暗喜，决定发兵增援冯双礼、祁三升部，以便尽快攻下贵阳。

不料，辕门外却来了一位道人，手执拂尘，口中念念有词，朗声道："道祖慈悲。"拨开卫兵走了进来。

"何方妖道竟敢闯我大营？来人！"李定国朝门外大喊。

"在。"卫兵从外面跑了进来。

"轰出去。"李定国下令。

"道祖慈悲，贫道奉玉皇大帝差遣，率十万天兵助将军，将军如何这般无礼！"老道双手合十。

李定国这才细细打量起老道，见他童颜鹤发，仙风道骨，遂不敢怠慢，向卫兵道："你们下去。"

"是。"卫兵放开老道退了出去。

李定国见卫兵退了下去，向老道抱拳施礼，道："适才多有冒犯，还望大师恕罪，大师请坐。"热情地给老道倒了一杯茶，开言道："大师驾临，有何妙计？使吾打败清军？"

老道见李定国上钩，故弄玄虚地说道："贫道自幼学得奇门遁甲，能呼风唤雨，请天上神兵助战。"言罢，走出辕门，把他早就准备好的数百个木偶人给李定国一行人看，道："这些神兵天将，只要贫道念动真言咒语就会上阵杀敌，而且刀枪不入，所向披靡。"

常言道："眼见为实，耳听为虚。"李定国一行当然不信，便道："既然上仙有如此神力，就请上仙一试，也让我等见见。"

"唉！将军此言差矣，没听说这些天兵神将要择吉日才能动吗？"老道微闭两眼。

"这个不知。"李定国回答。

"既然不知，将军就不用多问，贫道既然到你军中，就一定帮将军作法请天兵助战。"老道告诉李定国。

"何日是吉日？"李定国问。

老道掐指算了算，道："看来这个月是没有，要到下月甲子日，方可动得。"

李定国见老道说这个月没有吉日，要到下月，心想："莫非天助本帅要成大事！"遂不言语，加上各路大军还没有到达指定位置，老道如真能请得天兵助战，无疑是一件好事。联想刚才清将洪承畴之言，李定国窃喜，倒也不再追问，等待吉日出兵，有何不可。三国军师诸葛亮摆"迷魂阵"，吓走司马懿的事不是没有。李定国相信这一点，所以他按兵不动，把冯双礼、祁三升的求援当耳旁风。欲知李定国这样决策后果如何，请看下一章，细细道来。

第五十章

神道施奸计　定国失良机

话说李定国见老道说这个月没有吉日，他又偏信老道奸计，加上各路大军未到指定位置，便也依了老道，不把冯双礼等请求援兵的事放在心上，憨憨等到下月甲子日。

转眼一月过去，吉日已到，李定国照老道的意思，令众将在军营搭起一座七层高的神坛，令士兵排下香案，灯烛祭品，单等老道登台施法。众军排列于四周，把神坛围在中间，神坛层层灯火通明，照亮如白昼。老道在众道士的簇拥下，来到神坛下面，先是祭坛。只见他面向神坛，一手执拂尘，一手捏着剑诀，微闭双目，口中念念有词。把一只公鸡紧紧地攥在手里，用劲将鸡冠掐出血，在神坛四周，边转边念：

> 一点东方甲乙木，
> 凶神恶煞往外出。
> 二点南方丙丁火，
> 凶神恶煞往外躲。
> 三点西方庚辛金，
> 凶神恶煞无处行。
> 四点北方壬癸水，
> 凶神恶煞般般退。
> 五点中央戊己土，
> 凶神恶煞入地府。

念毕，把鸡抛下神坛，拂尘向空中一甩，把神坛上的净水抛向空中用手指弹了三下，小道士烧了纸钱。老道便在神坛下面的空地上，风摆柳似的舞起剑来，口里不断地念叨：

"天灵灵，地灵灵，玉皇大帝快显灵……"

这样不断地反复几次，手里的一把桃木令剑，一会儿指向天空，一会儿指向东南西北，手舞足蹈，不停地比画起来，全身筛糠似的摇晃不停，抖作一团，犹如万神缠身，坐立不安。口里还是：

"天灵灵，地灵灵，玉皇大帝快显灵……"

弟子不断地在他身旁烧纸钱。

半天，老道似乎跳累了，自己长长嘘了一口气，砰地歪在神座上，弟子将他扶起，又化了纸钱，他才如梦方醒。看看周围，李定国及众将几万双眼睛正目不转睛地盯着，老道装作不知，便道："刚才仙家都说了些啥？"

弟子道："师父，你被神兵推倒了，他们好像不高兴。"

"哦，原来是这样。"老道哈欠连天，站了起来。

李定国走近神坛，道："法师，玉帝下旨没有，天兵何时下来？"老道定了一下慌乱的神色，道："刚刚玉帝说了，将军心还不诚，是有一点不到之处，不过贫道向玉皇大帝百般求情，玉帝最后发话，三天以后，备下三牲酒礼，虔诚祭拜，天兵自然降临。"言罢出坛，回房歇息。

李定国见天意难违，只好再等三日，令将士们亦回军营不表。

三天光阴，很快即过。李定国向卫兵道："去请大师登坛作法。"

"遵命。"卫兵如飞地去了。

不一会儿，卫兵急匆匆地走了进来，道："报，元帅，道人不见了。"

"什么？"李定国一惊，忙去老道住处，已是人去屋空，问门卫，门卫道："老道已去三日，说去天台山取宝剑。"

李定国捶胸顿足道："上当矣。"正是：

> 妖道一言阻雄兵，
>
> 将军一再误军情。

一旦识破是诡计，

天兵荡然难回程。

　　这时，探马来报："大帅，攻贵阳的冯双礼部，在鸡公山见不到援兵，不但攻不进贵阳，反被贵阳守军杀来，撵得东躲西藏，四处逃窜，吃了败仗，派兵前来求救。"

　　李定国见冯双礼部已败，进攻重庆、遵义的另外两路大军也相继被清军打败。此时，李定国才后悔被妖道给耍了，自己贻误了战机，挥剑杀了老道留下的两人，才急急忙忙传令出兵。可是为时已晚，清军消灭了他的三大主力，正以排山倒海之势向他围了过来。又值大雨不断，道路泥泞难走，许多将士都生病，这样的军队还有多少战斗力，只有挨打的份了。

　　李定国呀李定国，你就是个十足的大混蛋，作为一军之最高统帅竟做出如此荒唐之事，误国也。

　　欲知他们的命运如何，李定国将如何挽回败局，请看下一章。

第五十一章
清军打败李定国　永历君臣思逃离

话说清军占领贵阳以后，听说南明已派晋国公李定国挂帅，调集几十万军队分兵三路杀来。为了巩固目前的胜利果实，顺治皇帝急忙升殿，召集文武大臣商议对策。他向信郡王多尼道："朕派你为三路统兵大元帅，前去贵州统一指挥三路大军，一定要把南明军队全部消灭，活捉永历帝。"

"遵旨。"多尼回答着领旨出朝如飞地去了。

九月，多尼来到贵阳，向贵阳守将罗托、洪承畴道："现在我军一定要趁南明军队刚到鸡公背立足未稳，他们的援军未到达之机，出其不意，一鼓作气，掩杀上去，定可打败南明军队。"

"末将已写了一封诈降书，派人送给李定国，那个草包将军收信后，一定会拖延时间，等他反应过来时，我军大事已成矣！"洪承畴告诉多尼。

"将军这样做很好，战场就应该足智多谋，不择手段。"多尼听了洪承畴的计谋，非常高兴，道："我军已休整多日，士气旺盛，是出兵的最佳时机，趁冯双礼的援军未到，向鸡公背发起猛烈进攻，拿下鸡公背，打败冯双礼，配合另外两路偷袭云南的大军做外应。"

"喳。"罗托、洪承畴领令去讫。

正在鸡公背等待援军的冯双礼、祁三升，不防清军来得这么快，而且士气如此之旺盛，双方交战不到两个时辰，明军就抵挡不住，潮水般溃败下去。冯双礼、祁三升被清军杀散，难以聚集，被清军撵得东躲西藏，只顾逃命，不但失去了鸡公背，就连关岭、晴龙、普安、平彝、交水、曲靖也相继沦陷。

清军势如破竹，南路大军卓布太见中路军罗托部大获全胜，也向南明守将李承爵部发起进攻，他们来到罗炎渡口。泗城土司为了讨好清军，向清将卓布太道："大将军，昨天明军撤离时，下令把所有船只销毁，现在都沉在江中，这些船如果打捞上来，再把漏洞补好，即可渡人。"

卓布太听了，高兴地道："大人此举，真是明智之举，待本帅破敌之后，一定奏明我大清皇上封你个一官半职，以期光宗耀祖。"言罢，向副将道："你速带三千士兵去江边，想法把船只打捞上来修好，以便本帅调用。"

"喳。"副将领令如飞地去了。

他们来到江边，按土司的指点，几名会水的士兵潜入江心，果然发现被沉的渔船。

"全部都捞上来。"副将下令。

"喳。"士兵们回答着，都潜到水里，用绳索把船拴紧，然后令岸上的士兵用战马把船往岸边拉。不到半天时间，几十条木船就拖到江岸，清将令工兵连夜加紧抢修。

光阴弹指，转眼半月光景过去。卓布太令工兵昼夜不停，加班加点，终于把破船修复，大批清军渡过了罗炎，直取安龙。

明军守将李承爵见卓布太率大批清军杀来，急忙率守城将士迎战。双方在安龙浴血奋战，死伤无数，明军直到最后也无一兵一卒投降，全部血染沙场，以身殉国。

明将李定国见李承爵战死，急忙率三万人马赶来救援。当他率军来到罗炎渡口时，前面逃出来的士兵告诉他："安龙已经失陷，守将李承爵战死。"李定国听了，仰面叹曰："我之过也！"心里非常难过，向将士们下令道："渡江，为李将军报仇！"

"冲啊！"明军将士们在主帅的带领下渡江杀向安龙。

清将卓布太刚战败李承爵，大军还来不及休整，见明将主帅李定国率兵杀来，猝不及防，被明军打得大败，吓得弃城逃跑，清军

铁马金戈

丢盔弃甲者不计其数。

明军追歼逃敌数十里，斗志正盛。后军士兵跑来向李定国道："报，大将军，后面山谷起火。"

"啊！"李定国抬头一见，大吃一惊，忙传令："停止前进！"

登高处一望，果见山谷火起，其势越烧越旺，漫延整个山谷。

"撤退。"李定国下令。

明军将士见大火骤至，个个吓得掉头就跑。这时，被明军追得到处逃窜的清军有了喘息的机会，清将卓布太又重整旗鼓，率军调头向明军掩杀上来。

李定国见清军新败还有如此强大的反击能力，忙问副将："这是何人的部队，为何对我军的撤退路线如此熟悉？"

副将回答："听说是孙可望昔日的部将康国臣为他们做向导。"

"啊——"李定国大吃一惊，忙向副将道："这事不可张扬，以免惑乱军心。"

"遵命。"副将回答。

南明军队，一溃千里。清军北路大将李国翰见南明守将白文选率大军直捣重庆，意欲与夔东十三家土司军队联合进攻，吓得急忙向遵义的吴三桂求援。吴三桂闻报，急忙召集众将，商议救援。

因为他怕明军占领重庆，截断了自己的粮道，所以急忙派兵增援。由于清军来势凶猛，正在攻打重庆的夔东十三家土司，便把自己的军队悄悄地后撤了三十里，明将白文选见夔东十三家军队不可靠，再战怕吃亏，只好下令撤退。

赶来增援的吴三桂见明军败退，也无心追击，率兵返回遵义。退去不远的明军，见清军的援兵返回，重庆又成一座空城，于是率兵返回，复攻重庆。重庆守将李国翰见明军复回，只好率城中军民奋起抵抗。千钧一发之际，东门外夔东十三家军队发生内讧，互相残杀，明将白文选一时没有控制住局面。正处下风的清将李国翰看得真切，打开城门，率军趁乱杀了出来："冲啊——"

混战的明军很快被冲乱，当兵的找不到当官的，当官的抓不住当兵的。一时大乱，互相冲闯，践踏死者不计其数。明军很快大败，丢了孔家坝，不得不走七里关，一路溃败，一溃千里。

原来，夔东十三家土司首领李来亨接到明军统帅李定国的书信，急忙召集十三家头领开会，商议出兵援明。他向十三家头领道："各位头领，现在是大敌当前，清军不断南侵，朝廷要求我们有力出力，有钱出钱，团结一心，抵抗侵略。所以，召集各位前来商议出兵之事，我们只有与明军一起携起手来，才能把清军赶出重庆，还我川中。"

"大哥，你说怎么打？兄弟听你的。"谭元站起来说。

"我想既然朝廷已下令，我们一起出兵，按朝廷的布置，先去攻打重庆。不过，为了统一指挥，我们还要选出一名总指挥，统一调令各路兵马。"李来亨提议。

"我看这样，既然大哥提出来，这次攻城的总指挥就由谭二哥担任。"十三家总兵中的老三提议。

"不行，老三，我没有指挥攻城的经验，大伙还是另选别人。"谭元不同意。

"你就担起来吧，我们都愿听你的调令。"十三家总兵都一齐表态。

"老二，既然众头领都同意，你就不要再推辞。"李来亨望着谭元说。

"大哥，我——"

"好啦，这事就这么定了。"李来亨不等谭元说完就打断他的话宣布决定。

谭元见众头领都愿听他的号令，只好不负众望，担起这副担子，道："既然承蒙各位信任，谭某只好听令。各位下去速做准备，三日后，准备出兵。"

"遵命。"十三家总兵齐声回答。

明军与十三家军队联合攻打重庆三昼夜，眼看城池将破。清将吴三桂由遵义率兵来援，其实变化并不大，只要大家齐心协力，同样是可以战胜的，但是作为十三家总指挥的谭元下令十三家军队撤出了三十里扎营，使攻城的明军失去了主动权，白文选不得不下令后退，避开清军。

"二哥，我看这仗没法再打了，干脆撤走算了。"十三家军老七向谭元提出。

"七头领，战斗才开始，我们就撤走，这样做不好，再说朝廷对我们也不薄。大家都说好的，一定配合朝廷的军队攻下重庆，我们不能不讲信义。"谭元劝七总兵。

"二哥，理是这个理，就怕打不赢。"七总兵忧虑地说。

"好啦，你下去歇着，本帅自有安排。"谭元鼓励老七。

"行，小弟听你的。"老七走了出去。

不几日，明将白文选见清将吴三桂率兵返回遵义，于是派兵向谭元联系，准备再次攻城。谭元向来人道："请转告李将军，我们一定配合。"

"好，末将告退。"来人见十三家首领表态，放心地回去复命。谭元送走了明使，传令："三军出发。"

明军与十三家军队正在激烈地进攻重庆时，意外发生了。蓄谋已久的十三家军中的老七见谭元不听他的，执意配合明军攻打重庆，趁乱靠近谭元，不由分说，手起刀落，斩谭元于马下，同时，大喊："清军来了，总指挥被杀，快跑。"率先后退。

他这一喊，军中顿时大乱，不听指挥，互相践踏，死者无数。重庆城中垂死挣扎的清军见了，顿时来了精神。

"杀呀！"率军队开城门掩杀出来，致使明军反胜为败，一发不可收拾，最后一败涂地。率军赶来支援的李定国，见前面喊声大作，杀声如雷，急忙令士兵："快去探来。"

"遵命。"卫兵如飞地去了。不多时，卫兵来报："元帅，十三家军队内讧，谭总指挥被杀，军队大乱，致使大败。"

"啊！难怪清军一下子来了精神。"李定国大吃一惊，这时前军已遭清军冲乱，再也无法指挥。

"元帅，快撤。"副将赶来保住李定国向北撤。

这一仗，对明军来说，可谓"尸横遍野，哀鸿满地"。兵民死伤过半，李定国的妻子儿女，已经被清将卓布太下令处死。有诗叹曰：

> 将军不听文秀言，
>
> 至有遵义一败迁。
>
> 十三家兵缺整训，
>
> 开战自然怀私心。
>
> 未败内部先内讧，
>
> 致使贼人转为胜。
>
> 欲挽战局力不足，
>
> 逼迫销隐重振兵。

吴三桂在当地少数民族向导的带领下，从小路直抄乌撒军民府（贵州威宁一带），控制了七里关的大路。使明将白文选腹背受敌，只好仓促撤军。就这样，三路清军不费吹灰之力，便在云南曲靖会师，实现了对明军的大包围，完成了即将消灭南明军队活捉永历帝的战略目的。

清军直逼昆明，永历帝急得像热锅上的蚂蚁团团乱转，也无计可施，急忙传旨召集文武大臣，商议退敌之策。百官三呼已毕，永历帝开言道："各位爱卿，前方战事失利，清兵大举南侵，已经打到曲靖，昆明即将沦陷。各位可有退敌之策，速速奏来。"

永历帝话音刚落，刘范出班奏曰："圣上勿忧，既然现在清军压境昆明不保，依臣愚见，不如按刘文秀遗表行事，也就是先人巴蜀，走建昌与十三家军队为依托，'出营陕洛'，这样，可转危为安。"

"圣上不妥。"李定国站了出来，奏道："臣以为应撤入湖南之峒，胜则六诏复为我有，不胜则入交趾，召针罗诸船，航海至厦门，

243

与延平王郑成功合师进讨，不失为先见之策。"

"圣上，臣以为还是不妥。"马吉翔站了出来，道："臣以为应向滇西。万一清兵追来，我军可以在滇西一带大山中与其周旋，等待时机，万不得已，还可以退入缅甸，到国外避难。"

"圣上，臣以为马大人所言可行，我们不必舍近求远，劳师袭远。"金维新出班启奏。

"臣等以为，马大人之计可行，望皇上明鉴。"朝臣马雄飞、杨在、沐天波等一齐上奏。

永历帝见朝中大臣都一致认为撤向滇西最妥，只好准奏，转向李定国道："众臣之意，李爱卿以为如何？"

李定国见朝中大臣主张去滇西，圣上已经下旨，眼下这番话，不过是给他一个面子，只好道："既然朝臣们以为去滇西比较好，就依百官之言撤向滇西。"

永历帝见大臣们都没有意见，于是下旨："撤向滇西。"

圣旨一下，皇宫嫔妃忙碌起来。正是：

> 贼兵未至彼先乱，
>
> 朝臣还在怀鬼胎。
>
> 不思谋略先安国，
>
> 只顾逃跑何处安。

欲知后事如何，请看下一章。

第五十二章
永历帝慌忙逃滇西　大清兵会师昆明城

话说南明朝廷，兵败如山倒，在昆明准备了三天，永历帝就带着满朝文武逃向滇西。大将军李定国不但不想方设法起运城里的粮草，还发布文告："本藩在滇多年，与尔人民，情同父子，今国事颠危，朝廷移跸，尔等宜乘本藩未行之际，勿致自误。"

还劝百姓疏散，并命令各营："不得毁其仓廪，恐清军至此无粮，徒害我百姓。"如此一来，城中粮草除部分由明军带走以外，大多数完整地保存下来。

永历帝为了逃命，不顾大臣们的去留，径自逃走。兵部尚书、吏部尚书，还有左金部御史钱帮芭等，在一起密谋。钱帮芭道："王大人，看来大明江山不久矣！我等现在不想法归隐，一味地跟皇上西去，将来不但没有归途，怕是死无葬身之地也。"

"钱大人言之有理，我等也有此意，只是碍于皇上的恩典，不好弃之。既然大人也有此意，不妨拖些时日，等圣驾离开以后再作打算。"王尚书告诉钱帮芭。

"既然二位大人都愿归隐，我留下又有何用，不若一同归隐。"吏部张尚书言罢也同意。三人商议已定，秘密带着各自的家眷逃走了，不在话下。可谓：

> 君无定国意，
>
> 臣不愿侍君。
>
> 再不思归隐，
>
> 将来无葬身。

顺治十五年（1658）十二月十五日，以永历帝为首的南明朝廷离开了昆明，城中百姓愿随其走的不下数十万。由于百姓参与逃难，明军每天走不多远就要停下来安寝。

这样拖家带口的行程，给潮水般杀来的清军创造了绝好的时机。大将军李定国几次向永历帝奏曰："圣上，一路之上，带着这么多百姓行军不妥，万二清军追来就糟啦。"

永历帝望了一眼拖家带口的百姓，泣道："李将军，朕之百姓愿随吾去，朕何忍弃之。"遂不从。

李定国见永历帝不愿抛弃百姓，也不好再劝，只好出帐，带上卫队去巡营。他望着沿途住下的百姓，叹道："吾之过也！"遂向永历帝请求自罚，愿免大将军之职，以惩己过。正是"事已至此，罚有何用"。

且说清军三路大军，在曲靖会师后，稍作休整，就向昆明进军。顺治十六年（1659）正月初三日，清军三路大军攻下昆明。清信郡王多尼，把王府设在永历帝住过的宫里，就迫不及待地召集众将商议追歼逃敌。他向平西将军吴三桂道："据探子来报，永历帝君臣逃去不远，就在永昌一带，而且行动很慢，一天行程，不过二三十里。照此速度，我军只需几天就可以追上，全歼这股残敌。所以本王令你速率十万大军追歼逃敌，必须活捉永历帝。"

"喳。"吴三桂领令如飞地去了。

再说明军走不多远，后军探子来报："将军，清将吴三桂率追兵杀来了。"

"啊。"明将李定国大吃一惊，忙向总兵靳统武道："将军率四千精兵，保护皇上，先往腾越（今腾冲一带）。"

"遵命。"靳统武领令如飞地去了。

"白将军率兵三万，守住玉龙关，作为防守腾越的屏障。此地非常重要，一旦失守，腾越不保，将军一定要小心布防。"李定国命白文选。

"遵命。"白文选如飞地去了。

白文选走了以后,李定国又向副将道:"传令下去,大军留守永昌,准备与清军决战。"

"遵命。"副将传令去了。

"报,大将军,玉龙关发现贼兵。"清兵探子如飞地来到吴三桂的军中报告。

吴三桂道:"传令大军停止前进,探子再去探来前面守将何人,有多少兵马?"

探子答:"大将军,小的探明,守玉龙关的是明将白文选。"

吴三桂见守玉龙关的是白文选,暗道:"天助我也。"忙向帐前副将道:"张将军,本帅给你五万兵马,带上火炮攻下玉龙关。"

"末将遵命。"副将回答着领令如飞地去了。

玉龙关守将白文选正在军中议事,守将跑了过来:"报,白将军,清军已经到玉龙关外扎下营盘,很快就要攻山。"

白文选道:"传令守军全体将士,打起精神与清军决战。"

"轰,用炮炸平它。"清将张副官向炮兵下令。

"轰轰轰!"清军向玉龙关开炮。

"冲啊!"清军呐喊着涌向玉龙关口。

"将军,城墙已经被清军炸开好几道口子,大批清军涌了进来,已经顶不住了,怎么办?"副将边战边问白文选。

白文选杀散身边的贼兵:"城墙都被炸毁,没了御敌屏障,还能怎么办,边打边撤。"

副将道:"遵命。"

李定国正在帅府与几位总兵商议军机,探子如飞地跑了进来,道:"报,大将军,白将军防守的玉龙关失守。"

"啊,白文选怎么搞的,这下完了。"李定国闻报顿足,问:"白将军现在何处?"

探子回答:"白将军已率残军退向大理一带。"

　　"既然这样，你速去通知靳总兵，叫他保护皇上先去腾越，本帅率军即刻就到。"李定国只好如此布置。

　　"遵命。"探子不敢怠慢，转身飞快地上马去了。欲知后事如何，请看下一章。

第五十三章
李定国设计击清兵　卢桂生密报吴三桂

话说李定国见清军大败白文选于玉龙关，非常吃惊，向卫兵道："传令靳统武保护皇上撤向腾越，其余将士随本帅迎战清军。"

顺治十六年（1659）二月，清将吴三桂得寸进尺，大军不断穷追白文选，两军在大理一带展开激战，明军誓死不降，个个奋起抵抗。

"轰，加强火力，一定要把他们防守的炮台炸掉。"吴三桂恼羞成怒。

"轰轰轰——"

清军开始猛烈地轰炸明军炮台，明军防守的阵地被炸开几道口子。

"冲啊——"吴三桂指挥清军杀了上去。

"报，大将军，清兵已占领前沿阵地。"先锋派兵告诉白文选。

"撤。"白文选见前方失利，料难抵敌，下令后退。

正在永昌固守的李定国见白文选不断后撤，清将吴三桂长驱直入，气势汹汹地穷追不舍，大怒，道："吴贼，欺老子奈何不了你。"言罢，向卫兵道："传令大军向磨盘山挺进。"

"遵命。"卫兵如飞地去了。

李定国率兵来到磨盘山，见这一带山高林密，道路崎岖，处处沟壑纵横，是伏击敌人的理想之地，便向众将道："现在清兵压境，来势狂妄，全然不把我军放在眼里。因此，本帅决定，在这一带伏击，打他个措手不及。"

"愿听元帅调遣。"众将回答。

"好，现在开始布阵。"

李定国言罢，向窦民望道："本帅令你率三千兵马，带上火药、硫黄，沿磨盘山坳埋伏。一旦清军进人，听吾中军号炮一响，立即点燃火药，截断敌之退路。"

"明白。"窦民望退下，率军如飞地去了。

"高文贵，本帅令你率三千兵马，沿磨盘山右侧山谷设伏，一旦中军炮响，亦率军杀出，不得有误。"

"明白。"高文贵接令退下。

"王国玺，本帅令你率三千兵马，在磨盘山北边山谷埋伏。一旦清军进人伏击圈，断其前路。号炮一响，一齐杀出，不得有误。"李定国下令。

"明白。"王国玺领令退下。

"三军将士听令，今夜三更造饭，五更出发。"李定国下令。

"遵命。"众将回答。

二月二十一日拂晓，吴三桂果然率清兵来到磨盘山，也不派兵侦察，竟挥动大军朝山谷而来。走了两个时辰，前面山谷一下窜出一人，大叫："前面清将听着，小人欲见你家主帅。"正是"精心布下迎敌阵，一旦毁于奸诈人"。

"你是何人，为何要见我家主帅？"先锋策马来到那汉面前厉问。

"小人卢桂生，有秘密情况报告。"那汉子回答。

"随我来。"先锋领着卢桂生，来到中军大营，道："报，元帅，有一位汉子说有要事告诉。"

"带进来。"吴三桂传令。

先锋带着卢桂生走了进去。

"你是何处汉子，为何要见本帅？"吴三桂见先锋带进来一个五大三粗的大汉，厉声问。

"大帅，去不得啦，前面山谷有埋伏。"卢桂生把李定国的埋伏计划告诉了吴三桂。

"啊！"吴三桂暗吃一惊，看看这一带地形非常复杂，确实是行兵布阵的好地方，卢桂生之言不可不信，向卫兵道："传令大军停止前进。"

"喳。"卫兵领令，如飞地去了。

吴三桂令大军停止前进，向李国翰道："你率三万兵马沿峡谷左边山上搜索前进。"

"喳。"李国翰领令如飞地去了。

吴三桂又向副将道："你率三万兵马沿峡谷右边山上搜索，本帅自领中军随后跟进。"

"喳。"副将亦领令去讫。

埋伏在草丛中的南明军队，见清军半数以上进入伏击圈，正兴奋之际，突然见他们停了下来，正在疑惑，清军一下子调转马头向山外撤。

李定国正想派人看个明白，清军却派出两支人马，沿峡谷的左右山腰搜索而来，眼看他们就要走到潜伏队伍的前面，情况万分危急，这一场精心布置的伏击战就被打乱。李定国只好将计就计，令潜伏部队主动出击，打乱敌人的计谋。

"杀呀！"

明军一下杀向逼近的清军，短兵相接，炮火连天，整个磨盘山谷杀声震天。从早到晚，吼声如雷，死伤惨重。清军中也有很多将领战死，其中包括固山额真沙里布在内的十八名将官都战死，南明遗民刘彬作诗叹曰：

> 凛凛孤忠志独坚，
> 手持一木欲撑天。
> 磨盘战地人犹识，
> 磷火常同日色鲜。

此次战役，从军事和斗志上充分表现出李定国卓越的军事指挥才能和顽强果敢的精神，使清军再也不敢骄横穷追。李定国见叛徒卢桂生泄露了这次绝好的伏击计划，打乱了整个战役的决战节奏，心里非常痛恨，真想活剥了他。

激战中，因清兵势大，不能长久坚持，一方面又要保护永历帝，只好下令趁夜悄悄撤出战场，向孟定方向转移。欲知后来如何，请看下一章。

第五十四章

马吉翔挟帝逃缅甸　李定国重招旧部将

李定国因叛徒的出卖，磨盘山之战失利，只好率部撤向孟定。这个消息很快传到了距磨盘山只有几十里的永历帝的耳里，永历帝大惊，顾不得休息，只好连夜赶路，走大半夜，才发觉已迷失了方向，还在山谷中打转。总兵杨武见圣上像无头的苍蝇带着大家在山谷中打转，也起了劫逃之意，叫来几个心腹，道："现在清兵追来，圣上又没有主见，成天带着我们在这些山沟里乱转，还有啥前程？怕早晚要被清军消灭，死无葬身之地。我们不如另寻出路，将来也有个好的归宿，好过被活捉累及家小。"

"将军，你说我们怎么办？大伙儿听你的吩咐。"众心腹表态。

杨武道："不妨趁天黑，今晚咱们就走，以免夜长梦多，想走也走不掉啦。"

"好，就这么办。"众心腹暗暗准备去了。

是夜，永历帝正在帐中休息，外面一下子喊起来，接着，是财物被抢的叫骂声。

"怎么啦？"蒙胧中，永历帝问太监。

"启奏陛下，总兵杨武带着一班人马劫了些财物逃走了。"跟班太监回答。

"这些天杀的。"永历帝恨得咬牙切齿。

一番劫夺，永历帝也没了睡意，只好秉烛待旦。

天明，永历帝传旨上路。行不多时，前面又发起喊来："快跑，清兵来啦！"

"快走。"永历帝大惊，忙传旨调头，跑了一程。

马吉翔赶来："圣上勿忧，是孙崇雅那厮带着他的部下劫了大臣的财宝逃去也。"

虚惊一场，永历帝惊魂未定，泣曰："天绝朕也！"遂欲拔剑自刎，众大臣极力相劝，才幸免一死。

正月二十八日，靳武统见满朝文武，不是各自谋求生路就是叛逃，总之，千方百计保全自己，无事不干。数月下来，跟随的大臣已所剩无几，遂也起了遁去之心，竟带着百十余骑，调头找李定国去了。

马吉翔见护驾亲兵走的走，散的散，不见半数，便向永历帝道："皇上，现在百官走的走，逃的逃，已没有多少。当务之急，只有去缅甸。"马吉翔献计。

永历帝也没有啥妙计，只好道："全由马爱卿做主。"

马吉翔见永历帝让自己安排，叫来心腹道："传令下去，队伍从铁壁关向缅甸进发。"

"遵命。"心腹如飞地传令去了。正是：

> 众叛亲离日未长，
>
> 惊弓之鸟任人伤。
>
> 战无兵将君志短，
>
> 只好随军早逃亡。

暂且不表永历帝，且说李定国从孟定来到木邦（今缅甸兴维）与白文选会师，两军住下后，聚在一起商议。李定国道："我军入缅甸，缅若供馈，必见拒，击之祸结，盍择险要边上，休士马，相犄角，缅外惮吾二人，君在内无忧，且得阴连诸土司，觇云南动静。"

白文选听了李定国的想法后，接着道："我看不妥，并在外则内危，我入卫上，王任外事。"

为此，两人意见一时难以统一。次日，白文选率军离开，各自行动。李定国则在木邦招募新兵，准备东山再起。

不几日，贺九仪从广南率领一万五千余人来到木邦。这时，祁三升、魏勇二人各率五千人马赶来汇齐。队伍很快扩充到三万余人，李定国见状，心里非常高兴，决定再次与清军决战。便把军队迁到孟琏一带，名造印敕，遍结土司，号召军民团结抗清，再次提出"反清复明"的口号。很快，沅江土司那嵩率士兵万余人马来投，军威大振。有了军队，李定国更是信心倍增，决心在孟琏打击来犯的清军。

顺治十七年（1660）三月，吴三桂率清军追到孟琏，与明军对峙。开战之初，吴三桂采用政治攻势，诱降李定国将士，又派人暗将贺九仪的妻子儿女抓来作为人质，要挟贺九仪投降。

吴三桂向贺九仪的妻子儿女道："如果你们把贺九仪劝降过来，让他放下武器，倒戈归顺大清，本帅定当奏明大清皇上，加官封赏。如执迷不悟，天兵到时，必将玉石俱焚，悔之晚矣！"

吴三桂向贺妻恩威并施，妇人及贪生怕死之人，她们被清军绑着来到两军阵前，逼着向城墙上的贺九仪喊："孩子他爹，看在一家老小的分上，你就投降了吧，吴王不会亏待你的。"

"孩子他娘，是我不好，连累你们跟着受苦！"对面的贺九仪见一家老幼被清军当作人质，一时不知如何是好。

他站在瞭望台上，向妻子喊："孩子他娘，你们好吗，他们没有为难你们吗？"

"没有，我们很好，你快救救我们吧。"贺妻回答。

"爹——"贺九仪的儿子也喊了起来。

"儿呀，你们等着，爹这就来救你们，我去开城门。"贺九仪说着就要下去开城门。

他刚转身，不防李定国已率兵来到身后，道："贺将军，你想干什么？"

"大帅，你放过他们吧，我也没有办法。"贺九仪跪了下来。

"不行。"李定国不由分说。

"大帅，我跟你这么多年，啥时候过，今天末将就是要去救他们。"言罢，起身硬是要去开城门。

"站住。"李定国大喊，贺九仪装没听见，仍朝城门走去。

"来人，给我拿下。"李定国下令，士兵一拥而上，把贺九仪绑了起来。

"大帅——"贺九仪还在求情。

是夜，李定国向贺九仪道："贺将军，你对大明的赤胆忠心，我知道。现在你一家老小被清军劫持，我也知道。一边是关系国家社稷，皇室宗亲，满朝文武；一边是你的家人。但是，你我生为大明臣子，国家生死垂危之际，怎能做出舍大家、保小家的不忠不义之事？将军还是好好想想。"

李定国劝贺九仪，已乱了方寸的贺九仪，还是听不进李定国的劝告，执意要降清。

"不，身为一个将军，关键时，连自己的家人都保不住，这将军还有啥当的，你杀了我吧。"贺九仪执迷不悟。

李定国无奈，只好下令，挥泪斩贺九仪，将其处死。正是：

> 身经百战志气高，
>
> 横征直讨建功劳。
>
> 末了妻儿受连累，
>
> 孟琏城头把命抛。

明军士兵见了，开小差出逃者甚众。城外，清将吴三桂见有机可乘，挥军攻城。明军将士无心恋战，城池很快被攻破，明军大败而逃，李定国只好退到孟艮一带，清军占领了孟琏。

吴三桂进城后，向李国翰道："传令各营，不准骚扰城中百姓，违令者格杀勿论。"

"喳。"李国翰领令如飞地传令去了。有了军令，清军入城，便也不敢乱来。孟琏城里，倒也相安无事。吴三桂在城里如何安抚城中军民暂且不表，欲知后事如何，请看下一章。

第五十五章

缅王施计证永历　南明朝臣思归途

　　吴三桂占领孟琏，下令三军休整，不准骚扰城中百姓，不在话下。且说永历帝及朝中大臣，在马吉翔、沐天波一班大将的保护下，从腾越向铁壁关而来。这一消息，守缅边将，很快报到缅都。缅王急忙召集众大臣商议，缅王道："各位爱卿，边关送来密报，天国的皇帝率文武大臣向我边境窜来，意欲入境避难，放不放天皇入境，望各位大臣如实禀奏？"

　　"大王，不能放他们入境，中国有句古话叫'唇亡齿寒'。如果放他们进来，将来大清的军队来问我们要人怎么办？要是得罪了大清朝廷，一旦天威震怒，我们就会因犯窝藏罪而被株连，现在因为一个败落的皇帝而得罪一个泱泱大国，不是引火烧身？大王应该听说'败落的凤凰不如鸡'这个典故吧。"武将竭力反对。

　　"不妥。"文臣站了出来，奏道："虽说'败落的凤凰不如鸡'，但他怎么说也是'凤凰'，是我们这样一个底子薄弱的小国得罪不起的。再怎么讲，人家还是得胜之君。不知诸位可知，我可听说云南还有几股人家的军队，大将军李定国雄才大略，正率军与清军决战。"

　　"依卿之言，本王还要以礼相待？"缅王问文臣。

　　"这个按目前看来，是这个理，至于以后怎么做，看情况再说。"文臣回答。

　　"本王就放他们入境？"缅王望望众大臣。

　　"大王，依文臣之见，还是放他们进来，但有一个条件，就是天皇君臣不准带武器入境，必须就地缴械，只准空手入缅。"项飞建议。

"行，就派你代表本王前去与天皇交涉。"缅王准奏。

"遵命。"项飞领旨如飞地去了。

已到铁壁关的永历帝正在行营中徘徊，侍从走了进来，道："启奏皇上，缅王派人求见。"

"宣他觐见。"永历帝传旨。

"皇上有旨，宣缅使觐见。"侍从朝帐外高喊。

"吾皇有请。"马吉翔向项飞道。

项飞随马吉翔进帐，见永历帝端坐帐中，俨然一副天皇的姿态，心里顿生敬意，暗道："不枉是天朝至尊，落到这般田地，还如此有风度。"

不敢怠慢，行了君臣之礼，道："皇上远道而来，令百姓敬畏，吾王有令，请皇上百官以下不得佩带武器入境。"项飞跪奏。

"不准佩带武器，岂不成了任人宰割的羔羊，不行。"南明朝臣不答应。

"带不带武器，愿不愿入境，各位请自便，吾王之意，末将已经讲明。"项飞言罢告辞。

"项大人且慢，本官有话要说。"马吉翔叫住项飞，转向众将道："现在，我们要做的是保存实力，以便将来更好地夺回江山，今天缅王要我们交出武器，为了表示我们的诚意，这武器不带也罢。"率先摘下自己的佩剑，众人见了，只好如此，解下自己的武器，空手随缅将项飞进入缅甸。

永历帝率朝臣进入缅甸后，处处受到限制，他们处处设卡搜刮永历朝臣们的过路费。沐天波见了，很是气愤，心里早就憋了一肚子火，暗中找来王维恭、典玺太监李崇贵商议："今天找你们来，想必各位都看到了，缅王实在无礼，处处设卡搜刮银两不算，还到处限制我们的自由。永历帝这样软弱，怕是早晚要败，我们这样跟着走下去，也是个死，不如另想法子。"

"黔国公有何妙计，但说无妨？"李崇贵问。

沐天波道："现在看来，只有派人悄悄地把太子送到茶山一带躲起来，万一圣上遭遇不测，即可立太子为皇上，在外调集军队牵制敌人，不至于束手无策。"

"大人所言极是，只是这事还得皇后同意。"王维恭建议。

"王大人所言有理，但事到如今，我们也管不了这么多，先把太子送走再说。"沐天波决定这么做。

他来到永历帝寝宫，向永历帝及皇后奏明自己的想法。永历帝听了，道："沐爱卿，你乃朕之股肱，只要能救我大明，朕一律准奏。"

"不，我不同意，咱死也死在一起。"皇后反对。沐天波见皇后不同意，也只好作罢。正是：

> 妇人干政实可恨，
> 江山到此定沉沦。
> 昏君自绝不算啥，
> 偏把太子带入埂。
> 此事断了忠臣念，
> 心灰意冷化烟尘。
> 从此再无忠言进，
> 耳边清静徒杀人。

二月初一日，永历帝君臣行到大金沙江边，缅人只提供四条船只，仅供六百余人渡江，其余人员只能沿江步行。四艘船，一艘载永历帝，一艘载皇太后、皇后及太子，一艘载司礼太监李国泰，一艘载文安侯马吉翔。

船少人多，马吉翔唯恐拥挤，太后等人还没有上船就下令开船，太后见了勃然大怒："马大人，你太不像话了，难道你要哀家也走路吗？"

马吉翔怕事情闹大，只好下令停船，等太后上了船，才下令起航。他们一日行不到二三十里水路，每到一处都有水上收费站，收他们的过路费。还没有到达目的地，永历帝君臣就被收去大量财物，囊中所剩无几，真是有苦难言。正是：

> 未到驻地遍收钱，
>
> 缅人欢喜明臣怨。
>
> 不是弱势受欺辱，
>
> 哪堪坐视任贼卷。

走路的大臣见走路不是办法，悄悄逃离者无数。这些走路的大臣先到了缅王指定的住地——亚畦，令他们在河对岸驻扎。缅王每天隔岸窥视，向大臣们道："这些人慢慢地聚拢，我看倒像是来算计我们的。"

"大王之意？"项飞走了过来问。

"把他们统统杀掉。"缅王下令。

"明白。"项飞领旨如飞地去了。

刚到亚畦的明臣见有了歇脚的地方，一个个走进草棚，见里面有地板便放下包袱，躺下就休息。岂料，外面突然喊起来："快跑，贼兵来了。"跑得快的刚出草棚便被缅兵砍死，还没有出来的也成了刀下鬼。

"天绝我朝也。"几位还没有被砍的大臣解下腰带自缢身亡，在芒漠的永历帝此时还蒙在鼓里，一概不知。正是：

> 只防黑处逃亮处，
>
> 偏又进入虎狼窝。
>
> 才到栖息容身地，
>
> 大难临头命归西。

欲知后事如何，请看下一章。

第五十六章

缅王威逼永历帝　奸臣一味助贼兵

永历帝君臣被文安侯马吉翔挟持进人缅甸，情况不妙，武将纷纷率兵前往缅甸护驾。这一消息被缅王知道后，大吃一惊。因为南明军队虽说被清军打得东逃西散，所剩无几，但凭大将军李定国的雄才大略，对付区区一个缅甸小国，还是绰绰有余。为了不让南明各路兵马进人缅甸，缅王向大臣们道："你们以本王的名义写一封信，派人送到芒漠交给永历帝，就说'本王探明，有几股南明军队正向缅境开来，天朝皇上必须立即写救令阻止他们人境'。"

"遵命。"项飞领令如飞地去了。

正在船上的永历帝见缅臣项飞走了进来，不知又有何事，吓了一身冷汗，问："项大人有何事见朕？"

项飞回答："下官奉缅王御旨，探得天朝大将军李定国、白文选、祁三升等人，正率大军向我缅境开来。缅王考虑大军入缅，首先粮食问题、住房问题都要解决，我们是小国，一下来了这么多人，供应不起，怕生事端。缅王之意，还请皇上向他们发一道救书，传旨叫他们不要入缅，你的一切都很好，不然——"项飞怒目以视。

"好，朕这就传旨给他们。"永历帝无奈，只好下旨。

正在木邦一带的李定国、白文选、祁三升，正在调集人马准备人缅赶往芒漠护驾。卫兵走了进来，道："报，大将军，皇上有旨。"

李定国一听，忙率众将接旨。邓凯宣读了圣旨。

"吾皇万岁，万岁，万万岁！"李定国起身接过圣旨。

便问邓凯："皇上近来情况怎样，龙体是否安康？"

邓凯因怕马吉翔，只好回答："皇上龙体尚好，将军只管放心。"

李定国听了，道：“既然龙体安康，我等就放心了。”

邓凯道：“将军勿忧，圣上不会有事的，只要将军按圣上之意，不再率兵入缅，圣上就相安无事。”

“公公放心，只要圣上无事，臣一定照办，不入缅甸。”李定国回答。

屯兵亚畦以西不到六十里的白文选也收到了永历帝派任国玺送去的敕书，内容与李定国收到的一致。白文选见到皇上的手谕，也才放心，不再率兵入缅。

缅王见南明军队都已停了下来，永历帝已进入亚畦城，也放心了，向项飞道：“你去叫天皇过来商议有关事宜。”

“遵命。”项飞回答着如飞地去了。

项飞来到亚畦，走进永历帝的寝宫，道：“皇上，我国缅王要你过去商议有关事宜。”

“朕知道了。”永历帝回答。

项飞走后，永历帝连忙召集马雄飞、邹昌琦二人商议，他向众将道：“现在缅王派人过来，要朕过去，说是商议，实则不知葫芦里装的是啥药。朕派你二人前去探个明白，再作道理。”

马雄飞、邹昌琦领了圣旨：“皇上放心，臣愿效犬马之劳。”随项飞过河见缅王。

缅王见永历帝派两个朝臣过来，令进王府相见，道：“二位天使，可知天朝明神宗万历年间，朝廷出些啥子事？”

“这……”马雄飞、邹昌琦一时竟答不上来。

缅王见二人无法答复，大怒，向卫兵道：“来人，把这两个冒牌货推出去砍啦。”

“是。”卫兵从门外拥来，不由分说把马雄飞、邹昌琦架起往外就走。

原来，明朝万历年间，朝廷因缅甸不按时纳贡，拒不上交贡品，所以，联系暹罗一起夹攻缅甸。从那时起，双方的关系开始紧张起来，日后入贡越来越少，往来也不如从前。这件事明廷只有万历年间经历过的朝臣才知道：缅方还有万历时期明朝的御敕与文书。

"大王，我们是真的，不信可问项大人。"马雄飞、邹昌琦大喊。

二人说着，从怀中取出一份临行沐天波给他们的一道行文，道："我们还有黔国公沐天波的行文。"

执事太监把行文传上去，交到缅王的手里。当时，缅甸乃是云南管辖的"缅甸宣慰使司"，缅王看后，找不出杀他二人的借口，这才免了二人一场灾祸。

马雄飞、邹昌琦回到亚畦，将缅王如此无礼的事一一向永历帝回奏，永历帝听后，道："虎落平原受犬欺；龙游浅水遭虾戏。"感受之痛，君臣遂也抱头痛哭。

黔国公沐天波找来绥宁伯蒲缨、总兵王启隆、马吉翔商议，道："各位大人，现在看来，缅王对我们是如此无礼，简直不把皇上放在眼里，公开杀我朝臣，我们在此有何用？生为大明朝臣，生不能为皇上分忧，枉食朝廷俸禄，有何颜面去见先皇？这种寄人篱下的日子，不能再过了，还是返回云南，重新召集旧部，东山再起。凭我们在云南的实力，要恢复大明，还是有希望的，总比在这里困死好。"

"我同意沐大人的意见。"王启隆表态，蒲缨也赞同。

马吉翔这个祸国殃民的小人，却持反对态度，他站起来说道："如果你们想走，你们走好了，皇上及三宫皆交与你们，你们看着办，我不同意你们的意见。"

"唉！"沐天波见马吉翔反对，长长地叹了一口气，起身离开回家。

此时的缅甸王，为了大肆掠夺永历帝君臣的财物，明里敲诈不算，还派一些奸商进人亚畦，摆摊设点，高价出售，低价收购，巧取豪夺；一些妇人也趁机进人亚畦，与南明朝臣，勾肩搭背，混在一起。

她们衣着不整，半露胸怀，嬉戏羞襟。大臣们也看破红尘，不思检点，与这些自愿投怀送抱的妇人如胶似漆，醉生梦死，丑态百出，演绎了一段段"蛾眉粉黛无颜色，玉人花下坠裙怀"的丑剧。

一位充事走进永历帝的行宫，向永历帝道："先前入关，如果大明朝臣不弃兵器，还有能力自卫。现在你们手无寸铁，又废天朝礼数，如此下去，看来是没有什么善终。"永历帝无言以对，只好任其言语。

八月十三日，沐天波正在帐中休息，卫兵走了进来，道："大人，缅王派人求见。"

"有请。"沐天波更衣迎接。

"黔国公，缅王请你过去议事。"来人见了沐天波礼也不行，举止傲慢，恬然自得，一副得意之相。

"知道了。"沐天波也不回礼，更衣随行，正是"东鸟西飞满地凤凰难下足，南麟北跃遍山虎子尽低头"。

沐天波来到缅王宫中，不得已以缅甸礼仪参见缅王："大王，千岁，千千岁。"

"起来吧。"缅王不屑一顾地挥了一下手。

卫兵拿来一个座位，沐天波坐了叙话。

缅王开言道："按我们缅甸的习俗，中秋节将至，大凡远来的客人，都要向主人送礼。这事本王怕天朝大臣不知，所以本王才知会黔国公一声，以免大家失了礼数。"

沐天波听了，站起来道："大王所言，本公一定奏知圣上。"

"既然黔国公深明大义，本王也不留你，回去吧。"缅王下逐客令了。

沐天波愤然回府，泣告众人曰："我不得已，屈身下拜缅王，只为保全皇上。"

"皇上，黔国公是贪生怕死，有辱天朝，理应重罚。"礼部尚书向永历帝上书。

"好啦。"永历帝此时不但不愿听这些人的所谓礼义，更不想与他们争辩。

因为，永历帝心里极不舒坦。更有在他们隔壁还住着不少整天喧闹无止，嗜酒成性，打情骂俏，弄得让人难以安歇的情男少妇。加上旷日持久的长途奔徙，腿伤也不断发作，伤口已经感染，忧愤交加，永历帝真是痛心疾首。

马吉翔、李国泰这帮奸臣，不但不问安，还在大声喧哗，戏班子昼夜演唱，闹得不得安宁。

"李定国，你在哪里？"永历帝暗暗念叨，思之甚切。

皇上如此悲凄，戏子黎应祥也很悲戚，他向马吉翔、李国泰道："皇上龙体欠安，行宫近在咫尺，此时此地，臣子不思君苦，反戏尔，是为不忠也，虽死不敢从命。"

"一个戏子敢顶撞本爷，你是不是不想活了？"马吉翔勃然大怒，用鞭子狠抽黎应祥。

"啊！"黎应祥被打得皮开肉绽，死去活来。

"走，去找皇上要俸禄。"马吉翔带着心腹来到永历帝寝宫。

永历帝见马吉翔带着一班人气势汹汹地走了进来，硬来不是办法，只好道："你们把我身边的'皇帝之宝'拿去抵押了吧。"

"这样也行，反正你都这样了，留着也没有用。"马吉翔拿起就走。

"你——你——"

永历帝气得直跺脚，悔恨当初听了这个奸贼的话，来到这个人不人鬼不鬼的地方受人欺辱，真是"痛定思痛，心如刀割"。正是：

> 奸臣当道君难安，
>
> 小人得志心坦坦。
>
> 临危不思国已亡，
>
> 还在秉烛达旦狂。

欲知后事如何，且看下一章。

第五十七章
李定国起兵救永历　缅甸王率军战强敌

永历帝在亚畦吃苦受难，日夜思念李定国，不在话下。

李定国在孟琏杖杀贺九仪后，生怕逃出的明军引清军入城，连夜焚毁城池，率军前往木邦与白文选会合，李定国向白文选道："白将军，从今以后，你我要更加团结，先去缅甸把皇上救出，然后再思东山再起。"

"李将军，你我同为大明臣子，为国家出力，保卫朝廷是我们共同的责任。"白文选回答。

李定国见白文选还是一片忠义之心，心里也很高兴，道："白将军如此忠义，乃大丈夫也。现在，皇上被马吉翔一班奸贼挟持到缅甸，我们必须设法救驾。"

"李将军，你说我们这次怎么救皇上？小弟听你的。"白文选站起来说。

"为了确保圣上的安全，我们应该立刻起兵进攻缅甸，同时派人去亚畦通知沐天波，设法保护皇上，向我们靠拢。"李定国与白文选商议。

"好，就这么定，事不宜迟，我们明天就出兵。"白文选同意李定国的意见。

永历十五年（1661）二月，李定国与白文选率兵向缅甸进发，这一日，大军来到锡波江边与缅军隔江对峙。缅军守将见一夜之间来了这么多明军叫阵，吓得急忙派人去给缅王报信："报，大王，李定国率大批明军杀来，已经打败了锡波守军，占领了锡波与我们隔江对峙，眼看就要打过江来。"探子告诉缅王。

缅王大惊，急忙召集众臣商议迎敌，他向大将军牙帮道："牙将军，本王令你率十五万精兵前去迎敌。"

"遵命。"牙帮领令如飞地去了。他来到校场点起十五万大军，浩浩荡荡地杀向锡波江边，扎营二十里与明军相峙。

李定国见缅军扎营二十余里，向白文选道："白将军，目前看来，敌众我寡，趁敌人远道而来，立足未稳，杀过江去，打他个措手不及，或能克敌制胜。"

"嗯，李大人所言极是，事不宜迟，现在就开始调兵。"白文选赞同李定国的看法。

"好，你率三千精兵，今夜悄悄过江，出其不意，冲进敌营，杀他个人仰马翻，我率大军随后就到。"李定国令白文选道。

"末将遵命。"白文选领令如飞地去了。

缅将牙帮自恃兵强马壮，装备精良，从不把明军放在眼里。他率兵来到锡波江边，令士兵扎下营盘，大大咧咧地摆酒吃喝，歌舞升平，携姬助乐。

副将走进来，向他道："将军，我军刚到立足未稳，是不是再派些巡逻队到江边加强巡逻，以防明军偷袭。"

"哈哈哈，金将军，你多虑啦，你不想想，李定国几个茅人，见我大军到此，早他妈吓得躲裤裆里去了，还敢拿鸡蛋碰石头，偷袭？做他妈的美梦。"牙帮哈哈大笑，不把副将的话当回事。过了半夜，副将见牙帮喝得有些醉意，便道："大将军，差不多了，我们还是小心为妙。"

"将军放心，今夜谅他们明军不敢来。"牙帮还在肆无忌惮。

"好吧，将军先歇着，末将出去看看。"副将走出大帐。正是：

> 自恃兵强无人欺，
>
> 肆无惮忌挟姬淫。
>
> 酒足饭饱本可止，
>
> 蛮将偏要与妇眠。

致使十万雄兵散，

丢盔弃甲无处鸣。

"上。"已摸过江来的白文选见敌营中防守不严，令身边的士兵。明军将士"刷刷"几下，便爬上江堤，朝缅兵扑了过去。

"快！"已冲上去的明军向后面的伏兵挥手。

"走。"白文选见先锋得手，传令后面的士兵跟了上去。

"杀——"

明军将士在白文选的率领下，一齐呐喊着杀向缅营。猝不及防的缅营很快被杀来的明军冲乱，一些士兵还没有穿上衣服就糊里糊涂地成了刀下鬼。

"大将军，快上马。"缅兵牵来战马，催缅将牙帮上马逃命。

"杀呀，不要让牙帮跑了。"白文选边喊边催促人马拼命掩杀。缅将牙帮见明军势大，大营已被冲乱，无法指挥。士兵被明军杀得七零八落，狼狈不堪，四顾逃命。

黑夜中，牙帮只好带着随从拼命逃跑。

一夜下来，早已虚汗淋漓，四肢无力，正欲逃之际，前面树林中窜出一员大将，大喝："缅将牙帮听着，见了本帅还不快快下马受死。"

"啊！"牙帮大吃一惊，掉头就跑，不防身后一将赶来，只一挥便把他连人带马砍为两截。

"快逃。"其余士兵见主将被杀，吓得四散逃命，来不及的只好乖乖缴械，跪地投降。

"追。"李定国下令。

明军将士穷追不舍，一直打到缅甸的亚畦。

"快关城门，快关城门。"缅王见十五万大军毁于一旦，大将军牙帮战死，吓得急忙传令守城将士紧闭城门待援。正是"骄兵必败，自恃必灭"。欲知后事如何，且看下一章。

第五十八章
缅王率兵拒明军　永历朝臣相残杀

李定国率军打败了缅军，斩其大将牙帮，率兵追到亚畦，把亚畦围得水泄不通。为了尽快攻下亚畦，活捉缅王，救出永历帝，李定国向白文选道："白将军，我军远道而来，不论武器装备还是粮食的补给，都不适宜长久的作战。当务之急，趁缅王还不知我军虚实，应该速战速决，救出圣上。"

"依大帅之言，我们应该如何进攻？"白文选问。

李定国道："这条江的上游，江水不但平缓而且很狭窄，将军率一支人马从那里架设浮桥，悄悄过江，直插敌后。本帅率大军正面配合，缅都可破矣。"

"好，既然大帅有如此妙计，我去，现在就行动。"白文选言罢，领兵如飞地去了。

李定国见白文选领兵去了，自己也披挂上马，出营指挥大军佯攻。

话说白文选率军来到渡口，不由分说挥军渡江。不料，被巡江的缅兵发现："大将军，你看江上好像有人。"缅兵告诉缅将。

"不要慌，让他过，你快去禀报大王。"缅将令卫兵。

"是。"卫兵如飞地去了。

不一会儿，缅兵来到缅王宫，道："报，大王，上游有明军偷渡。""金将军，本王令你速率一支水军，带上砍刀、火药、勾镰之类，由暗道出去，先不要惊动贼兵，等其半渡以后再动手。一定要设法毁掉他们的浮桥，将明军隔开，出其不意一齐杀出，剿灭这帮贼兵。"缅王令监国大将军金稞。

"大王放心，末将定叫他们有来无回。"金稞回答着如飞地去了。缅将金稞率军来到锡波江岸，果见明军正在渡江，眼看已过半数。急忙向将士们下令："上。"

缅兵如狼似虎一般扑向江中，他们潜到桥下，把带来的火药等引火之物，悄悄放在浮桥下面点燃。正在过桥的明军见桥下突然起火，霎时爆炸声不断，一时慌了手脚互相拥挤，掉进江里淹死者不计其数。

渡到对岸的明军还没有反应过来，就见后面一员缅将率军掩杀过来，惊魂未定的明军，很快被杀死过半，少数来不及操戈的也成了俘虏。

江对岸的明军要想再过江是不可能了，因为军情已被缅王识破。士兵连日来行军打仗，没有得到很好的休整，士气不足，加上水土不服，士兵上吐下泻者颇多，给养也跟不上，虽围住亚畦还是久攻不下。

偷渡失败，更使明军斗志顿减。相反，被围多时的缅王已看出明军的破绽，他令缅军从江对面开始大规模反击，明军再也抵敌不住，几乎成了溃军，出现了救帝不成的局面。

为了保存实力，以图东山再起，李定国不得不下令撤军，退守云南边界。白文选部与永历帝被困之地相距不过六十余里，因兵力不足，消息闭塞，使之相近如远，望尘莫及。正是：

> 满腔热血救帝归，
>
> 锡波一仗兵不力。
>
> 为存实力洒滇境，
>
> 东山再起竖雄威。

随永历帝一起入缅的大臣沐天波对马吉翔一班奸臣恨之入骨，几次欲除之。他找来王启隆的几个家丁，向他们道："马吉翔这个奸贼，把皇上挟持到这里，不但令众位失去了自由，就连圣上也得不到安慰，在这个关键时刻，做臣子的却帮不上一点忙，不能尽忠，有何颜面苟活于世。"

"沐大人，你说怎么办？我们都听你的。"众人回答。

沐天波见众人都愿听他的安排，便道："杀了马贼，先救出太子，以便将来光复大业。"

"这个办法很好，只是如何去办？"众人问。

"我看这样——"沐天波把办法告诉众人。

"行，就这么定。"众人听了直点头。

殊不知，他们一行的计划被马吉翔安在沐天波身边的侍卫悄悄告诉了马吉翔。马吉翔一听，大吃一惊，暗骂："沐天波狗奴，实在可恨。这还了得。"急忙叫来锦衣卫，咬牙切齿地道："现在朝中有人谋反，你们立即前往王启隆府中逮人，一律统统斩杀，不能留下活口，否则要你们的脑袋。"

"遵命。"卫兵们回答着如飞地去了。

他们来到王启隆的府中，不由分说见人就砍，见物就拿。一时间整个王府被这群士兵杀得血流成河，乌烟瘴气，惨不忍睹。

王启隆被五花大绑，临死不屈，大骂："奸贼祸国殃民。"

王启隆一死，永历帝身边再也没有敢言之人，更不用说谋反之心。马吉翔在处死王启隆等一班谋臣的同时，缅王宫也发生了一场争夺王位的宫廷政变。欲知后事如何，且看下一章。

第五十九章
胞弟弑兄夺王位　清将请谏灭明皇

话说当初缅甸国王同意南明皇帝入缅避难，是因忌惮天朝的威慑力，以及马吉翔答应了缅王的条件，才不得不允许永历帝率众臣入缅。后来，南明大将李定国、白文选为了救永历帝，屡次率兵入缅，给缅甸人民带来了不必要的灾难，众大臣心中非常不满，把怨恨发在缅王的身上，是缅王贪图一时的小利，才给缅甸人民带的灾祸，纷纷要求废除缅王另立新王。

众位大臣的这一要求，很快得到了早已心怀叵测的缅王弟的支持，他派人暗暗筹划，准备发动政变。

此事不机密，传到缅王的耳里，大怒道："我迎帝不迎贼，明军杀扰地方，不是皇帝的错。"遂不服输。

众大臣听了国王的这些话，个个非常不满，他们也是敢怒不敢言，闹个不欢而散，悄悄来到缅王弟弟的王府，道："当今大王无道，引狼入室，祸国殃民，众大臣私下商议，欲立殿下为王。"

缅王弟弟听众大臣这么一说，心里也很高兴，暗道："既然众大臣愿拥立我为王，认为要废旧立新，我何不顺其民意，以慰平身所愿。"

于是，便道："这样怕不合适，还望众卿家三思。"

众大臣见二王子有顾虑，忙道："二殿下放心，我等甘愿效力，誓无二心。"

二王子听了，心里非常高兴，道："既然众卿愿立本人为王，当今大王怎么处置？"

"当沉江底，以慰民众。"众将回答。

"好，既然众意苟同，本王就下令办理。"二王子与众臣商定后，向卫兵道："传令侍卫速去王宫，逮捕大王，不得有误。"

"遵命。"侍卫如飞地去了。

正在后宫与王妃玩耍的缅王，不防宫中一下子闯进这么多卫兵，不由分说把他绑了。嫔妃吓得大呼小叫，各自逃命，乱成一团。

缅王见卫兵以下犯上，大怒道："狗奴才，你们要干什么？"

"大王，对不住，小将也是奉命行事。"卫队长回答着，把缅王押出宫外，绑在椅子上。

"你这个挨千刀的，本王平时对你不薄，你却如此不忠不义，认贼作父，唉！也罢！本王错用小人，今天栽在你们手里，要杀便杀。"缅王气得面红耳赤，只好任这帮逆贼处置。

二王子见缅王临死不服，也不管他，向卫兵道："开始。"

"遵命。"

卫兵回答着，抬起缅王，"砰"的一声扔到锡波江里。

这样，一代缅王，就因为一班小人之举，便在世界上销声匿迹了。正是：

> 一招不慎害终生，
>
> 同胞之弟怎叫人。
>
> 为了己利不思过，
>
> 愿将亲兄沉江心。

二王子沉了兄长，回到王宫重整班次，众臣三呼："吾王千岁，千岁，千千岁。"

之后，缅甸新王才道："众卿平身。"

"谢大王。"众大臣谢恩站起。

缅甸新王高兴地赐座，然后向宫中太监道："本王命你为钦差大臣，前去永历帝宫中传本王旨意，南明皇帝带上贺礼，来向本王祝贺。"

"遵旨。"太监领旨如飞地去亚畦向永历帝传旨。

他来到永历帝的宫中，大大咧咧地走进永历帝的寝宫，向永历帝道："我国新王继承王位，举国欢庆。小人奉新王旨令，前来向天朝皇上传旨，速去王宫祝贺。"言罢，呈上缅王请帖。

永历帝一听，心里很不高兴，暗骂："区区小国竟敢如此不把朕放在眼里，唉！"长叹不已。

人在屋檐下，不得不低头。只好道："烦公公先行一步，待朕备好贺礼，随后就到。"

来使见永历帝接了请帖，看看这位天朝皇帝已穷得叮当响，怕是榨不出啥油水，趾高气扬地道："请皇上要快些，我国新王的耐心是有限的。"

"公公放心，朕即刻派人就到。"永历帝安慰缅使。一边传旨宫中备贺礼，不在话下。

且说大清平西王吴三桂占领昆明后，又率兵打下孟艮，意欲一鼓作气攻下缅甸，活捉永历帝。

吴三桂在孟艮等了好长时间还不见圣旨，急得抓耳挠腮，又令副官备下文房四宝，修书向清廷上奏，呈上《三患二难》之疏。请朝廷降旨进兵缅甸，活捉永历帝，杀之以绝后患。

他在《三患》中详述：

"夫永历在缅，而伪王李定国、白文选，伪公侯祁三升等分驻三宣六慰、居孟艮一带，藉永历以惑众心。倘不趁此天威震赫之时，大举入缅，以尽根株，万一此辈立定脚跟，整败亡之众，窥我边防，奋思一逞。比及大兵到时，彼已退藏，兵撤复至，迭忧无休，此其患在门户也。土司反复无定，惟利是趋，如我兵不动，逆党假永历帝以号召内外诸蛮，饵以高爵重禄，万一如前日沅江之事，一被煽动，遍地烽起，此其患在肘腋也。投诚官兵，虽已次第安插，然革面恐未革心，永历在缅甸，于中岂无系念？万一边关有警，若辈生心，此其患在膝理也。"

所谓《二难》，吴三桂在疏中这样叙述道：

"今滇中兵马云集，粮草问之民间，无论各省银两，起解愆期，难以接济，有银到滇，召买不一而足，民室苦于悬磬，市中米价剧增，公私交困，措饷之难如此也。凡召买粮草，民间须搬运交纳。如此，年年纳，岁岁输，将民力尽用官粮，耕作半疏于南亩，人无生趣，势必逃亡，培养之难又如此也。"

据此，吴三桂又得出结论："臣彻底打算，唯有及时进兵，早收全局，诚使外孽一净，则边境无伺隙之患，土司无惶惑之端，降人无观望之志，地方稍得苏息，民力稍可宽舒，一举而数利存焉。窃谓救时之方，计在于此。谓臣言可采，敕行臣等尊奉行事。"

此疏层层转到北京，顺治皇帝御览后，甚觉有理，急忙召集众臣商议出兵之计。正是：

> 吴王之书最堪忧，
>
> 简直不念旧朝留。
>
> 新君对尔有何重？
>
> 誓把恩皇当成仇。

欲知后事如何，请看下一章。

第六十章
爱心阿奉旨入滇　永历帝君臣遭难

　　话说顺治帝接平西王吴三桂的奏章后急忙升殿，召集文武大臣商议出兵之计。他向爱心阿传旨道："爱将军，昨夜朕接边疆平西王吴三桂从云南派使送来的奏章，朕阅后，甚觉有理。为了彻底扫除南明残余势力，活捉永历帝，以绝后患。朕决定拔一百万两银子作为军费开支，令你亲率一支八旗劲旅，赴云南增援平西王，一同剿灭南明残余势力，爱卿可有决心？"顺治皇帝问。

　　"皇上放心，臣当以死效忠圣上，不敢不尽力矣。"爱心阿回答。

　　"将军既肯为朕分忧，愿领兵去云南协助平西王，朕心宽矣！因边疆军情紧急，朕也不留你，回去速做准备，即日出兵，不可怠慢。"顺治帝下旨。

　　"喳。"爱心阿领旨出宫。他回到府中，略做收拾，便急忙去兵部挂了印，校场点兵，向云南进伐。

　　爱心阿率兵在路上非止一日，不出两月，大军就到了昆明。吴三桂率军中将士，出城迎接，他们来到吴三桂的王府，爱心阿屁股还没有坐稳，便召集众将，询问边关战况。

　　吴三桂见爱心阿问，忙回答道："大人，现在南明朝臣都已进入缅甸，他们驻扎在亚畦，而且境内还有李定国、白文选、祁三升等伪臣集在木邦、孟艮一带。"

　　"吴大人，对于流寇李定国、白文选、祁三升等一帮贼寇，除采取军事打击外，更为主要的是先设法擒住永历帝，断了这些人的盼头，才能把他们尽快剿灭。永历帝一天不灭，他们就有盼头，很难剿灭。所以，目前我们要对缅甸新王加强政治上的攻势，采取软硬兼施之策，使他们不得不交出永历帝，这样就彻底斩断了李定国、白文选、祁三升等伪臣的念头，达到不战而屈人之兵的目的。"爱心阿向吴三桂陈述自己的看法。

吴三桂见爱心阿所言正中下怀，不谋而合，道："爱大人所言极是，之前，我们派洪承畴也捎过书信给缅王，至今还没有回音，我想只有大兵压境，缅王迫于自保，才会答复我们的要求。"吴三桂献计。

爱心阿听了，道："既是这样，那就一边再传书信，一边发兵，如不听劝，一同连小小的缅甸灭了。"

吴三桂见爱心阿言之有理，回答道："喳。"

吴三桂回答着出了王府来到府上，令拿出文房四宝，再次写信给缅王，陈述："彼若再犹豫不决，大兵压境，将玉石俱焚。"正是：

> 攻心之策实堪忧，
>
> 未战使贼怯成愁。
>
> 大言数语先己败，
>
> 何敢对阵与战斗。

且说缅甸新王刚收到吴三桂的来信不久，是献还是留，大臣们还在犹豫不决，又收到吴三桂转述清王爱心阿的意思，大惊。忙召集大臣商议，道："前日吴王之书我们还没有回复，现在，清廷又派清王爱心阿领兵前来，书信又至。这次本王若不回复，大难将至矣！"

"大王，如今之计，谁势力大我们就投靠谁，管那么多干啥。干脆把永历帝交出去，以绝后患，保全一国生灵，免遭涂炭。"大臣们异口同声。

"永历帝手下还有一班文武大臣怎么处置？其中还有不少忠臣义士。"缅王还有些不放心。

"这个大王不用担心，永历帝身边的这些大臣有武力的已基本解决，大多数是手无缚鸡之力的庸臣，像马吉翔、李国泰、王维恭等一班奸臣，只要多用言语，一吓一诈，不愁不降。其他有异议的锦衣卫，大王可将他们秘密处决，剩下手无缚鸡之力的永历帝及一班皇宫嫔妃，还不是口中肉，想吃就吃。至于李定国、白文选、祁三升等，自有大清朝廷去剿灭，我们无需担忧。"

缅甸新王听了大臣们这么一说，一颗悬着的心落了下来。终于下了决心，向武将金稞道："你火速率兵包围亚畦，将永历帝擒住。"

"遵命。"金稞回答着，领令如飞地去了。

顺治十八年（1661）七月十九日，缅王派来的大将金稞包围了亚畦，他来到永历帝宫中，向永历朝臣传达了缅王的旨令："众贼已退，缅士获安，请天朝大臣过河到者梗，饮咒水明誓。"

沐天波听了，道："我身体不好，你们去吧。"他向马吉翔、李国泰说。

"你不去怎么行？还是一同前往。"马吉翔、李国泰不放过他。

"你们都去吧，皇上有我在身边护驾。"总兵邓凯站起来说。

"行，既然邓大人在皇上身边，我们也放心啦。"马吉翔站起身向其他人道："走，我们都过河去。"言罢，随缅甸使臣过河来到誓盟地点者梗。

马吉翔一行来到者梗，见这里空荡荡的，四周并无一人，心里也起了疑心。马吉翔等人见势不妙，正欲问缅臣，左右一看，缅臣不见了，众人正在纳闷，外面一下喊起来："杀呀，不要放跑了贼人。"

众人正惊讶，缅兵已杀了进来，手无寸铁的南明朝臣很快被杀了个精光，鲜血染红了者梗。沐天波见了，一把夺过一名缅兵刺来的宝剑，一连劈死了几个近身的缅兵，最后，终因势单力孤，被缅兵重重围在核心，乱剑砍死，惨不忍睹。

马吉翔正欲分辩，也被缅兵杀死。正是：

奸臣自古无下场，

祸国殃民罪难当。

平身不思报国志，

猝死他乡无人葬。

李国泰正欲逃跑，亦被缅兵一刀砍死。王维恭还没有走出门槛就被缅兵杀死门内。锦衣卫随行人员，除少数逃脱以外，大多数被杀。少数逃出的卫兵，来到亚畦永历帝宫中，将此事汇报了永历帝。"啊！"永历帝闻报大惊，既而抱头痛哭。

正在这时，外面又喊起来。内侍从外面跑进来，道："皇上，缅兵搜查来了。"

正说话间，缅兵已掀帐而人，围住了永历帝。刚逃回的几个报信人也被砍死，地上血迹斑斑，尸横累累，宫中财物又被洗劫。皇后及嫔妃早吓得大喊大叫，乱作一团，有的解下腰带自缢身亡。

永历帝见妻妾已死，在宫中大恸，解下玉带就要自尽。邓凯见了，急忙抱住，泣道："皇上，你这一走，太后谁管？还有在外面浴血奋战的将士会怎样想。"邓凯这么一说，永历帝只好作罢。任由缅兵关押，如死尸一般。

缅甸新王见永历帝身边的大臣全部被诛杀，心里非常高兴。在宫中摆酒与嫔妃们尽情地玩乐，文臣相走了进来，奏道："大王，臣有事要奏。"

"爱卿，你乃本王股肱，有何事？但说无妨。"缅王笑着向文臣相道。

"大王，依为臣看来，永历帝大臣已经全都诛杀，倘若永历帝一时想不开自行了断死了，将来天朝向我们要人，我们无法交代。"

"依卿之言，我们该怎么办？"缅王问。

臣相道："为今之计，大王立即派人去安慰永历帝，使其稍安毋躁。有朝一日天朝要人，我们也好有个交代，说不定还可以立一大功，得到天朝的赏赐。"

"嗯，卿言之有理，正合本王之意。"缅王称赞，随即传旨永历帝："我乃小邦王子，实无伤害诸臣之意，但迫于清威才不得已而为之，还望圣上见谅。"永历帝听了缅王这番虚情假意的言论，真是哭笑不得，无言以对。

永历帝君臣惨遭缅兵屠杀的消息，不久传到李定国、白文选等人的耳朵里。他们大怒，又联合起兵，向缅甸进攻，前去营救永历帝。欲知此战如何，请看下一章。

第六十一章
明将精忠报皇恩　缅甸新王献永历

缅王惨杀南明朝臣的消息，很快传到勐腊一带活动的南明大将李定国、白文选耳中，他们非常气愤，大怒道："区区贼寇，敢如此无礼。"

遂传令："联合起兵，讨贼救帝。"

他向卫兵道："传令李副官，本帅有紧急事情商议。"

"遵命。"卫兵如飞地去了。

一会儿，李副官走了进来，道："大帅，有何吩咐？"

李定国见李副官走了进来，忙道："现在你去车扎（今云南西双版纳一带）走一趟，向当地土司说明来意，请他们一同出兵，就说是本帅之意，救出当今皇上以后，定当重赏。"

"好，末将这就前去。"李副官回答着领令如飞地去了。

李定国见李副官出门去了，又向礼部侍郎江国泰道："江大人，你也速去暹罗（今泰国），见其国王，想办法说服他们，向暹罗借兵，救出圣上以后，本帅绝不食言，一同重赏。"

"遵命。"江国泰也如飞地去了。

清康熙元年（1662）五月，蜀人马九功也率兵从大古剌返回与李定国会师。李定国的兵力一下增加到万余人马，李定国向白文选道："白将军，你率本部兵马五千为先锋，悄悄渡过锡波江，我率大军随后跟进，一定要把圣上从亚畦救出。"

"遵命。"白文选领令，率兵去了。

南明大军杀来的消息，很快传到缅王宫，缅王急忙召集众大臣商议。

"大王，李定国、白文选乃一班流寇，所集之兵不过是一群乌合之众，看似强大实无斗志，只要我军在锡波江岸设下伏兵，定能将其击溃。"金稞献计。

缅王听了金稞这番言语，暗喜道："金将军所言，正合吾意。现在本王令你率五万精兵前去设伏，本王率大军随后就到。"

"末将遵命。"金稞领令出王府亲到校场点起五万大军，悄悄地去了不在话下。

且说明军大将白文选率部来到锡波江边，见江对岸的阿城中静悄悄的，以为缅军没有防备，向张国用道："传令下去，准备过江，迅速占领对岸。"

"遵命。"张国用回答着，如飞地去了。

他来到将士们中间，下令道："开船。"

明军开始上船渡江，半夜刚过，明军不过半渡，正在加紧摆渡，不防江对岸一下子火把通明，把锡波江照耀如白昼一般。

"杀呀，不要让贼兵跑啦！"霎时，江岸杀声四起。

"快撤。"白文选见有伏兵，急忙下令。

但为时已晚，过去的一半将士已经陷入缅兵的包围，在船上的也被缅兵用火箭射中燃烧起来。将士们一时慌了手脚，有的跳江，有的被乱箭射死，整个明军一下子乱了阵脚。没有过江的将士见缅军有备而来，只好边打边撤向云南境内。

"怎么办？"张国用问白文选。

看着死伤过半的将士，白文选也杀得满身血迹，跑得有气无力，气喘吁吁地道："先歇一会儿，天亮以后，再去找李大人，与他重商大计。"

"白将军，依下官愚见，就算了吧。"张国用见大势已去，有些灰心。

"不，生为大明臣子，食皇家俸禄，就该以死效忠。皇上无国，何以家为？"白文选坚持救驾。张国用等将士见了，只好低下头，不敢言语。

时过中午，太阳高高挂在天上，白文选累得躺在树下休息。张国用等一班奸贼见白文选不备，一拥而上，把白文选五花大绑起来。

"混蛋，你狗日的，老子做鬼也饶不了你们这些小人。"白文选破口大骂。张国用一行，押着白文选来到清军大营，向清将吴三桂请功。

在路上，马宝边走边夸："将军此举，实乃明智之举。待见到吴王，末将一定竭力推荐将军。"

清使马宝见时机成熟，向张国用道："张将军，现在可以走啦。"

白文选见手下将士都已无心再战，而自己已是心有余而力不足，只好作罢，任由他们降清去了。正是：

> 败局已定士无心，
>
> 将军有志纵难行。
>
> 本欲执意扶国难，
>
> 岂料随从负心贼。

先锋失利，李定国率后军还没有赶到，在半路就接到败逃出来的士兵汇报，知道白文选已经被部下绑去降清，救帝之计已无望，只好中途停止，悄悄率部退居深山，蓄积力量，准备东山再起，有《山羊坡》词一首叹曰：

山巍巍，水滔滔，群鸦枯枝号；君无居处，民厄难逃，几年几载风餐露宿，于无居处。气数定，天意难，任你将军纵横驰骋，难！难！难！

云遮天，雾茫茫，血染在沙场；猿泣高岗，独木撑桥，欲力挽狂澜于不朽，披肝沥胆。朽木凿，力无补，百姓日子苦中之苦，苦！苦！苦！

且说清将平西王吴三桂，招降了明将白文选部，急忙率大军向缅甸挺进。缅军刚战败白文选还没有休整，大批清兵又卷土杀来，众皆大惊，已无斗志可言。

这时，探子又送来吴三桂的恐吓信，更是大惊。缅王急忙召集众臣商议："清王吴三桂书信在此，众卿以为如何？"

"大王，看来只有把永历帝交出去啦。"众大臣献计。

缅王见大臣都同意交出永历帝，自己也没有更好的办法，打又打不过，不好得罪天朝引火烧身，只好同意大臣们的意见，交出永历皇帝。

于是，传旨："把大明皇帝押送清营交给平西王。"

"遵旨。"大将军金稞领旨如飞地去了。

"吾王千岁，千岁，千千岁。"众臣三呼退朝。正是：

> 为贪一时利，
>
> 空惹一身祸。
>
> 得个烫山芋，
>
> 抛弃靠新朝。

有诗叹曰：

> 天兵一到小国忧，
>
> 放下戈矛把命留。
>
> 管他忠义不忠义，
>
> 只求平安与悠久。

欲知后事如何，且看下一章。

第六十二章
永历帝俯地泣血　蓖子坡明皇殒没

缅甸新王刚战败明将白文选，又闻清王吴三桂率清军杀人缅甸境内的消息，只好把南明永历皇帝交给吴王。在亚畦的永历帝听到这个消息后，如晴天霹雳，雪上又加霜。永历帝满脸凄怆，提笔泣血给吴王写了一封书信，其内容字字流血，句句亢然，愤羽弘历。其信言曰：

将军本朝之勋臣，新朝之雄镇也。世膺爵秩，藩封外疆，烈皇帝（崇祯）于将军，可谓"甚厚"。讵意国遭不造，闯贼肆恶，突入我京城，殄灭我社稷，逼死我先帝，杀戮我臣民，将军多志兴楚国，饮泣秦廷，缟素誓师，提兵问罪，当日之本哀，原未泯也。奈何，凭借大国，狐假虎成，外施复仇之虚名，阴作新朝之佐命，逆贼授首之后，而南方一带土司，非复先朝有也。

南方诸臣，不忍宗社之颠覆，迎立南阳，何图枕席未安，干戈猝至，弘光殄祀，隆武伏诛，仆于此时，几不欲生，犹暇为宗社计乎？诸臣强之再三，谬承先错，自是以来，一战而楚地失，再战而东粤失，流离惊窜，不可胜数。幸李定国迎仆于贵州，接仆于南安，自谓与人无患，与世无争矣。

而将军忘君父之大德，图开创之丰功，督师入滇，覆我巢穴。仆由是渡沙漠，聊借缅人以固吾圉。山遥水远，言笑难欢？只益悲矣。既失世守之河山，苟全微命于蛮夷，便自幸矣。乃将军不避艰险，请命远来，提数十万之众，穷追逆旅之身，何视天下之不广哉？岂天覆地载之中，独不留仆一人乎？抑或封王赐爵之后，犹欲歼仆以邀功乎？弟思高皇帝栉风沐雨之天下，犹不能贻留片地，以为将军建功之所，将军既毁我室，又欲取我子，读《鸱鸮》之章，能不惨然心恻乎？将军犹是世禄之裔，即不为仆怜，独不念先帝乎？即不念二祖列宗，独不念王之祖父乎？

不知大清何恩何德于将军？仆又何仇何怨于将军也？将军自以为智，而适成其愚，自以为厚而单薄。继此而后，史有传，书有载，当以将军为何人也？

仆今者兵衰力弱，茕茕孑立，区区之命，悬于将军之手矣。如必欲仆首领，则虽粉身碎骨，血溅草莱，所不敢辞。若其转祸为福，或以避方寸土，仍存三恪，更非敢望。

徜得与太平草木，同沐雨露于圣朝，仆纵有亿万之众，亦付与将军，唯将军是命。将军臣事大清，亦可谓"不忘故主之血食，不负先帝大德也"。惟冀裁之。

正是：

> 败君修书有何为，
>
> 得胜之王不会愧。
>
> 只要求得假功名，
>
> 一纸空文何为贵。

凋落帝王，流离龙子，低首乞哀，字字有血，笔笔带泪，铁石心肠之人也会有所触动。然而，作为大清平西王的吴三桂却没有这份同情心，照样在云南昆明篦子坡绞杀了永历帝父子，这是后话。

永历帝把信写好派人送出不久，缅甸王派来捉拿他的差人就到了，为首一员大将向永历帝道："李定国大将军率军又来了，据查有马步军数万，临江索求，定要见到皇帝，请你跟我们走一趟。"言罢，就把永历帝扶出行宫，令士兵绑了一把椅子，让永历帝坐上去抬着赶往锡波江。

皇后及宫女嫔妃，哭哭啼啼跟着步行，走了半个时辰，才到了锡波江边。这里早已有一艘官船等着，永历帝一行竟被糊里糊涂地押到官船上，半袋烟的工夫竟也到了对岸。

一大汉上船背起永历帝就往岸上走去，永历帝忙问："爱卿，你是何人，你要把朕带到哪里？"

大汉回答："小人是平西王帐下先锋章京高得捷，奉大王将令，前来迎你。"

"啊！"永历帝这时才知道中了缅王计，是缅王出卖了自己。一时大惊，说不出话，暗暗自顾叫苦："吾命休矣，大明天下，从此休矣——"遂不多言。正是：

> 太祖开疆定乾坤，
>
> 二百七十六年春。
>
> 传至永历十七代，
>
> 天下从此再无闻。

大功告成，吴三桂心里非常高兴，传令三军："班师回昆明。"接着表奏朝廷。

永历帝被擒，昆明百姓无不争相观看，他们见堂堂天朝皇帝落得如此结局，竟也悄悄流涕，不忍详睹。

清朝廷听说永历帝在云南被擒，无不欢天喜地，庆贺三天，急忙传旨天下："明朝已灭，大清一统。"

接着，清廷派八百里快骑赶往昆明，传旨："平西王吴三桂，在昆明将永历帝就地处斩，一班降臣及旧时宫女嫔妃，除愿留下者，一律遣散。"

圣旨一到，所有在昆明的大小官吏都争相前去观看。吴三桂更是不敢怠慢，事到临头不得不硬着头皮去见永历帝，向他宣读大清皇上的圣旨。永历帝虽说是败国之君，其威仪还是有的。

吴三桂虽把他擒获，却惧见他。永历帝旧臣龚彝来到吴三桂的将军府，却被卫兵挡在外面不让进，他大叫："君臣大义，南北皆同，我来见故君，如何拒绝？"

吴三桂只好传令："放他进来。"

吴三桂令卫兵带出永历帝，龚彝与永历帝抱住大哭："圣上，老臣不忠也——"

令随从把带来的酒递上，亲自斟满一盅，呈向永历帝："皇上，臣不管你平时饮不饮酒，但是今天这杯酒算是尽老臣的一点微薄之心，望笑纳。"言罢又恸。

永历帝亦恸，接过龚彝递来的酒一饮而尽，道："龚爱卿，朕临刑之日，是你来为朕送行，朕之过也。"

"皇上！"龚彝俯首流啼。

正是：

> 败君临刑遇龚彝，
> 手无寸铁哭分分。
> 平日不思报国志，
> 到头何须假哀吟。

永历十六年（清康熙元年，1662）四月十五日，天刚拂晓，清平西王吴三桂，带兵押着永历帝朱由榔及其太子去刑场。沿途百姓送行观看者，不计其数。

他们一行来到筲箕坡，太子见状已知大限已到，也不顾身份，指着平西王吴三桂破口大骂："奸贼，我大明哪点对不住你？你却如此叛逆，甘愿做个不忠不义、卖主求荣的奸贼。想当初，先皇待你不薄，委以重任，你不思报恩，反倒恩将仇报，以德报怨，这也罢了。今天，我父子与你有何仇，为什么对我们穷追不舍，做出赶尽杀绝的叛逆之事？"

后人对皇太子这一番严正辞令，有诗叹曰：

> 临刑破指骂奸臣，
> 安管颜面与名声。
> 痛斥数语心虽快，
> 别时瞑目伴皇行。

大明皇太子的一番言语，使不可一世的平西王吴三桂颜面尽失、无地自容。吴三桂不敢面对这位先前的恩皇及太子，只好向刽子手下令："快，行刑。"

行刑官来不及用刀，从卫兵手里拿过弓箭，用弓弦将永历帝及十二岁的太子活活绞死。对于吴三桂卖主求荣的行为，后人有诗讽曰：

旧朝未尽投新欢，

卖主求荣小人信。

赤裸一世为谁苦？

虚个王侯把名传。

就这样，一个拥有二百七十余年历史的大明王朝，在最后一代皇孙永历帝的手里落了个悲惨的结局。对于永历帝一生的为君之道，后人有诗叹曰：

永历一生枉做君，

听信谗言小人心。

国难不思亲上阵，

只顾自己逃残身。

对他误国殃民之政，后人又有诗曰：

泱泱天朝一炷香，

兴衰沉沦有谁怜？

不是乳子不爱国，

皆因无谋不用人。

第六十三章
李定国抱憾终生　无名将末途降清

　　话说永历帝父子在昆明已死的消息，不到两日也传到驻军在云南西双版纳一带招兵买马，积蓄力量，准备东山再起，一心要匡扶大明王朝的李定国军中。正在踌躇满志，运筹帷幄，不断招兵买马，扩充实力，想着有朝一日迎回皇帝，为反清复明干一番大事，以求精忠报国的李定国得知了这一消息。

　　这一日，一快骑如飞地赶来报信，老远就喊："报，大将军，大事不好啦。"

　　"啥事？慢慢说来。"李定国安慰探子。

　　探子道："皇——皇上——他——"

　　"皇上怎么啦？"李定国见探子上气不接下气，半天说不出皇上的情况，也急了。

　　"大将军，皇上及太子殿下被缅王交给清王吴三桂以后，于前日在昆明筐子坡被杀害啦。"探子喘息半天才讲了出来。

　　"啊？什么？你再说一遍？"李定国不相信自己的耳朵，以为听差了。

　　探子喝了口水，又大声道："皇上与太子殿下，在昆明遇害啦！"

　　"啊！"李定国这回听清楚了。他大叫一声，如晴天响了个霹雳，竟一下子仰面栽倒，继而口吐鲜血不省人事。

　　"大将军——"众将急忙将之救醒。

　　"天绝我也！"李定国醒来后大恸，他满腔热血，如今已化为一盆冰水，如何不恸？纵有报国之心，也为时晚矣。遂痛哭流涕，众将亦各自垂泪，好不凄惨。

末了，李定国捶胸顿足曰："匡扶之事，尚可为乎？负国负君，何以天下！"李定国痛泣自己有负皇恩，责己之心亦甚。三军将士，举目齐哀。正是：

> 天朝一亡将心衰，
>
> 万百雄兵哭哀哀。
>
> 空怀一腔报国志，
>
> 到老无用何颜在。

李定国大哭不止，伏地流血，竟也一病不起。对李定国之忠义，有一将军吟叹曰：

> 力挽狂澜志如铁，
>
> 一心只想创伟业。
>
> 哪堪苍天不助力，
>
> 旌旗未指君先绝。

由于伤心过度，加之军中劳累，这才感到命悬一线，奄奄一息，看来也将不久于人世矣！但又牵挂于军中几万将士的命运与安危，不得已，才叫来儿子李嗣光，向他托付后事。

李定国躺在床上向李嗣光吩咐道："我把众将交给你，他们都是随我转战南北的忠臣良将，是宁死荒郊也不愿降清的英雄好汉。我死以后，你一定要好好善待他们，去留凭他们选择。"

李嗣光见父亲临终还如此不忘大明，善待将士，可见其忠义之心，苍天可鉴。眼下之势，李嗣光早已心知肚明，父亲面前又不敢直言，为了安慰这位九死一生的老将军，不得不答应："父帅放心，孩儿一定带好这支军队，绝不辜负父亲的厚望，就是战死也绝不降清，一定与清军血战到底。"

李定国见李嗣光如此忠义之心，他没有选错人，遂也有了些许安慰，算是了了托孤之事。

末了，大叫一声："皇上，老臣来也——"言罢，头一歪，竟也气断身亡。

"父亲——"李嗣光扶尸大恸，三军将士，同时举哀。

李嗣光及三军将士跪地流涕，痛不欲生，在军中葬了父亲遗体。

李定国一片忠义之心，后人又有诗叹曰：

> 忠义之心史可鉴，
> 将军义胆雁落绵。
> 满腔热血成泡影，
> 唯有白骨藏青山。

李嗣光率全军将士，安葬了李定国。为了不忘父亲托孤之重任，率将士们在云南边睡的大山里与清军周旋，不断以小股部队偷袭清军，使其寝食难安。

清将吴三桂多次调兵征剿，就是拿他没有办法。因为，李嗣光采用的是"你来我藏，你退我扰"的麻雀战术，搞得清军不得安宁，整日提心吊胆。

清将吴三桂见出大兵没用，就发动民众围山困洞，坚壁清野，使明军吃不得吃，住不得住，困在深山老林，日食野菜，风餐露宿，过着极为艰苦的日子。

李嗣光带着将士们在深山老林里，与清军周旋了半年之久。将士们内无粮草，外无援军，终日奔波何日是头的情况下，这些将士们还忠心不二，让人甚为感动。

"这样下去何日是头？"李嗣光再也耗不下去了，他要为这些忠心不二的将士们负责，让他们有一个好的归宿，这样才不枉他们跟随父亲九死一生，南征北战的情谊。

因为，命运往往就是这样残忍，不顺心的时候啥都不如意。李定国想精忠报国正当雄心勃勃，老天却有意安排让他不得志，国破家亡，最后修短故天。

李定国一生忠义，精忠报国。有诗赞曰：

> 一生正气放豪光，
> 先扶大西佐明皇。

纵横驰骋千万里，
满腔热血化冰霜。
忠义未能成心愿，
南疆故土把命抛。
君生虽未成大事，
高风亮节志可扬。

李嗣光见父帅已死群龙无首，自己又无带兵打仗的经验，在云南西双版纳一带，像只无头的苍蝇辗转数月。清将吴三桂不断调集军队进行追剿，将士们饥渴难忍，整天被追得东躲西藏，疲惫不堪，过着饥寒交迫的流亡日子。

"怎么办？"临危受命的李嗣光已是弹尽粮绝。战无兵将，藏无生处，只好召集众将道："各位将军，眼下局势想必大家都已清楚，是战是降，请各位讲讲？"

"将军，大帅在时，听大帅的。既然大帅把我等托付给将军，愿听将军吩咐。是死是活，由将军定夺，绝不二心。"众将异口同声。

李嗣光见众将都愿追随自己，又不忍心让这些忠义之士死无葬身之地，没个好的归宿，把自己的想法讲了出来。众将听了，都默不作声。

一阵之后，众将纷纷表示："既然将军意决，我等甘愿追随。"

李嗣光见众将愿随，只好下令与清使交谈降清。李嗣光这样也是山穷水尽，迫不得已而为之。虽违背了李定国遗愿，名节付水流，但为了将士们的前程，他也只能这样做。

至此，统治二百七十六年，经历十七代君王的大明王朝，便告结束。

后人有诗曰：

天下自古众人天，
君臣团结福绵绵。
亲贤能使江山固，

重用小人祖宗变。
永历平时不思过，
大难临头也枉然。
临了空怀一腔怨，
带下黄泉作悲冤。

铁马金戈
TIE MA JIN GE

后 记

　　《铁马金戈》即将付梓之际，非常感谢支持本书出版的同人、单位领导、校刊老师、出版社以及百忙之中为《铁马金戈》作序的中国作家协会会员，贵州省作家协会理事，六盘水市作家协会主席许雯丽老师。

　　历经三年艰辛，今天本书终于草拟成册，敬献给广大读者。颇有诚惶诚恐之感，因怕难尽美意，草创庸散，意浅词羞，言谈粗陋，话语平淡，有负读者。然追寻过去时光，留念岁月峥嵘，乃可取之材。论古颂今，人生必不可少忠心爱国之志，报效朝廷为国分忧，以国家江山社稷为重。

　　李定国虽未能挽回大明覆亡之命运，其忠义之心可嘉，爱国之诚至上，与卖主求荣之辈天壤之别。李嗣光率众投清，于情于理为明智之举。这就叫"明知不可为而为之，是以为仁也"。以将士们的生命为己命，父母受之人子惜之，此为忠孝之行，善莫大焉。

　　人生一世不外乎忠、孝、节、义，四者必具其一。效忠国家，是人之大孝；保家卫国，是人之本分。李定国虽没有完成使命，但他以大义为重的一片忠义之心，虽死犹存。《铁马金戈》虽以李定国之死、嗣子李嗣光投清作为结局，但不代表李嗣光不忠，恰恰说明李嗣光爱兵如子，拥有以民族大义为重的仁爱之心。

杨书光

二〇一八年六月十九日